ORIGINAL CLASSICS
READING AND
ACADEMIC INHERITANCE

原典阅读与学术传承

比较文学学科的实践与探索

杨清 等 著

商务印书馆
创于1897
The Commercial Press

目　录

序言一

　　大学的本质是培养人才和创造知识，这是其之所以存在的根本。对于优秀人才的培养，成功的学校尽管路径各不相同，但有一点却是共通的，就是都拥有一支优秀的教师队伍。西南联大当年之所以能在非常艰苦的条件下培养出群贤英才，关键就在于名师大家荟萃；120多年来四川大学为国家和地方经济社会发展源源不断地输送了包括学术精英、兴业之士和管理骨干在内的70多万名各类优秀人才，就是因为一代又一代的大师巨匠潜心育人、默默耕耘。

　　从1980年来到四川大学，曹顺庆教授就扎根巴蜀大地立德树人、孕育桃李。曹老师是四川大学杰出教授、欧洲科学与艺术院院士、第四任中国比较文学学会会长，国批博士生导师、国家级教学名师。作为学者，他方向明、主义真、学问高、德行正，在比较文学乃至整个文学领域发出川大声音，取得了累累硕果，可以说是川大文科的一面旗帜；作为老师，他教书育人、言传身教，用自己的丰富阅历、学术造诣、人格魅力影响和带动每一位学生。从教40多年来，曹老师视学术为生命、以教育为己任，笔耕不辍，孜孜不倦。特别是育人路上，曹老师以学生为中心，持之以恒创新探索拔尖人才培养的思路与路径，为教育事业无私奉献，为川大发展尽心尽力。

拔尖人才培养是一个长周期、慢变量工作，而且每所高校的实际情况不同，是不能简单复制的。包括曹老师在内的川大人都认为拔尖人才不仅要对所从事学科有兴趣、有潜质，更重要的是要与使命感结合起来。如果一个学生没有使命感、没有志存高远的精神、没有将个人成长与国家命运结合起来，是难以成为栋梁人才的。曹老师就是用他的身体力行去影响、带动、引导学生。作为比较文学领域的权威专家，他开创的比较文学变异学理论使比较文学中国学派在世界学术舞台上发出了自己的声音。尤其在培养学生过程中，他强调独立思考能力，鼓励学生要勇于提问、提真问题，以问促思、以思促学，从而自豪地面对世界、自信地面对未来，讲好中国故事、体现中国实力、展示中国风采。

拔尖人才并没有固定的标准，但共同的特质都是拥有扎实的基础和宽广的视野，这样他们才能站得更高、走得更远。所谓"根深才能叶茂"，曹老师很重视学生基础的培养，早在1995 年曹老师就给研究生开设了中国文化原典课程，鼓励学生读"十三经"、背《文心雕龙》，他常常随机点名学生起来背诵一段，然后打断，再抽下一位同学接上，就是为了让学生能够保持专注的定力，让同学们能够把精力集中到重要的事情上来。为了更好地拓展学生的视野，曹老师鼓励学生去参加学术活动、去短期访学，打开更多观察世界的窗口。每次外出开会或讲学，曹老师也常常带着学生，如果是男生，他会和学生共住一个房间，天上地下、天南海北地聊到深夜。同时，曹老师也是川大较早实践通识教育的教师，为了让学生在探索自然科学的同时感悟文化和艺术的熏陶，曹老师主持的"中华文化"课程，突出对世界及中华优秀文化的教育与熏陶，让学生以更加开放的心态学习和借鉴世界文明的优秀成果，了解和探讨人类文明发展的过程和现实存在的世界。其实，还有很多很多曹老师培养学生的生动细节，就像他的学生所说的，上学期间虽然艰辛但回忆美好，甚至毕业多年后依然感慨："想重回川大，再当一回曹老师的学生！"

教育是良心活，也是用心活。我们期望，该书带给包括川大教师在内的广大教育工作者们以启迪和思索，把更多的时间、更多的精力、更多的爱心放到学生身上、放到人才培养上、放到教学工作上，真正做到立德树人，努力培养更多的优秀人才。

李言荣[①]

2022 年 5 月 23 日

---

① 时任四川大学校长，中国工程院院士，现为西北工业大学党委书记。

序言二

很高兴能够为曹顺庆教授主持的教育部国家级立项教改项目"文史哲拔尖创新人才培养创新与实践"成果撰写序言。以20世纪中叶的著名文学家钱锺书为例，曹顺庆教授指出，当今时代缺乏法国人所谓的"maîtres à penser"或"学术大师"。要扭转这种局面，要求人文学科的顶尖人才不仅应具有创新精神，还应该体现出博古通今、学贯中西、文理皆通的学术修养。曹顺庆教授的教改项目围绕新文科背景下的学科交叉与融合，旨在完善人才培养机制，创新人才培养模式，探索人才培养经验，培养兼具人文情怀与科学素养的文史哲学科拔尖创新人才，推进文史哲领域新文科建设实践。为此，他在教育实践中与学生形成了富有成效的交流模式：他要求学生背诵中国古代文论经典；他鼓励学生发言提问；他引导学生探索国际前沿文学理论；他带队参加学术会议、国际会议；他指导学生写作论文；在他的研讨会上，学生们可以畅所欲言，探寻文化与文明的脉络。

本书集中展现了曹顺庆教授学术和教育实践的多维度，从文明传承与中华文化学习、文明互鉴与中西学术融通、学术路径与学术创新、人格养成与学术志向、自强不息与学术贡献等层面全方位总结了曹顺庆教授从教四十年来的教学改革成果，以形成在全国可复制、可推广、可借鉴的教学改革经验。

西奥·德汉（Theo D'haen）[①]

2022 年 5 月 10 日

（周姝 译）

[①]　欧洲科学与艺术院院士、比利时鲁汶大学教授。

前　言

走向与返回：中国文论的全球对话与
话语建构[①]

杨　清

　　在探析中国学者推动中国文论进行全球对话及构建文论话语路径时，首先想到的是法国哲学家、汉学家弗朗索瓦·于连（Francois Jullien）那本闻名遐迩的《迂回与进入》。这并非暗指，中国学者同样采用了弗朗索瓦·于连的"迂回"与"进入"视角——受中国"言有尽而意无穷"话语言说方式启发，暂别熟悉的西方文明，"迂回"作为异质或参照存在的中国文明，进而反思欧洲思想。只是，近年来中国学者围绕中国文论话语展开的研究，大多自觉或不自觉地进行中西对话，呈现出"走向"与"返回"的研究路径。弗朗索瓦·于连的"迂回"是为了提供"进入"。同理，"走向"是为了得以"返回"，通过"走向"世界诗学，从而"返回"中国本土话语，或反思，

　　① 原载于《文学跨学科研究》2023 年第 2 期。

或阐释，或构建。这并非是一条单向的由外至内的"反躬"之旅。事实却是，中国学者不时地"走向"全球，又不断"返回"本土，呈现出循环往复的中西比较研究路径。其中，尤以曹顺庆教授的研究为典型。细数曹顺庆教授从事学术研究40年，笔耕不辍，在国内外期刊上发表学术论文300余篇，出版专著/编著30余部，为中国比较文学界乃至整个中国人文社科领域贡献了"失语症""跨文明研究""变异学""比较文学阐释学""重写文明史"等鲜明的学术观点。然而，曹顺庆教授在学术研究方面真正值得重视和深入探讨的成就，如叶嘉莹评静安先生那般，并不仅仅在于任何一篇文章、任何一本专著或任何一个学术观点，重要的是他敢于直面中国文论界话语缺失困境而首先提出文论"失语症"，振聋发聩，并用40年学术光阴围绕这一学术"痼疾"探索出一剂"良方"：通过中西对话返回原典历史现场，从而进行本土话语构建，为中国当代文学理论研究开拓出一条"走向与返回"的新的研究路径。事实证明，这是一条兼具学理性和实践性的话语建设之路。

一、寻根溯源："失语症"与中国文论话语建构

中国文论话语建构这一命题的提出，源于20世纪90年代中国学界和文坛掀起的一股反思"失语"之风。早在1990年，黄浩就认识到中国新小说因为"语言革命"而患上了"失语症"，导致新小说说话困难[①]。无独有偶，邵建亦发觉中国文学界患上了"失语症"，认为文学作为精神的一种存在方式却

---

① 黄浩：《文学失语症——新小说"语言革命"批判》，《文学评论》1990年第2期，第35页。

在 90 年代文化转型时期不再理会精神，因而患上了"精神失语症"①。夏中义则认识到身处边缘地位的第三世界只能被动接受掌握着文化输出主导权的第一世界的价值系统，加之一些中国学者过于追捧西方理论家，以致在 20 世纪出现了中国学术文化的"后殖民"现象，"导致自身传统危机乃至艺术、学术'失语'"②。与此同时，诸如程文超、徐国俊、胡全生、张剑荆③ 等学者均对中国文坛、语言学界、文学批评界存在的"失语症"进行批判。

中国文论同样也患上了"失语症"。曹顺庆教授率先总结了中国学界提出"失语症"之由，乃是针对 20 世纪末中国学界转型期面临的严峻现实问题，即面对西方文艺理论的不断涌入，学界一味"以西律中"，结果导致"中国现当代文化基本上是借用西方的理论话语，而没有自己的话语，或者说没有属于自己的一套文化（包括哲学、文学理论、历史理论等）表达、沟通（交流）和解读的理论和方法"④。而后在《文论失语症与文化病态》一文中，曹顺庆教授更是在开篇疾呼："当今文艺理论研究，最严峻的问题是什么？我的回答是：文论失语症！"而"失语症"的意思不是说中国文学、传统、文化的丧失，而是强调在学术界，"我们根本没有一套自己的文论话

---

① 邵建：《"精神失语"及其文化批判》，《文艺评论》1994 年第 6 期，第 35 页。

② 夏中义：《假说与失语》，《文艺理论研究》1994 年第 5 期，第 19 页。

③ 参见程文超：《批评：走向失语与面对失语》，《当代文坛报》1994 年第 2 期；徐国俊：《浮躁情绪与文学失语症》，《当代文坛》1994 年第 3 期；胡全生：《女权主义批评与"失语症"》，《外国文学评论》1995 年第 2 期；张剑荆：《失语症与语言创新》，《当代学术信息》1995 年第 1 期。

④ 曹顺庆：《21 世纪中国文化发展战略与重建中古文论话语》，《东方丛刊》1995 年第 3 辑，第 215 页。

语，一套自己特有的表达、沟通、解读的学术规则。我们一旦离开了西方文论话语，就几乎没办法说话，活生生一个学术'哑巴'"①。由此，"失语症"话题引起众多学者激烈讨论，或赞同，或反对，或批判，直至今日。

尽管有学者并不赞同曹顺庆教授所提中国文论"失语症"观点，但多数学者对"失语"感同身受，并将之视为中国学界当下亟待解决的问题。暨南大学蒋述卓教授就强调"失语症"问题，认为应该"立足本民族立场，加强古今对话，从'失语'到'得语'"②。甚至，诸如曹顺庆教授、顾明栋教授、生安锋教授、施旭教授等学者不局限在中国学界探讨这一问题，而是以实际行动，相继在国际重要期刊上发表学术论文或出版专著，在国际学界发出自己的声音。美国达拉斯德州大学顾明栋教授在国际比较文学界知名国际期刊《比较文学》（*Comparative Literature*）上发表《文学开放：跨越中西文学思想鸿沟的桥梁》（"Literary Openness: A Bridge Cross the Divide between Chinese and Western Literary Thought"）一文，就以中国文论"失语症"（aphasia）为切入点，认为"在一定程度上，当代中国理论事实上是西方理论思想的一个分支。尽管中国和西方学者都不断呼吁在中西文论之间真诚地进行对话，然而，绝大多数的对话最终都沦为伪对话（pseudo-dialogue）或伪装的西方独白（disguised Western monologue）"③，因此，需

---

① 曹顺庆：《文论失语症与文化病态》，《文艺争鸣》1996年第2期，第50、51页。

② 蒋述卓：《论当代文论与中国古代文论的融合》，《文学评论》1997年第5期，第30页。

③ Gu Mingdong, "Literary Openness: A Bridge Cross the Divide between Chinese and Western Literary Thought," *Comparative Literature*, Vol. 55, No. 2, 2003, p. 112.

要探讨"文学开放性"（literary openness），以期在该视野下审视和比较中西方文学思想。清华大学生安锋教授在国际比较文学权威期刊《比较文学与世界文学评论》（Neohelicon）上发表《理论旅行，抑或理论转型：后殖民主义在中国的变形》（"Traveling Theory, or, Transforming Theory: Metamorphosis of Postcolonialism in China"）一文，认为"从1995年到1999年，后殖民批评话语在中国的兴盛引起了诸如中国文论'失语症'、中国文论重建等问题"，因此，通过梳理后殖民理论进入中国语境的途径和变形，指出引进西方理论应遵循一个准则才能避免"失语症"，即"中国的批评家和学者应该将自己置身于这些理论的提出者的位置，去思考这些理论在西方原语境中的主要作用。与此同时，他们也要深思接受方的本土语境以及如何对西方理论要领进行改造，以适应中国的需求"①。实际上，这就是西方文论的"中国化"问题。

问题是，"失语症"提出已有20余年，中国文论话语建设成果如何？是否已经建立起来？现在重提"失语症"是否老调重弹？这些都是值得探讨的问题。

自20世纪90年代"失语症"提出起，学界对"失语症"话题的热议持续不断。诸如曹顺庆教授、蒋述卓教授、施旭教授、赖大仁教授、孙绍振教授、王本朝教授等学者一直以来致力于中国文论的建设，积极向世界发出中国的声音。施旭教授于2014年出版英文专著《中国话语研究》（Chinese Discourse Studies），专门探讨包括中国哲学、文论在内的中国话语问

---

① Sheng Anfeng, "Traveling Theory, or, Transforming Theory: Metamorphosis of Postcolonialism in China," *Neohelicon*, XXXIV, 2007(02), p. 115, p. 136.

题，以期更有效地进行中国话语、中国文化研究，推动中国文论话语走出国门，走向国际学界。而曹顺庆教授始终致力于如何解决"失语症"、如何重建中国话语工作。曹顺庆教授在批判比较文学法国学派和美国学派存在的种种弊端与缺憾后，身体力行，积极进行比较文学中国学派的建设，相继推出《中外文学跨文化比较》（2000）、《迈向比较文学新阶段》（2000）、《比较文学学科理论研究》（2001）、《比较文学学》（2005）、《跨文明比较文学研究》（2005）、《比较文学概论》（2015）等比较文学理论话语研究与学科建设著作。2013 年，德国著名出版社施普林格（Springer）出版曹顺庆教授首部英文专著《比较文学变异学》（*The Variation Theory of Comparative Literature*），更是将中国学者的声音传递到西方世界，让世界倾听中国的声音。这本专著正是中国学者敏锐地认识到中国文论"失语症"后，积极重建话语的有效实践。

面对西方理论大肆渗透中国各个学科话语这一不争事实，曹顺庆教授并非完全拒绝西方理论，而是立足中国，借鉴西方，"以我为主，兼收并蓄"，将西方文论进行"中国化"，转化为与中国本土特色相结合的理论，而非"以我为客，以西为主"的"化中国"。曹顺庆教授指出"西方理论的'中国化'立足于中国学术规则，创造性地吸收、运用西方理论话语，以期促进中国传统文论话语的丰富和更新。更新后的文论话语能够真正运用到当代文学创作和批评的实践当中，而这将有助于重建中国文论话语"。①

---

① Cao Shunqing, *The Variation Theory of Comparative Literature*, Berlin: Springer, 2013, p. 242.

　　总体来看，曹顺庆教授致力于中国文论话语建设的具体路子主要有以下三点①：

　　（1）接续传统文化血脉，厘清中国话语，促进古代文论的现代转型；

　　（2）结合当代文学实践，融汇西方文论以及东方各民族文论之精华，促进西方文论"中国化"；

　　（3）通过中国文论与西方文论的对话，形成比较文学双向阐发模式。

　　值得注意的是，上述三者并非孤立存在，而是相互作用、不可分割。每一种路径下面还包含子路径。就"中国文论与西方文论的对话"而言，不仅包括在比较文学双向阐发这一宏大问题里，还包含诸如"原始以表末：西方文论在中国的译介和研究""释名以章义：同题共论中西观点""探源以辨异：类似论述不同根源"等可操作的具体实践，以期从学理上对"失语症"问题理论化，从实践层面，通过构建中国文论话语以解决"失语症"问题。

　　尽管，"失语症"话题引出了一大批优秀成果，但距离中国文论话语体系真正建立起的那一天还有待时日。福建师范大学孙绍振教授曾一针见血地指出，"失语症"提出已有20多年，"对于重建中国文论新话语的口头响应者尚属寥寥，实际践行者则更是不多。一味'以西律中'，对西方文论过度迷信，

　　①　参见曹顺庆：《中国话语建设的新路径——中国古代文论与当代西方文论的对话》，《深圳大学学报（人文社会科学版）》2017年第5期，第118—123页；曹顺庆、邹涛：《从"失语症"到西方文论的中国化——重建中国文论话语的再思考》，《三峡大学学报（人文社会科学版）》2005年第5期，第47—49页；曹顺庆、杨清：《对中国古代文论现代转换的反思》，《华夏文化论坛》2018年第2期。

有越来越猖獗之势",为此孙绍振教授大声疾呼:"老朽已老!年轻人,请站出来,跟西方文论家对话、争鸣!"①中国文论话语体系的重建非一朝一夕之功,仍需学界持续关注和实践。只要一天没有完成中国文论话语体系的建设,"失语症"话题就有重提的必要与探讨的价值。而不断审视"失语症",积极促进中国文论话语重建,对新时代建立中国自主知识体系、中西文化平等对话有着极为重要的意义。

二、"走向"全球:中西融通

既然中国文论话语建设的起因在于中国文论患上了"失语症",那么具体应如何进行话语建设?王洪涛针对中西文化交流长期失衡、中国古典文论囿于本土等问题,认为"目前建构中国文论国际话语体系的可靠路径是逐步实现中国古典文论从本土走向西方进而走向世界的跨越,依次完成其从'翻译诗学'到'比较诗学'再到'世界诗学'的转化"②。中国文论自古以来便是世界诗学的一部分,自然离不开与世界诗学的对话。不论是中国古代文论"体大虑周"之作《文心雕龙》,还是近代中西文论融合之代表《人间词话》,均吸收、融合了外来因素而作,更不论中国现当代的文论构建多为西方理论与中国本土理论耦合的结果。从于连"迂回与进入"的研究路径亦可见,"在中欧(西)'间距'之间,以一方为参照去审视、反思另一方的思想与文化,可以创造远景思维空间,从而开拓一

---

① 孙绍振:《医治学术"哑巴"病,创造中国文论新话语》,《光明日报》2017年7月3日第12版。

② 王洪涛:《从"翻译诗学"到"比较诗学"与"世界诗学"——建构中国文论国际话语体系的路径与指归》,《中国比较文学》2021年第3期,第177页。

条中西对话、文明互鉴的理想路径"①。可见,"走向"全球确为中国文论建设的一个路径。

曹顺庆教授进行中国文论话语构建的第一步即由中西比较诗学研究开启。早在 20 世纪 80 年代,曹顺庆教授跟随"龙学泰斗"杨明照先生攻读中国文学批评史专业硕士研究生时,便开始有意尝试中西比较诗学研究。1988 年,曹顺庆教授出版了他的博士学位论文《中西比较诗学》,被饶芃子教授评为"新时期出现的第一部《中西比较诗学》的专著"②,从此从古代文论转向中西比较诗学研究。中西比较诗学研究并非是简单的"X+Y"的比附,亦非比较孰优孰劣,而是打破中西异质文化之间的他异性壁垒,立足人类共同审美形态与规律,找寻全人类不同民族、不同文化、不同话语体系中的共同"诗心"。而"诗心"发掘正是曹顺庆教授多年来进行理论创新的原始动机,即通过"发现人类共同的'诗心',寻找各民族对世界文论的独特贡献,更重要的是要从这种共同的'诗心'和'独特贡献'中去发现文学艺术的本质特征和基本规律,以建立一种更新、更科学、更完善的文艺理论体系"③,从而改变中西话语不平等对话、中国话语缺失的现状,让中国声音走向世界,让中国话语积极参与国际话语,与西方一同参与到全球治理之中。

意欲实现这一目标,仅仅依靠中西诗学比较是不够的,还

---

① 吴攸:《中西互鉴与中国文论话语建构——从弗朗索瓦·于连对中国智慧的跨文化思考谈开去》,《济南大学学报(社会科学版)》2022 年第 3 期,第 46 页。

② 饶芃子:《中国比较文学的复兴及其走向》,《广东民族学院学报》1989 年第 1 期,第 18 页。

③ 曹顺庆:《中西比较诗学》,北京:北京出版社,1988 年,第 270—271 页。

应跳出诗学这一专门领域，着眼于文明之间的互动与交流。自1995 年曹顺庆教授正式提出文论"失语症"以来，如何"医治"这一中国学术"痼疾"成为关键。尽管，中西诗学比较为国内学者打开国际视野、参与国际对话打开了一大窗口，为中国文论话语建设打下了坚实的理论基础，但真正从理论与实践层面推动此项工作全面开展的是曹顺庆教授随后提出的"跨文明研究"。在《比较文学中国学派基本理论特征及其方法论体系初探》一文中，曹顺庆教授接续中国台湾学者古添洪、陈慧桦提出的"比较文学中国学派"设想，率先系统阐释了其基本特征及核心研究方法，提出"跨文化研究"是中国学派的基本特色①，初步形成了"比较文学中国学派"的基本形态，被古添洪称为"'中国学派'在大陆再出发与实践的蓝图"②。而后在《比较文学学科理论发展的三个阶段》一文中，旗帜鲜明地提出比较文学学科理论经历的三大发展阶段，即"影响研究""平行研究""跨文化研究"，形成了国际比较文学"涟漪式"的理论结构③。随后在"跨文化研究"的基础之上，进一步深化学科理论的建设与阐释，在《跨文明比较文学研究——比较文学学科理论的转折与建构》一文中，应对 21 世纪国际学界出现的"文明冲突论""文明威胁论"等西方有关文明问题的声音，正式提出"跨文明研究"以解决比较文学学科原有

---

① 曹顺庆：《比较文学中国学派基本理论特征及其方法论体系初探》，《中国比较文学》1995 年第 1 期，第 19 页。

② 古添洪：《中国学派与台湾比较文学的当前走向》，载黄维樑、曹顺庆编：《中国比较文学学科理论的垦拓》，北京：北京大学出版社，1998 年，第 167 页。

③ 曹顺庆：《比较文学学科理论发展的三个阶段》，《中国比较文学》2001 年第 3 期，第 1 页。

理论已无法完全适应当前多元文化语境中的学术研究^①，开始
从"跨文化研究"转向"跨文明研究"。

　　既然"跨文化研究"以其对文化"异质性"的强调，凸显
出比较文学中国学派的研究特色，为何还要再提"跨文明研
究"？曹顺庆教授认为，"只有'跨文明'才能真正彰显比较
文学此次重大转折的基本特征，并且不至于与目前被滥用和乱
用的'跨文化'一词相混淆"。^②而"跨文明研究"的特点就在
于：一是强调不同文明之间的异质性，二是在研究异质性的基
础之上促进不同文明的互补，三是在保持文明差异的基础上追
求"异中之和"或"和而不同"的文化理想。^③之所以在"跨
文化研究"的基础之上再提"跨文明研究"，一个很重要的原
因就在于曹顺庆教授立足的是东西文明的碰撞与交流，而非文
明下面的单个文化形态。这就包含了两层含义：其一，比较文
学原本就是极具开放性、包容性、平等性的一门学科，自然不
应囿于以欧洲文明为中心的"跨国"的"影响研究"、"跨学
科"的"平行研究"，而应冲破文明界限，把包括东西方文明
在内的全人类不同文明形态的知识统统包括进来，形成真正的
全球性研究；其二，不同文明形态均为人类文明发展的表征，
"跨文明研究"的提出从根本上质疑了西方根据达尔文进化论

---

　　①　曹顺庆：《跨文明比较文学研究——比较文学学科理论的转折与建构》，《中
国比较文学》2003 年第 1 期，第 70 页。其他有关"跨文明研究"的文章可参见
曹顺庆、张德明：《跨文明研究：21 世纪中国比较文学的理论与实践》，《外国文
学研究》2003 年第 5 期；曹顺庆：《跨文明研究：把握住世界学术基本动向与学
术前沿》，《思想战线》2005 年第 4 期。

　　②　曹顺庆：《跨文明比较文学研究——比较文学学科理论的转折与建构》，《中
国比较文学》2003 年第 1 期，第 71 页。

　　③　曹顺庆：《跨文明研究：把握住世界学术基本动向与学术前沿》，《思想战线》
2005 年第 4 期，第 60—61 页。

而提出的文明发展阶段论、文明优劣论等文明观。可见，"跨文明研究"不仅推动了比较文学中国学派学科理论的建设，更是以中国声音解构了国际学界长期存在的狭隘的文明观，促使中国比较文学话语开始走向全球。

如果说"跨文明研究"的提出开始促使中国文论话语走向全球，"比较文学变异学"理论的建构则是一次真正的中国理论话语走向全球的有效实践。无论是早年间曹顺庆教授提出的"跨文化研究"，还是后续更为深层次的"跨文明研究"，其研究的起点均为"异质性"。所谓"异质性"并非如其字面意思那般一味凸显不同文化、不同文明之间的差异。不同文化与文明之间原本就存在差异性，这是毋庸置疑的客观事实，自不必赘述。但从文明形态来看，"异质性"强调的是不同文明形态本身所具备的独特性，与西方所主导的趋于同质化、单一性的全球化浪潮截然相反。从比较文学学科理论来看，"异质性"立足的是东西比较文学得以成立的合法性，即东西文明之间的差异性构成了东西比较的理论基石，否则比较的意义何在？而这正是以欧洲文化为中心的"影响研究"和"平行研究"所忽略的研究领域。

过去，国际比较文学研究方法论脱胎于欧洲文化，不会面临文化之间的巨大差异这一问题，因此才会诞生以"跨国"为特征的"影响研究"、以"跨学科"为特征的"平行研究"，两者均强调"同一性"。然而，一旦非欧洲文化进入东西比较文学研究场域，文化之间的差异不言自明。此时，原有的比较文学学科理论无法完全阐释由东西文化差异带来的现象与问题。正是对"异质性"的发掘与强调，曹顺庆教授逐渐将"异质性"理论化，将之视为比较文学中国学派理论构建的基本架构之一。其所主编的《比较文学论》一书并置法国学派"影响研究"、美国学派"平行研究"、中国学派"跨文明研究",而后者就包括"异质比较研究""异质话语对话理论""异质文化融合研究"等针对"异质性"的研究。①

　　然而,"异质性"毕竟是文明的"静态"表征。从古至今,不同文明一直处于碰撞、交流的"动态"过程中,正如钱念孙所言:"任何国家和民族的文学,都在纵向上与自己的历史传统处于前后连续之中,同时又在横向上与其他国家和民族的文学处于相互交往之中。"②宋明理学对叔本华"生命意志"观产生影响,海德格尔关于"存在"之思源于老子的思想,庞德对中国诗歌的创造性翻译直接促使美国意象派的诞生,印度佛教对中国古代《文心雕龙》《沧浪诗话》等文论著作产生影响,王国维《人间词话》得益于与西方理论的融合,诸如此类的文明动态交流在人类文明史上不计其数。

　　值得注意的是,既然文明交往处于"动态"过程中,由于叶维廉所言之"文化模子"③的不同,本土文化的文学或文论传播至异质文化的过程中,势必会发生程度不同、形态多样的变化:或根据接受者的文化背景与期待视野发生客观变化,或由于误读与原意产生偏差,或因为适应接受一方的文化语境而有意改写,或因为语言转换产生意思的失落或增添。即便是"影响研究"与"平行研究",其中也不乏种种变化。"影响研究"中的形象学研究,其实就暗含了变化因子。一国文学

---

①　曹顺庆等著:《比较文学论》,成都:四川教育出版社,2002年,第80页。
②　钱念孙:《文学横向发展论》,上海:上海文艺出版社,2001年,第1页。
③　叶维廉:《比较诗学》,台北:东大图书公司,1983年,第1—26页。

形象因其是一个民族的"社会集体想象物"①，必然不会原封不动地挪移至他国文化，势必会产生形象变化。比如，莎翁笔下的"哈姆雷特"形象本身在英国文化中经几个世纪的流传产生变化，更不用说流传至其他国家后产生的形象变化。再如，中国文化语境中的"花木兰"形象在包括北朝民歌《木兰诗》、郭茂倩《乐府诗集》中的《木兰辞》、唐版本（韦元甫《木兰歌》）、明版本（徐渭的戏曲《雌木兰替父从军》）、清代张绍贤的小说《北魏奇史闺孝烈传》、清代匿名小说《忠孝勇烈奇女传》② 等不同版本中，其形象多少有所变化；而后传播至美国，无论是华裔作家汤亭亭《女勇士》(*The Woman Warrior: Memories of Girl among Ghosts*，1976）中的花木兰，还是迪士尼动画电影中的花木兰，均产生了形象变化。"平行研究"中的阐发研究同样暗含变化因子。或如，庞德对中国传统诗歌和典籍的误读，促使美国意象派的诞生。可见，只要有异质文化的介入，变化就不可避免。遗憾的是，"影响研究"和"平行研究"始终囿于欧洲文化的同一性，未能将视野扩展到非欧洲文化，自然看不到这种异质性与变化。

曹顺庆教授将这种跨国、跨语际、跨文化、跨文明传播中产生的"变化"进一步理论化，称之为"变异"。2005 年，曹顺庆教授首次提出"变异学"这一比较文学研究的全新视角，认为应从"跨越性""实证性关系研究""变异性""总体

---

① 莫哈：《试论文学形象学的研究史及方法论》，孟华主编：《比较文学形象学》，北京：北京大学出版社，2001 年，第 29 页。

② Feng, Lan, "The Female Individual and the Empire: A Historicist Approach to Mulan and Kingston's Woman Warrior," *Comparative Literature*, Vol. 55, Issue 3, 2003, pp. 229–245.

文学"四个方面进行比较文学学科研究新范式的建构。[①] 这一视角并非凭空提出，而是从整个人类文学历时发展来看，不同文明中的文学体系之间存在钱念孙所言之"横向发展"，因此产生碰撞、交流、变异。因此，"变异学"的提出乃是针对人类文学交流史中的客观规律而言。这其中就有两层含义：一是承认不同文明之间存在的"异质性"，二是强调不同文明交流之间的"变异性"。而这两点构成了"变异学"的两大理论基石。

　　所谓"变异学"，即指"在跨越性和文学性的基础上……研究不同国家文学现象在事实接触或不接触的情况下的变异，以及对同一主题领域不同文学体验的异质性和变异性的比较研究，以达到探索内在差异和变异性模式的目的"[②]。可见，比较文学"变异学"是比较文学中国学派针对西方比较文学学科理论体系的缺憾所提出来的，是我国比较文学研究的首创，更是世界比较文学研究的一大创新。区别于法国影响研究与美国平行研究一味求"同"的思维，比较文学变异学基于求"异"思想，聚焦于不同国家、不同文化、不同文明中文学关系间的异质性与变异性，研究领域包括跨语际变异、跨国变异、跨文化变异、跨文明变异以及"文学他国化"研究。比较文学变异学把异质性与变异性作为比较文学的可比性，建立起一个全新的理论体系，旨在"通过关注差异性，深入挖掘不同文学之间互相渗透、互为补充的价值，通过比较文学这座桥梁来实现整个世界文化的沟通与融合，并进而构建一

　　① 曹顺庆主编：《比较文学学》，成都：四川大学出版社，2005年，第20页。
　　② Cao Shunqing, *The Variation Theory of Comparative Literature*, Heidelberg: Springer, 2013, p. xxxii.

个'和而不同'的世界。"①

曹顺庆教授于 2013 年推出了英文专著《比较文学变异学》，系统地研究了比较文学变异学理论体系。该书一经出版便在国内外引起强烈反响，是一次中国理论话语走向全球的有效实践。之所以能够引起反响，原因还是在于理论本身的创新性。"变异学"并非是局部的或部分的创新，而是一种极具一般性和普遍性的理论创新，是一个极具世界性学术前沿的理论。变异学不仅可以解决比较文学学科理论发展的基础问题，亦能从正面回应比较文学的现实问题，弥补了法国学派的理论缺憾，同时也修正了美国学派的理论不足，进一步推动世界比较文学学科理论的发展。正如美国科学院院士苏源熙（Haun Saussy）、欧洲科学院院士多明哥（Cesar Dominguez）等学者所指出的那样："与比较文学法国学派和美国学派相比，曹顺庆教授倡导的第三阶段理论，即新颖且科学的中国学派模式，以及其主张的跨文明研究，对于中国文学理论的西方化和西方文学理论的中国化具有十分重要的价值。"②

三、"返回"本土：古今中西对话

尽管，曹顺庆教授始于中西诗学比较研究，着眼于创造具有世界性的国际理论话语，但他始终没有脱离过本土文论，反而一再强调需从本土文论中不断挖掘理论范畴，重新阐释中国古代文论，从而创新文论话语。其中，曹顺庆教授一贯坚持的"原典阅读"模式俨然已成为国内比较文学研究与育人的一大

---

① 曹顺庆：《南橘北枳》，北京：中央编译出版社，2014 年，第 2 页。

② Haun Saussy and Cesar Dominguez, *Introducing Comparative Literature: New Trends and Applications*, London and New York: Routledge, 2015, p. 50.

范式。他相继发表《高校中文学科课程设置之我见》《"没有学术大师时代"的反思》《中外打通，培养高素质学生》等谈论"原典"与学术创新之间的关系的文章，影响广泛。

何谓"原典"？许慎《说文解字》释"典"为"五帝之书也。从册在丌上，尊阁之也。"①"典"在中国文化语境中的本意即指重要书籍。对"原"的强调则同《文心雕龙·原道》中的"原"字那般，如范文澜注："《淮南子》有《原道训》，高诱注云：'原，本也。本道根真，包裹天地，以历万物，故曰原道。'"②"原"蕴含推论本原、考镜源流之意。因此，"原典"即是"返回"中华文化重要典籍的历史现场，回溯本初含义，阅读"原汁原味"的文献，而非做文献的"二道贩子"。值得注意的是，曹顺庆教授所强调的"原典"既包括诸如《十三经》、诸子集成等中国古代典籍，也包括外文原著，以求在"原典"阅读的基础之上打通中西。

问题是，比较文学学者为何要阅读"原典"？其实这与比较文学中国学派的理论建设紧密相连，亦为中国比较文学发展的一大规律。曹顺庆教授曾一针见血指出："读不懂中国古代典籍，必然会失语。……当今的中青年学者，大多没有真正地从原文读过原汁原味的'十三经'，读过'诸子集成'，以致造成了近日学界极为严重的空疏学风。"③"原典"阅读是解决"失语症"的一剂良药，亦为学术话语创新的源泉。

---

① （汉）许慎撰，（清）段玉裁注：《说文解字注》，上海：上海古籍出版社，1981年，第200页。

② （南朝梁）刘勰著，范文澜注：《文心雕龙注》，北京：人民文学出版社，1958年，第3页。

③ 曹顺庆：《"没有学术大师时代"的反思》，《湖南师范大学社会科学学报》2005年第3期，第90页。

尽管比较文学这门学科属"舶来品"，但其实这门学科在西方建制之前就已经在中国存在并产出了一批重要成果。若论比较文学在中国的萌芽，最早或可追溯到魏晋南北朝时期刘勰所撰《文心雕龙》。作为中国文论史上第一部自成体系、体大而虑周的文学理论专著，《文心雕龙》何以最终成为前无古人、后无来者的空前绝后之作？实际上，《文心雕龙》之所以能够成功，一方面源于刘勰对中国典籍的深刻反思，另一方面乃受外来影响的缘故，并且并非单单是如学界所达成的普遍共识那般受印度佛典的影响，而是在立论上受印度佛经论理思辨方式的影响[①]。叶嘉莹先生认为，因刘勰"依沙门僧祐，与之居处，积十余年，遂博通经论，因区别部类，录而序之。"[②] 其所从事的正是佛经的"区别部类"工作，故刘勰深受印度佛经中的因明学一派的论理思辨方式，长于归纳、整理、思辨。而这种影响恰恰在《文心雕龙》中体现为分门别类地对中国历朝历代的文学现象及理论范式进行体系性的论述。

如果说印度佛教对中国文学理论的影响首先体现为中国文学理论范畴的变化，诸如严羽《沧浪诗话》中的"妙悟"、皎然《诗式》中的"取境"、王国维《人间词话》中的"境界"[③]等范畴均为佛教思想影响的结果，更深层次的影响则是论理思辨方式的影响——以异质文化中的话语言说方式阐释中国丰厚的本土思想，甚至衍生出新的文学理论体系，这便是曹顺庆教

---

① 叶嘉莹：《王国维及其文学批评》，北京：北京大学出版社，2014年，第112—113页。

② 贾锦福主编：《文心雕龙辞典》，济南：济南出版社，1993年，第424页。

③ 梁晓虹：《论佛教词语对汉语词汇宝库的扩充》，《杭州大学学报（哲学社会科学版）》1994年第4期，第188页。

授所提文学变异学之他国化的内涵，亦为《文心雕龙》得以成就的根本原因。可见，刘勰《文心雕龙》当可算比较文学在中国的萌蘖。值得注意的是，在此并非是要为中国比较文学进行"寻根"，而是想说明，比较文学这门学科在中国的一个显著特点即立足本土原典，化用异质因子，创造性地进行理论构建。

前有刘勰深谙自先秦时期以来的中国典籍，并以佛理思辨方式进行系统阐释，后有王国维立足本土诗学进行中西对话。王国维深受西方文论影响，借叔本华"意志"论阐释《红楼梦》，在《人间词话》中借用西方"新学语"阐释中国文学与文论，不仅丰富了我国诗学阐释内涵，还为我国比较文学、现代诗学及美学的发展奠定了坚实基础①。但王国维并非一味引进西方"新学语"，而是立足本土诗学阐释的需求，在大量阅读古今中外典籍之后，深感中国学术话语的不足。王国维认为，尽管战国时期议论之盛，并不逊色于印度六哲学派及希腊诡辩学派，但印度学者尚且能从数论声论辩论中抽象出因明学，希腊有亚里士多德从诡辩学派之辩论中抽象出名学，然中国古代虽然有惠施、公孙龙等所谓名家者流，"徒骋诡辩耳，其于辩论思想之法则，固彼等之所不论，而亦其所不欲论者也。"②因此，王国维才有此定论："周秦之言语，至翻译佛典之时代而苦其不足；近世之言语，至翻译西籍时而又苦其不

① 杨清：《王国维的"新学语"观与文学横向发展论》，《现代中国文化与文学》2021年第4期，第97页。
② 王国维：《论新学语之输入》，载姚淦铭、王燕编：《王国维文集》第3卷，北京：中国文史出版社，1997年，第40页。

足。"① 正是因为对古今中外原典的充分掌握，王国维才能从中看到中国学术话语的缺憾，才会大力提倡引进西方"新学语"，并身体力行，积极进行中西诗学对话与理论建构，成为中西诗学研究史上的标志性人物。

无独有偶，钱锺书亦是在古今中外原典的阅读之上进行学术研究，其代表作《谈艺录》就是这样一部中西文论交流与对话的佳作，不仅广泛诠释中国古典诗词与诗学，更是援引西方诗学进行辅助阐释，秉持"东海西海，心理攸同；南学北学，道术未裂"②的中西融通精神，力求寻找人类共同"诗心"。钱锺书在谈及中国古代"诗乐离合"时，不仅细数《乐府总序》《白石诗说》等中国古代原典中有关"诗乐"的论述，还在论及中国古代有关诗词与八股文体之间的冲突时，援引西方美学有关利害冲突的理论观点进行互释③；论及《艇斋诗话》中论诗当讲"活法"、《论语》讲"从心所欲不逾矩"时，援引恩格斯诠释黑格尔"自由即规律之认识"、康德认为想象力当有"自由纪律性"、黑格尔所言精神"于必然性中自由"、歌德所言之"欲伟大，当收敛。受限制，大家始显身手；有规律，吾侪方得自由"④等西方理论观点与中国古代诗学进行对读。诸如此类的中西文论对读与互释的例子在《谈艺录》中不计其数。而钱锺书之所以能够对中西文论如此运用自如，一方面是因为钱锺书国学基础扎实，其所撰《宋诗选注》《管锥编》

---

① 王国维：《论新学语之输入》，载姚淦铭、王燕编：《王国维文集》第3卷，北京：中国文史出版社，1997年，第40页。

② 钱锺书：《谈艺录》，北京：三联书店，2007年，第1页。

③ 钱锺书：《谈艺录》，北京：三联书店，2007年，第93页。

④ 钱锺书：《谈艺录》，北京：三联书店，2007年，第292—293页。

《七缀集》即是代表；另一方面则源于其广阔的国际视野，其在英国完成的《十七、十八世纪英国文学中的中国》学位论文即为典型。

中国文学批评史上的大家均起步于原典阅读，这成了不言自明的一个学术规律。遗憾的是，这个规律并未得到学界的充分讨论，亦未被有效运用至中国文论话语建设之中。建设中国文论话语，倘若不对一些普遍现象进行剖析、不对基本规律进行总结，何以建设？除上述刘勰、王国维、钱锺书诸先生外，王元化先生从《文心雕龙》研究走向比较诗学，朱光潜先生充分结合其国学功底与西方典籍阅读底子形成了自己的一套美学理论体系，季羡林先生同样也是熟读古今中外原典才成为东方学大师，甚至国学大师钱穆先生在论述中国的历史、哲学和文化时亦会将视野投向西方，在《中国文化之唯心主义》《中国的哲学道德与政治思想》《新三不朽论》等篇目中进行中西文化、哲学与不朽观的比较研究①。可见，无论是否是严格意义上的比较文学学者，中国文论史上的大家均成长于原典，并始终穿梭在古今中外原典之中，从中找寻到学术创新点，从而建立起自己的一套话语体系。

比较文学中国学派因其天然的中西比较视野区别于法国学派或美国学派。中西比较就意味着要在"古""今""中""西"四个维度中建立起话语体系，势必要将原典纳入其话语构建的基本框架之中。无论是诸如《十三经》《文心雕龙》《诸子集成》等中华文化原典，还是《诗学》《美学》等西方典籍，均

---

① 钱穆：《钱穆先生全集·历史与文化论丛》，北京：九州出版社，2011年，第65页、第83页、第118页。

是比较文学中国学派构建话语体系之时无法绕开的知识宝库。可以说，没有原典阅读，就没有今天的中国比较文学。原典阅读已然成为中国比较文学学科发展的一个基本规律，亦是中国文论话语建设的一个客观规律。

立足于原典，才可能进行进一步的阐释研究。近年，以曹顺庆教授为代表的中国学者基于中西比较研究，致力于比较阐释研究，并进一步提出新的理论话语。2022 年，曹顺庆教授在《比较文学学科重要话语：比较文学阐释学》一文中，首次系统提出"比较文学阐释学"这一比较文学学科理论新话语，亦是"比较文学阐释学"真正意义上在国内的首次重要发声。"比较文学"与"阐释学"原本是两大学科，而比较阐释这一实践方式亦长期存在于中西比较文学研究之中，二者的有机结合并非是简单的叠加，而是融合了比较文学学科中的中西打通规律、阐释学学科中的阐释逻辑与阐释方法论，形成新的理论话语。总体而言，比较文学阐释学是一种老实践、新话语，大致发展出了基于六朝佛经翻译的"格义"、以王国维和钱锺书为代表的古今中外"打通"、基于刘若愚《文学理论》研究的"以西释中"等比较阐释方法①，对国内学科范式构建与方法论界定始终存在的模糊性进行了具体的阐释方法归纳。

可见，"阐释"是构建比较文学中国学派理论话语的一大方式。问题是，为何一定是"阐释"？其实，这是话语构建本身的规律所致。"话语"（discourse）在西方现代批评理论中意

---

① 曹顺庆、张帅东：《比较文学学科重要话语：比较文学阐释学》，《清华大学学报（哲学社会科学版）》2022 年第 1 期，第 87—94、215 页。

义重大，成为现代和后现代构建人类主体的最重要工具①，本源自拉丁文"discursus"，在语言学上本意指讲话。而福柯将"话语"上升到言说权力，成为一种"生产有关人类及其社会的知识的系统，它的真理是相对于学科结构而言的，也就是使话语得以制度化了的逻辑框架，进而通过制度化了的话语获得或给予权力，对我们施加影响"②。所谓"话语"即为一种"元语言"，尤指言说方式，与言说权力相耦合。掌握了言说权，自然掌握了话语权。既然"话语"涉及言说，自然需要在阐释中得以呈现。可以说，阐释即是实现话语的直接方式。当前，中国理论话语处于有理说不出、说了传不开的困境。如何构建中国理论自己的话语权、如何把话语传出去，成为当前中国学界的一大难题。而比较文学阐释学则从话语阐释的角度提供了一条路径。

　　正是基于上述思考，以曹顺庆教授为代表的中国学者力图参与到国际学术话语建设之中，重新认识中国本土话语，从而阐释自己的观点，建设自己的话语体系。其中一个方向即为重写文明史。重写文明史并非是危言耸听之论，而是深刻认识到"失语症"对中国学界带来的危害以及与之相连的话语构建的另一研究方向。文明是当前国际讨论的核心问题，亨廷顿提出"文明冲突论"，福山提出"文明终结论"，然而始终不曾听到中国的文明观。近年，中国提出了自己的观点，即"文明互鉴论"，积极参与到国际学术话语建设之中。然而，西方文

　　① 赵一凡、张中载、李德恩:《西方文论关键词》，北京：外语教学与研究出版社，2006年，第222页。
　　② 赵一凡、张中载、李德恩:《西方文论关键词》，北京：外语教学与研究出版社，2006年，第228页。

明史书写存在诸多史实不符、歪曲、贬低、忽略等问题，西方文明观多呈现西方优越感而贬低非西方文明，却长期在国际文明史书写中占据重要位置，缺乏非西方文明观的介入与对话。有鉴于此，以曹顺庆教授带代表的中国学者呼吁"重写"，包括中国文学史、世界文学史、世界文明史以及各学科史贡献中国观点，从而"返回"本土，建设自己的话语体系。这与当前以哈佛大学达姆罗什（David Damrosch）、鲁汶大学西奥·德汉（Theo D'haen）、瑞典学者安德斯·佩特森（Anders Pettersson）和美国学者克里希纳斯瓦米（Revathi Krishnaswamy）等为代表的西方学者群体里掀起的一股"重写"与"重构"之风遥相呼应。达姆罗什等西方学者不满以往世界文学史普遍以欧洲文学为主的书写架构，重写编撰世界文学史，于2022年6月出版四卷本《文学：世界史》（*Literature: A World History*）①。该世界文学史不仅邀请非洲学者艾琳·朱利安（Eileen Julien）、亚洲学者张隆溪等非欧洲学者参与编撰，更是从书写体量上平等对待各区域文学，不偏不倚，力求涵盖世界上所有主要文学传统，遍及非洲、美洲、东亚、欧洲、南亚、东南亚和大洋洲这六大区域，以打破长期笼罩在世界文学史之上的欧洲中心主义或西方中心主义。可见，阐释即是实现话语言说的直接方式，而话语则在不断阐释之中固定下来，从而成为理论范式。

---

① David Damrosch and Gunilla Lindberg-Wada ed., *Literature: A World History (4 volumes)*, New Jersey: Willy-Blackwell, 2022.

四、结语

"走向"全球，一方面是通过"他山之石"，汲取理论养分，另一方面则是向世界发出自己的声音。"返回"本土，一方面是需要立足本土，将外来理论因子与本土文化融合、创新，进行中国化，从而成为中国理论的一部分，另一方面则是重新审视本土理论，从本土理论中不断挖掘理论宝藏。"走向"全球的前提是立足本土，其最终目标乃是为了"返回"本土、构建中国文论话语，如此形成了循环往复的话语建设之路。这正是中国学者进行中国文论话语建设的普遍路径。

中国学者在不断"走向"与"返回"所编织的中西对话与比较网络之中，穿梭于古、今、中、西这四个时空维度，向着多元化、跨学科的方向垦拓，在世界范围内产生了广泛而深远的影响。对话与交流已成为中国学术研究不可阻挡的趋势，尤其在学科理论体系、话语体系建设等方面屡结硕果，在赢取国际学术话语权方面亦卓有成效。2013 年，曹顺庆教授的英文专著《比较文学变异学》由全球最大的科技出版社之一——德国的施普林格出版社出版发行，首次以全球通用的英语提出了中国比较文学学科理论话语——比较文学变异学，并受到了国际学界的广泛关注与高度评价；2016 年，张隆溪教授成功当选国际比较文学学会主席；2019 年，国际比较文学学会第22 届年会分别在中国深圳与澳门两地成功举行；2019 年，法国法兰西学院授予乐黛云教授首届"汪德迈中国学奖"；2022年，曹顺庆教授作为唯一一位中国学者受牛津大学出版社邀请为国际最新《牛津文论百科全书》撰写"中国文论"词条 ①；
2022 年，曹顺庆教授在韩国东国大学举办的"2022 年比较文
学国际研讨会"上，以比较文学中国学派理论新话语"比较文
学阐释学"为题代表中国学者进行主旨发言；2022 年，首次
以中国学者为主要力量编撰的《国际比较文学新视角》（*New
Perspectives on International Comparative Literature*）由英国剑
桥学者出版社（Cambridge Scholars Publishing）出版，以中国
视角选编国际比较文学最新成果，以中国话语阐释国际比较文
学出现的新现象与新内容，向国际学界发出中国声音，为中国
文论建设添上了浓墨重彩的一笔。

---

① Cao Shunqing, "Chinese Literary Theory," in *The Oxford Encyclopedia of Literary Theory*, John Frow eds., New York: Oxford University Press, 2022, pp. 1605–1622.

第一章 原典阅读的源与流

　　"振叶以寻根，观澜而索源。"意欲探讨"原典阅读"的内涵、比较文学原典阅读的意义以及"原典阅读"的当代价值，首先便要对"原典阅读"进行溯源性研究。"原典阅读"作为理念在中国经学传统和西方古典文献学中早已萌发，但这一实践方法最早可溯源至 1942 年芝加哥大学"社会思想委员会"（Committee on Social Thought）。该委员会由芝加哥大学经济史家乃孚（John U. Nef）所创，主要针对美国大学人文社科和社会学研究生培养体系存在的"越来越偏狭""只见树木不见森林"等问题，尤其注重原典阅读，而且是本专业的原典阅读，以训练研究生的创新力。[1] 换言之，作为实践性质而言的"原典阅读"从一开始便是作为创新型学术人才培养的必要路径而提出来的。1996 年，严绍璗先生进而提出"原典性的实证"的方法论[2]，首次将"原典"这一指代经典要籍的具象名称，上升至抽象的文化关系研究之方法论层面。2000

---

　　① 参见刘承华：《原典阅读：培养原创力的重要途径——从芝加哥大学"社会思想委员会"谈起》，《教育与现代化》1997 年第 2 期。

　　② 参见严绍璗：《双边文化关系研究与"原典性的实证"的方法论问题》，《中国比较文学》1996 年第 1 期。

年，曹顺庆教授针对中国高校中文学科课程设置存在的"多、空、旧、窄"问题，首次提出"原典阅读"文史哲拔尖人才培养方法，大力提倡并潜心实践"原典阅读"以帮助学生厚实基础、融会贯通。[①] 时至今日，我们进一步提出"比较文学原典阅读"，力图通过研究中国比较文学学科发展和一代学人的治学之路，总结适用于比较文学学科自身发展和研究规律的原典阅读方法论。

第一节　"辨章学术，考镜源流"："原典"的词源与界定

甲骨文𢍰（典）为会意字，从"又"或"廾"，表示手持"册"，放置于"二"上。《说文新证》一书中，季旭昇先生提出，"'二'可能是置物的东西"，表示这是重要的册书。于省吾先生将甲骨文中常出现的"工典"称为"贡典"，"谓祭祀时贡献典册于神也"。[②]《尚书·多士》载"惟殷先人，有册有典"，孔颖达传云："殷先世有册书典籍。"[③] 许慎《说文》认为，"典"为"五帝之书也。从册在丌上，尊阁之也"。[④] 重要的、可"尊阁"的书籍，是"典"最基本的含义。

虽然《说文》释"典"为"五帝之书"尚有可商榷之

①　参见曹顺庆：《高校中文学科课程设置之我见》，《中国高等教育》2000年第21期。

②　季旭昇：《说文新证》，台北：艺文印书馆，2014年，第378页。

③　（清）阮元校刻：《十三经注疏》（上），《尚书正义》，上海：上海古籍出版社，1997年，第220页。

④　（汉）许慎撰，（清）段玉裁注：《说文解字注》，上海：上海古籍出版社，1981年，第200页。

处，但这一观点由来已久并广为人知。《左传·昭公十二年》记载楚公子与右尹子革的对话，楚公子称左史倚相"是良史也"，"能读三坟五典，八索九丘"。孔颖达疏云："孔安国《尚书序》云：'伏羲、神农、黄帝之书，谓之《三坟》，言大道也。少昊、颛顼、高辛、唐、虞之书，谓之《五典》，言常道也。'……《周礼》：外史'掌三皇五帝之书'，郑玄云：'楚灵王所谓《三坟》《五典》'，是也。"① 因此，《文心雕龙·宗经》"皇世三坟，帝代五典"② 之语，所用即为孔安国意。

"帝代五典"语出《宗经》，"经""典"分而言之。在现代汉语中则多为"经""典"连用的形式，《现代汉语词典》定义"经典"一词为"传统的具有权威性的著作"，在作形容词时则指"事物具有典型性而影响较大"，③ 如我们常说的"经典影片""经典著作"。时移代革，经典的作品却不会因忽涨忽退的时代风尚褪色或磨损。虽然"经典"与"非经典"都在特定语境下回答特定问题，但与非经典作品的"时代之思"不同，经典作品不会受困于时代的界限，而是总能回答后代提出的种种疑问，不断证明、同时增加自身的光彩。我们常说经典是"不朽"的，一方面因为它们"通古今之变"，站在过去，却看到了未来；另一方面"往者虽旧，余味日新"，④ 经典

① 《春秋左传正义》，载（清）阮元校刻：《十三经注疏》（下），上海：上海古籍出版社，1997年，第2064页。

② （南朝梁）刘勰著，黄叔琳注，李详补注，杨明照校注拾遗：《增订文心雕龙校注》，北京：中华书局，2000年，第26页。

③ 中国社会科学院语言研究所词典编辑室：《现代汉语词典》（第6版），2012年，北京：商务印书馆，第681页。

④ （南朝梁）刘勰著，黄叔琳注，李详补注，杨明照校注拾遗：《增订文心雕龙校注》，北京：中华书局，2000年，第22页。

不断从新时代、新思考中汲取生命力，因此不会随时间流逝而衰亡。

　　"经""典"二字在古汉语中虽然有意义交叉地带，可以彼此联系、互文见义。但是，"经""典"也有各自不同的含义，不能含混笼统言之。段玉裁注《说文》言"经"为"织纵丝也"①，织物纵向的丝为"经"，横向的丝为"纬"，这是"经"最初的字义。后来引申为南北向的方位、道路或土地，如《周礼·冬官·考工记》："国中九经九纬，经涂九轨"，贾公彦疏云："南北之道为经，东西之道为纬"。②又因织布帛之时，经线固定不变，纬线左右穿插滑动，所以"经"更抽象的引申义即指那些历万世而不衰的常理与法则。段注《说文》"是故三纲、五常、六艺谓之天地之常经"③；《孝经正义·御制序并疏》邢昺疏引皇侃言云："经者，常也，法也"④；《文心雕龙·宗经》亦言"经也者，恒久之至道，不刊之鸿教也"⑤。在具体使用"经"这个字来指称作品时，会使人想到《诗经》《易经》《坛经》《南华经》等。因此，"经"其实是对一些主流哲学或宗教思想所树立的具有指导作用的典范性、权威性著作的尊称。

---

　　① （汉）许慎撰，（清）段玉裁注：《说文解字注》，上海：上海古籍出版社，1981年，第644页。

　　② 《周礼注疏》，载（清）阮元校刻：《十三经注疏》（上），上海：上海古籍出版社，1997年，第927页。

　　③ （汉）许慎撰，（清）段玉裁注：《说文解字注》，上海：上海古籍出版社，1981年，第644页。

　　④ 《孝经正义》，载（清）阮元校刻：《十三经注疏》（下），上海：上海古籍出版社，1997年，第2539页。

　　⑤ （南朝梁）刘勰著，黄叔琳注，李详补注，杨明照校注拾遗：《增订文心雕龙校注》，北京：中华书局，2000年，第26页。

在《释名·释典艺》中，刘熙指出："经，径也，常典也，如路径无所不通，可常用也。"① "经"不是一般意义上的册书典籍，而是"常典"，如徐敬修所言："以不可变易之道，载之于书，谓之'经籍'。"② "经"是那些记载了"不可变易之道"的"典"。所以与"典"相比，"经"的权威性要更高一层，但范围要小一些。如今我们使用"经典"一词，其实是以"典"的范围覆盖了"经"，并且不拘时代和地域的界限。中国古代传统册书典籍之外的很多书籍都能称为经典，甚至文本也突破书籍的单一形态，可以是电影、戏剧、画作、乐章等各种形式。

本书使用"原典"而非"经典"一词，是因为后者主要指文本的权威形态，是静态的存在，而前者则蕴含着一种学者在阅读和研究时呈现出的溯源状态，体现着一种"振叶以寻根，观澜而索源"③ 的学术精神。这种差异，落脚于"原"字之上。《文心雕龙》第一篇即为《原道》。范文澜注云："《淮南子》有《原道训》，高诱注云：'原，本也。本道根真，包裹天地，以历万物，故曰原道。'"④ 这类"原"体的论辩文，以推本求原的方式来论证问题，"溯源于本始，致用于当今"⑤，

---

① （汉）刘熙著，（清）王先谦撰集：《〈释名〉疏证补》，上海：上海古籍出版社，1984 年，第 309 页。

② 徐敬修：《经学之意义》，见《经学常识》，上海：大东书局，1926 年，第 1 页。

③ （南朝梁）刘勰著，黄叔琳注，李详补注，杨明照校注拾遗：《增订文心雕龙校注》，北京：中华书局，2000 年，第 611 页。

④ （南朝梁）刘勰著，范文澜注：《文心雕龙注》，北京：人民文学出版社，1958 年，第 3 页。

⑤ （明）徐师曾著，罗根泽校点：《文体明辨序说》，北京：人民文学出版社，1962 年，第 132 页。

并非是着眼于现状或事物独立的存在，而是回溯事物源初含义，考镜源流，从历史背景和事物得以存在的根源出发，找到症结和重点，再论说观点看法和利害得失。《文心雕龙·原道》如此，《史记·太史公自序》所言"王迹所兴，原始察终"亦如此，韩愈的"五原"文更是如此。故徐师曾在《文体明辨序说·原》中言："按字书云：'原者，本也，谓推论其本原也。'"①

　　与"经典"相比，"原典"更注重原始性、源初性、本己性。就中文系或文学院的情况而言，诸多学者的研究专著也可以称作是"经典"之作，如钱锺书先生的《管锥编》、钱穆先生的《国学概论》、朱光潜先生的《文艺心理学》、裘锡圭先生的《老子今研》，等等，不一而足。但若读《管锥编》之前不先了解和阅读《十三经》，那便不能真正理解《管锥编》；如果不读《老子》而直接读《老子今研》，也会造成自我思考过程的缺失，以此类推。阅读"一手"而非"二手"资料，在接受"观点"之前，认识事物的"原貌"，调动自我的主动性，去独立地提出和思考问题，不盲目依赖他者的注释和解读，这是原典阅读的一个重要意义。

　　如今，各大高校使用各类文学史、文论史、文化史教材，以及开设抛开原典、镂空蹈虚的"简介""概论"类课程。这样的教材安排和课程设置虽然可以使学生在较短时间内尽可能多地掌握中文系或文学院学生应具有的基础知识，尽可能广地打开眼界、拓宽思路，但是如果仅仅依靠以时代、作家、思

---

① （明）徐师曾著，罗根泽校点：《文体明辨序说》，北京：人民文学出版社，1962年，第132页。

潮、运动、学派等分节构建而成的线性逻辑，将文学本真的存在割裂为一组"时间点"、抽象为一些"关键词"，学生们只从"史""论""述"的讲解中，接收间接甚至变形的经验。结果就是，学生不可能真正回到文本自身意蕴丰厚的内部空间中去，所有的学习就只是泛泛而谈、走马观花。只有真正读了《诗经》，才能领悟所谓"温柔在诵，最附深衷"①；只有真正读了《左传》，才能体会春秋笔法，微言大义。只有经历自我领悟的过程，通过一番艰难但深刻的思考得到自己的体验，知识才能成为"我学到的"，而不是"我被给予的"，学生们才能获得具有个人生命底色的直接经验，不让"偏见"和他者的观念先入为主，干扰他们本应独立完成的自我思考的过程。除了客观的知识，个体主观阅读、思考、感悟的经历，以及文学作品特有的审美观感，本身亦是需要学习和体验的内容。

第二节　"欲宣其义，先读其书"："阅读"的方法与步骤

秉承"原典阅读"这一教学和科研理念，以四川大学文学与新闻学院为代表的院系开设了《中外语言文学与文化专题研究》等以原典阅读为特色的课程，以原典为底色，旨在夯实学生的基本功。比如，曹顺庆教授在训练学生古文功底时，要求研究生们系统地阅读和学习《十三经》。而原典阅读的第一步，是要选择一个好的版本。《十三经》是"经典"，但白话

---

① （南朝梁）刘勰著，黄叔琳注，李详补注，杨明照校注拾遗：《增订文心雕龙校注》，北京：中华书局，2000年，第26页。

译本的《十三经》并非"原典"，中华书局或上海古籍出版社出版的竖排繁体阮刻影印本才是可供阅读的"原本"。原典之"原"，首先锻炼的就是这样一种学术能力，即在弄清版本源流的基础上，选择一个原始的、完整的、可信的、精校的，可供阅读研究而不是闲暇消遣的好本子。作为有一定学术能力的读者，研究生必须以文献学为依托来比较和选择书籍的版本。

　　原典阅读的第二步，在于句读和背诵。目以阅览，口以诵读，在《十三经》原典阅读课上，学生们需要依靠自己的理解来识文断句，这和古人读书时采用的方法是一致的。语流何时止何时行，要通过语意来决断，对文本的理解不同，会导致断句不同，反之亦然。《礼记·学记》言："比年入学，中学考校。一年，视离经辨志。"郑玄注云："离经，断句绝也。"孔颖达疏云："学者初入学一年，乡遂大夫于年终之时考视其业。离经，谓离析经理，使章句断绝也。"[①]句读原典，"视之若浅，实则颇难"。[②]一方面，句读者要具有古代汉语、古代文化等各方面的广博知识，人名、地名、古籍名、星宿名、官名等都有可能成为障碍；另一方面，句读者要有勤勉好学的态度，实事求是、勤于思考、多查多问。

　　除了句读《十三经》，还需背诵《毛诗序》、刘勰《文心雕龙》、陆机《文赋》、曹丕《典论·论文》、钟嵘《诗品序》等中国古代文论原典。原典阅读，不能浅尝辄止，《汉书·艺文志》记载："汉兴，萧何草律，亦著其法，曰：'太史

---

　　① 《礼记正义》，载（清）阮元校刻：《十三经注疏》（下），上海：上海古籍出版社，1997年，第1521页。
　　② 杨树达：《古书句读释例》，上海：上海古籍出版社，2013年，第135页。

试学童，能讽书九千字以上，乃得为史.'"①《周礼·春官·大司乐》言："以乐语教国子，兴、道、讽、诵、言、语。"郑玄注云："倍（背）文曰讽。"②在《左传》中，楚公子称左史倚相"是良史也"，因为他"能读三坟五典，八索九丘"，按照汉初选拔史官的律例，必须背书九千字以上，"乃得为史"，那么相比较而言，春秋时的史官，也不仅是浏览浅读一遍经典书籍就能胜任的。曹顺庆教授师承《文心雕龙》研究大家杨明照先生，以杨先生为榜样，自己就能够背诵许多中国古代文论经典篇目。因此，他认为必须首先严格要求学生筑牢古文功底、国学地基，以中华优秀文化典籍为学术根脉，再放眼全球寰宇，才能培养出博古通今、学贯中西的比较文学顶尖人才。

原典阅读的第三步，则是理解并吸收文义。原典阅读不能止于形式，而是要真正用心理解文本的无穷意蕴，并使之成为自己的灵感来源和思维路径。段注《说文》云："读，籀书也。"③"读""籀"叠韵，因而互训。《庸风》《传》曰：'读，抽也。'《方言》曰：'抽，读也。'盖'籀''抽'古通用。《史记》'紬史记石室金匮之书'，字亦作'紬'。"④因此，"读""抽""紬"三字互通。太史公"读"石室金匮之书绝不仅是句读、背诵文献，而是要理解并运用这些文献，从而经

---

① （汉）班固撰，（唐）颜师古注：《汉书》（第6册），北京：中华书局，1962年，第1720至1721页。

② 《周礼注疏》，载（清）阮元校刻：《十三经注疏》（上），上海：上海古籍出版社，1997年，第787页。

③ （汉）许慎撰，（清）段玉裁注：《说文解字注》，上海：上海古籍出版社，1981年，第90页。

④ （汉）许慎撰，（清）段玉裁注：《说文解字注》，上海：上海古籍出版社，1981年，第90页。

纬古今，"成一家之言"。所以段玉裁认为，"抽绎其义蕴至于无穷，是之谓读。故卜筮之辞曰籀。谓抽绎《易》义而为之也"。[①] 原典阅读是为学术研究打下的牢固地基，但如果只有地基不起高楼，无疑是一个烂尾工程，有意义的原典阅读，是为了推动学生们自身的理解与思考，将书"读薄"，融纳入自身的知识体系之中，进而产出一些扎实的学术成果。

古代文学、文艺学、现当代文学、语言学、文献学等方向的学生都有自己需要阅读的原典，以上举古文一隅来说明原典阅读的方法与步骤。其实比较文学方向的学生不仅要阅读一定数量的古文原典、现当代文学原典、语言学理论原典、文献学原典，还要阅读外国作家作品和理论著作。曹顺庆教授要求自己的每一位学生都要阅读英国文学理论家特里·伊格尔顿所著英文原版《文学理论导论》(*Literary Theory: An Introduction*)。首先通读全文，弄清楚每一个单词、短语、句子、段落的意思，在对全文内容有了基本把握之后，引入一些背景知识来拓宽阅读视野，最后学生需要自己进行总结和思考，从文章中他们学到了什么，得到了哪些启发，务求调动每个人的主观能动性，将体验、知识和思维方法真正存储到自己心里。

之所以要阅读英文原典，是因为对于比较文学的学生和研究者来说，语言是研究的命脉，语言的边界决定了思维的边界。译文无论多么准确，相较于原典，总是一个异质的存在。如果说原典是母本，译本实际上是以母本为基础重新生产出来的子本。在《译介学》一书中，谢天振教授指出，"原文在这

---

① （汉）许慎撰，（清）段玉裁注：《说文解字注》，上海：上海古籍出版社，1981年，第90页。

种外语和本族语转换过程中"，总会有"信息的失落、变形、增添、扩伸等问题"。① 在《比较文学变异学》一书中，对这类翻译现象的文学研究被称为译介变异学，"文学文本一经翻译，便不可避免地将发生变异。这种变异现象比较突出地表现在翻译过程中语言层面的内容选择、增删、改编等，以及文化层面因误读而导致的意义失落、扭曲、增殖"。② 而翻译的"创造性叛逆"问题，也揭示了被翻译的文本实际上是由译者生产出来的，译本多多少少都会带有译者个人的理解。直接阅读原典，使学生摆脱对中译、改编教材的"迷信"，依经而立义，与原典直接对话，不被变形了的间接经验、二手资料抢先介入理解。

由于比较文学专业的特殊性，许多研究生除了掌握英语之外，会学习二外、三外甚至四外。如果不会日语，不能阅读日语原典，就不能做日本文学研究，同理可推及德语、法语、意大利语、西班牙语等，归根结底是出于原典阅读能力是否达标的考量，必须以能够阅读原典为做学问的前提。"欲宣其义，先读其书"③，古文原典如此，外文原典亦如此，只有在亲身读通、读懂、读透的基础上，才有资格去谈论文本的意义。

① 谢天振：《译介学》，上海：上海外语教育出版社，1999年，第1页。

② 曹顺庆、王超等著：《比较文学变异学》，北京：商务印书馆，2021年，第267页。

③ （汉）王符著，（清）汪继培笺：《潜夫论》，上海：上海古籍出版社，1978年，第3页。

第二章　原典阅读的中西传统

　　"观水有术，必观其澜。""原典阅读"并非是一时兴起的"时髦"，而有其悠久的历史。只不过，今天我们把"原典阅读"单独凝练出来，以之作为概念和方法论进行专题探讨。中国经学传统本身就是一个"原典阅读"的传统，而西方古典文献学更是离不开"原典"根基。无论是作为概念的"原典阅读"，抑或是作为实践的"原典阅读"，均可在中西文化传统中找寻到它的"根"。这反过来说明，"原典阅读"本身就是古今中外思想生生不息的规律所在。

第一节　中国经学传统中的原典

　　《尚书》有言："明明我祖，万邦之君。有典有则，贻厥子孙。"孔疏云："'典'谓先王之典，可凭据而行之，故为经籍。"① "典"即则也，读书之则亦是为人之则、化人之则、成人之则，故而有则之典又可称之为经籍。许慎《说文解字》中

----

　　① 《尚书正义》，载（清）阮元校刻：《十三经注疏》（上），上海：上海古籍出版社，1997年，第157页。

释"典"为"五帝之书也。从册在丌上，尊阁之也。"① 典又意为有尊威之册，代表的是经、典的不容置疑与权威。《文心雕龙·序志》又云："唯文章之用，实经典枝条，五礼资之以成，六典因之致用，君臣所以炳焕，军国所以昭明，详其本源，莫非经典。"② 中国经学传统中将"经典"视为"恒久之至道，不刊之鸿教"③。典在中国传统中便是常道的承载，更是教化的根本，所谓"入其国，其教可知也。其为人也，温柔敦厚，《诗》教也；疏通知远，《书》教也；广博易良，《乐》教也；洁静精微，《易》教也；恭俭庄敬，《礼》教也；属辞比事，《春秋》教也。"④《诗》《书》《乐》《易》《礼》《春秋》便是文章生发之根茎、文化传承的本原之典籍。苏轼曾言："自孔子圣人，其学必始于观书。"⑤ 历来古今大家成才之起步都离不开原典的观阅、致用与阐释，汲取经典的智慧精髓是个人修身、齐家的重要依凭，也是一个民族治国、平天下的思想源泉，更是中华文明数千年文脉不断、传承赓续、守正创新的基本学术规律。

一、原典奠基："十三经"的形成与结集

中国传统思想文化以"经学"为主干，"经史子集"四部

① （汉）许慎撰，（清）段玉裁注：《说文解字注》，上海：上海古籍出版社，1981年，第200页。
② （南朝梁）刘勰著，黄叔琳注，李详补注，杨明照校注拾遗：《增订文心雕龙校注》，北京：中华书局，2000年，第610页。
③ （南朝梁）刘勰著，黄叔琳注，李详补注，杨明照校注拾遗：《增订文心雕龙校注》，北京：中华书局，2000年，第26页。
④ 《礼记正义》，载（清）阮元校刻：《十三经注疏》（下），上海：上海古籍出版社，1997年，第1609页。
⑤ （明）钟惺选评，（明）袁宏道、谭元春选评，陈于全点校：《东坡文选·东坡诗选》，武汉：华中科技大学出版社，2018年，第24页。

以"经"为首。何为经？郑玄《孝经注》曰："经者，不易之称。"[①] 刘熙《释名·释典艺》曰："经，径也，常典也，如径路无所不通，可常用也。"[②] 皇侃说："经者，常也，法也。"[③] 所谓天不变，道亦不变，中华文化中的"经"已经承载着垂教万世、亘古之常道的深刻内涵，而后世文人著述中所源之典即是"经"。今人所言经典当推"十三经"，"十三经"是儒家至关重要的十三部经典著作，包括《周易》《尚书》《诗经》《周礼》《仪礼》《礼记》《春秋左传》《春秋公羊传》《春秋穀梁传》《论语》《孝经》《尔雅》《孟子》，这十三部经典是儒家思想学说的基础，同时也是中国学术传统的源头活水，奠定了中国经学传统中的宗经原典的情结。

"十三经"的形成历经了逐渐结集、不断扩充直至全部定型的过程，从"诵法六艺"到"言必称十三经"，经典体系不断扩大，经典的阐释中心也不断地在转移创新，形成了有变亦不变的盘纵错杂的情形。学界关于"十三经"的结集在朝代和过程两个方面都有所争议。首先是"十三经"何时定型？学界目前有"唐代说"，如援引焦竑《国史经籍志》："唐定注疏，始为《十三经》。"[④] 又如"宋代说"，如龚道耕《经学通论》中的"宋初说"："唐代作《五经正义》，则以《礼记》冒礼经，而宋元明清承之。其立学试士……谓之'九经'。文宗开成时，立石国学……为'十二经'。宋初，开《孟子》为经，

① 严可均辑：《孝经郑注》，北京：商务印书馆，1939年，第1页。
② 王先谦撰：《释名疏证补》，长沙：湖南大学出版社，2019年，第289页。
③《孝经正义》，载（清）阮元校刻：《十三经注疏》（下），上海：上海古籍出版社，1997年，第2539页。
④ 舒大刚主编：《儒学文献通论（上）》，福州：福建人民出版社，2012年，第220页。

则为'十三经'。"① 而杨伯峻举证"十三经"成型于"南宋"：
"到宋代，理学派又把《孟子》地位提高，朱熹取《礼记》中
的《中庸》《大学》两篇，和《论语》《孟子》相配，称为
'四书'，自己集注，由此《孟子》也进入'经'的行列，就
成了'十三经'。"② 其他如朱剑芒《经学提要》："自宋列《孟
子》于经部，十三经之名，亦因以成立。"③ 学者夏传才也认为：
"到宋代，原来'十二经'再加上《孟子》，便成为流传至今
的'十三经'。"④ 更有顾炎武称"十三经"定名于明代，"自汉
以来，儒者相传，但言五经。而唐时立之学官，则云九经者，
三《礼》三《传》分而习之，故为九也。其刻石国子学则云九
经，并《孝经》《论语》《尔雅》。宋时程、朱诸大儒出，始取
《礼记》中之《大学》《中庸》，及进《孟子》以配《论语》，
谓之《四书》。本朝因之，而十三经之名始立。"⑤ 更有"清代
说"等⑥。尽管学界对于十三经命名定代没有准确的说法，但
是由此可知，经典的形成也是一个漫长的酝酿过程。所谓经、

① 舒大刚主编：《儒学文献通论（上）》，福州：福建人民出版社，2012年，第220页。
② 杨伯峻：《杨伯峻治学论稿》，长沙：岳麓书社，1992年，第16页。
③ 朱剑芒：《经学纂要》，长沙：岳麓书社，1990年，第179页。
④ 夏传才：《十三经概论》，天津人民出版社，1998年，第16页。
⑤ （清）顾炎武：《日知录》，郑若萍注译，长春：北方妇女儿童出版社，2001年，第101页。
⑥ 蒋伯潜：《十三经概论》，上海：上海古籍出版社，1983年，第7—8页。原文为："彼时（汉代）所谓'经'者，仅指《诗》《书》《礼》《乐》《易》《春秋》'六经'……五代时，蜀主孟昶刻石刻'十一经'，去《孝经》《尔雅》而入《孟子》，此《孟子》入经部之始。及朱子……定为'四书'……《孟子》在经部的地位予以确定，经部唯一大丛书'十三经'亦至是始完成焉……清高宗乾隆时，既刻'十三经'经文于石，立之太学，而阮元又合刻《十三经注疏》，且附以《校勘记》，此'十三经'完成之经过也。"

典必须适应不同的时代语境和不同的文化语境。"十三经"一开始也并非就是固定的十三部经典,前文中的部分史料引用中已经揭示十三经本身在不同朝代中都有所增益。按照目前学界较为统一的看法,"十三经"是由"五经"(或"六经")、"七经"、"九经"、"十二经"逐渐演化而来。

最早记录"六经"出处的是战国时《庄子·天运篇》中的记载:"孔子谓老聃曰:'丘治《诗》《书》《礼》《乐》《易》《春秋》六经,自以为久矣。'"①"六经"在古代典籍中又称为"六艺"。又湖北荆门郭店楚墓竹简《六德》:"观诸《诗》《书》,则亦在矣;观诸《礼》《乐》,则亦在矣;观诸《易》《春秋》,则亦在矣。"可见战国时期,"六经"之说已经成为广泛共识。汉初贾谊《新书·六术》曰:"是故内本六法,外体六行,以与《诗》《书》《易》《春秋》《礼》《乐》六者之术以为大义,谓之六义。"②《史记·滑稽列传》引孔子之语说:"六艺于治一也。《礼》以节人,《乐》以发和,《书》以道事,《诗》以达意,《易》以神化,《春秋》以义。"③六经在不同朝代其次序也有不同,如自庄子至司马迁期间,都是《诗》《书》《礼》《乐》《易》《春秋》。自班固撰《汉书·艺文志·诸子略》后顺序便成了《易》《书》《诗》《礼》《乐》《春秋》。顺序的变化牵涉的是经学派别之分,以《诗》为首为今文经学,以《易》为首为古文经学。无论排序如何,六经的形成确立的是儒家经典中的最为核心的部分,也即司马谈《论六家

---

① 陈鼓应注译:《庄子今注今译》,北京:商务印书馆,2007年,第450页。
② (汉)贾谊:《新书》,北京:商务印书馆,1937年,第83页。
③ 高山主编:《二十四史·史记》第5册,北京:光明日报出版社,2016年,第1815页。

要指》中指出的："儒者以《六艺》为法。《六艺》经传以千万数。"①

直至汉代立"五经博士"，分为《诗》学、《书》学、《礼》学、《易》学、《春秋》学，独缺《乐》学，其中《乐经》失佚，儒生无从习读，"六经"衍为"五经"。②古文经学家认为《乐经》实有，而亡于秦火；今文经学家认为《乐》无本经，《乐》的价值义涵包括在《诗》与《礼》之中。官方立典奠定了"十三经"的基本范式，也让"五经"成了儒家经典的代名词。

由上可知，"七经"的出现是经学史上的一次重要的突破，这一点其实还未受到学界的关注。"经"常常释为"不易、常道"，在"五经"或者"六经"基础上增加一经或者两经就意味着，经典并非不可改变，而是可以随着语境而变化，这种改变便是突破性的。《后汉书》记载："典学孔子《七经》《河图》《洛书》，内外艺术，靡不贯综，受业者百有余人。"《三国志》卷三八《蜀书》中也有"七经"的重要记载："蜀本无学士，文翁遣相如东受七经，还教吏民，于是蜀学比于齐、鲁。故《地理志》曰：'文翁倡其教，相如为之师。'汉家得士，盛于其世；仲舒之徒，不达封禅，相如制其礼。夫能制

---

① 高山主编：《二十四史·史记》第5册，北京：光明日报出版社，2016年，第1884页。

② 《汉书》卷十九："博士，秦官，掌通古今，秩比六百石，员多至数十人。武帝建元五年，初置五经博士。宣帝黄龙元年，稍增员十二人。"《汉纪》卷十："五年春正月己巳朔，日有食之，行半两钱，罢三铢钱。初置五经博士。博士本秦官，掌通古今，员至数十人，汉复五经而已。"《通典》卷二十七："国子博士，班固云：按六国时往往有博士，掌通古今。汉博士多至数十人，冠两梁。武帝建元五年，初置五经博士。宣帝、成帝之代，五经家法稍增置博士一人。"

礼造乐，移风易俗，非礼所秩有益于世者乎！"①"七经"名目，历来说法、排序也不一。有《易》《诗》《书》《仪礼》《春秋》《公羊》《论语》之说；或有《后汉书·张纯传》中唐李贤注作《诗》《书》《礼》《乐》《易》《春秋》《论语》之序；或是宋代刘敞在《七经小传》中将"七经"定为《书》《诗》《周礼》《仪礼》《礼记》《公羊》《论语》；或是康熙《御纂七经》钦定《易》《书》《诗》《春秋》《周礼》《仪礼》《礼记》。从不同的"七经"条目记载而言，《礼》《春秋》中的《周礼》《礼记》《公羊》在这时已经逐渐扩展了本经的含义，《论语》的加入进一步代表了孔子思想在儒家经典中的权威巩固。

汉代以后，唐时取士以三《礼》、三《传》、《诗》《书》《易》九书为典则，故有了"九经"之称，九经中又分大经（《礼记》《左传》）、中经（《诗》《周礼》《仪礼》）、小经（《易》《书》《公羊传》《穀梁传》）。《旧唐书·柳仲郢传》记载郢曾手抄"《九经》《三史》"，《儒学传下》说韦表微"著《九经师授谱》"。历代文献中所指"九经"也不完全相同。《经典释文·叙录》指《易》《书》《诗》《三礼》（《周礼》《仪礼》礼记）、《春秋》《孝经》《论语》。《初学记·经典》指《易》《书》《诗》《三礼》（《周礼》《仪礼》礼记）、《春秋三传》（《左传》《公羊传》《穀梁传》）。宋刻巾箱本《九经》包括《易》《书》《诗》《左传》《周礼》《礼记》《孝经》《论语》《孟子》。明郝敬《九经解》考察为《易》《书》《诗》《春秋》《三礼》《论语》《孟子》。清朱彝尊《经义考·通说》指《易》《诗》《书》《周

---

① 高山主编：《二十四史·三国志》第9册，北京：光明日报出版社，2016年，第3307页。

礼》《礼记》《春秋》《孝经》《论语》《孟子》。清惠栋《九经古义》指《易》《书》《诗》《三礼》《公羊传》《穀梁传》《论语》。在儒家思想中也有"九经"之说，即儒家治天下的九条原则。①《文宗纪》中记载："郑覃进《石壁九经》一百六十卷。"

　　"十二经"的说法也是始自唐人。太和七年（833），唐文宗命郑覃等人校刊群经入石，至开成二年（837）成，是为《开成石经》。石经在唐人流行的"九经"之外，增加《孝经》《论语》《尔雅》三书，共为十二部，然而名称定为"石壁九经"。②《唐会要》："其年（大和七年）十二月，敕于国子监讲论堂两廊，创立《石壁九经》，并《孝经》《论语》《尔雅》，共一百五十九卷，《字样》四十九卷。"③《旧唐书·文宗纪》记开成二年，"郑覃进《石壁九经》一百六十卷"。由此可见十二经不称十二经，而称九经，足见新典形成之不易，但显然唐时形成的十二经已经基本为"十三经"原典定型。及至南宋时期，理学派提升孟子地位而将《孟子》加入十二经，最后乃定名"十三经"。

　　"原典"是一个民族的文化根源，应当具有悠久的历史性，具有思想的首创性，具有指向宇宙、社会和人生的普遍性，具有思考的深邃性，中国学术在民族千年的传承流变中形成深深的烙印与影响却能代代创新，即古语所言"万古而常青"。"十三经"便是数千年中华民族文化原典的根基，亦是

---

　　① 《中庸》原文为："凡为天下国家有九经，曰：修身也，尊贤也，亲亲也，敬大臣也，体群臣也，子庶民也，来百工也，柔远人也，怀诸侯也。"

　　② 参见舒大刚：《〈十三经〉：儒家经典体系形成的历史考察》，《社会科学研究》，2011年第4期。

　　③ 舒大刚主编：《儒学文献通论（上）》，福州：福建人民出版社，2012年，第228页。

中华民族文明精神的开端与源泉，在数千年的流传与衍义中俨然成了中国传统学术脉络之"祖"。

二、原典回归：中国经学史中的返本开新

经学传统中对于原典的重视是在其建立最初就奠定下来的，孔子倡导"述而不作，信而好古"[1]；《八佾》中也说："夏礼，吾能言之，杞不足征也；殷礼，吾能言之，宋不足征也。文献不足故也。足，则吾能征之矣。"[2] 也正是得益于初代儒士述而不作的秉持，才得以为后世汉学、宋学留下宽阔的阐释空间。然而，由于阐释的主体性和主观化，经典的真义往往会偏离正轨。与此同时，中国经学史上便存在着时代性的"回归原典"运动，这种现象发生在不同时代，尽管有着不同的形式，但都在不同程度上倡导返回"六经"和"十三经"本身，强调溯源经典以期纠偏矫枉，正如刘勰所说："详其本源，莫非经典。而去圣久远，文体解散，辞人爱奇，言贵浮诡，饰羽尚画，文绣鞶帨，离本弥甚，将遂讹滥。"[3] 经典多为圣人所作，讲述的是颠扑不破、亘古久远、垂训万世的"道"，即"道沿圣以垂文，圣因文而明道，旁通而无滞，日用而不匮"[4]，经之原典代表着一种神圣与权威，在之后的经学发展中更是一种典则与范式，无论是其中的义理还是行文都是后世之楷模。

为何回归原典？这是因为"儒家知识论的核心是经学原

① 陈晓芬、胡平生译注：《论语 孝经》，北京：中华书局，2018年，第69页。
② 陈晓芬、胡平生译注：《论语 孝经》，北京：中华书局，2018年，第28页。
③ （南朝梁）刘勰著，黄叔琳注，李详补注，杨明照校注拾遗：《增订文心雕龙校注》，北京：中华书局，2000年，第610页。
④ （南朝梁）刘勰著，黄叔琳注，李详补注，杨明照校注拾遗：《增订文心雕龙校注》，北京：中华书局，2000年，第2页。

典，其形成是通过孔子'述而不作、信而好古'对'前言往行'的整理。"① 正如荀子曰："不闻先王之遗言，不知学问之大也。"② 汉代于建元五年（前136）在太学中设立了精通儒学经典的"五经博士"，向"博士弟子"传授儒家的《诗》《书》《礼》《易》《春秋》"五经"。天下之士闻风而起，阐释研究儒学文献的经学由此确立，儒家经典也正式成为代表"真理"的经书，高居各类典籍之首。

由于汉代逐渐形成的经典以及在此期间出现的诸多注解使得唐人取士大抵以注疏等著作为主要参考典籍，反而将经文本身忽略。当时还未成为"经"的《左氏传》《公羊传》《穀梁传》就已经有取代《春秋》本经的趋势，甚至以传记阐释修改本经来理解《春秋》本经。就如林庆彰所言："传本来是解释经的文字，到了唐中叶，传的地位反而高于经，当时的经学可说是一种传学，而非经学。"③ 故而由啖助、赵匡、陆淳等人组成了一个学派，以"正名"为目标批评当时不重经文原典而偏重传记的学风。唐代的古文运动在一定的意义上也是一种"回归原典运动"，古文运动的代表人之一韩愈认为："上规姚姒，浑浑无涯；周《诰》殷《盘》，佶屈聱牙；《春秋》谨严，《左氏》浮夸；《易》奇而法，《诗》正而葩；下逮《庄》《骚》，太史所录；子云相如，同工异曲。先生之于文，可谓闳其中而肆其外

---

① 盛险峰：《经学语境下的"学问"：儒家知识论的价值与事实》，《安徽大学学报（哲学社会科学版）》，2018年第6期，第124页。

② （战国）荀子著，孙安邦、马银华译注：《荀子》，太原：山西古籍出版社，2003年，第1页。

③ 林庆彰：《中国经学史上的回归原典运动》，《中国文化》2009年第2期。

矣。"① 韩愈所倡导的以文载道，载的也是古人之道，原典之道。

宋时朱熹将《大学》《中庸》从《礼记》中抽离与《论语》《孟子》组成"四书"，并赋予"四书"在儒家经典中最重要的位置，造成了宋学中"抬书抑经"的现象。"直至明代嘉靖时期江以达、李元阳校刻《十三经注疏》为先导，可以视为经学复古运动的第一层面，即经学文本回归原典，这时所要求回归的原典是唐宋之时形成的经书注疏本，这是明晚期经学复古运动回归经注本原典的先声。江以达校刻《十三经注疏》可以看作明代经学复古运动的表现之一，刊传经书注疏本实际是对宋儒性理之学的纠正和反抗。"② 王鏊《震泽长语》卷上即云："宋儒性理之学行，汉儒之说尽废，然其间有不可得而废者，今犹见于《十三经注疏》。幸闽中尚有其板，好古者不可不考也。使闽板或亡，则汉儒之学几乎熄矣。"③

清代乾嘉之际，随着考据学的兴起，学者一改宋明时期的学风，强调回归原典。清乾隆十三年（1748）的《钦定礼记义疏》将《大学》《中庸》重归《礼记》，引起了《大学》《中庸》的回"经"运动。官方对《大学》《中庸》回归《礼记》的认可，加剧了宋学和汉学的分化，使儒学内部的汉宋之争趋于白热化。

晚清以来的思想脉动，不仅源自西力与西学的外在刺激，清代学术思想自身所包含的"以复古求解放"的趋势也是另一

---

① （清）吴楚材、吴调侯选编：《古文观止》，长沙：岳麓书社，2020年，第380页。

② 李振聚：《明代刊刻〈毛诗〉经注本文本探源——兼论明代经学史上的"原典回归运动"》，《中国典籍与文化》，2023年第1期，第64页。

③ （明）王鏊：《震泽长语》，北京：商务印书馆，1937年，第1页。

动因。因此，中国近三百年来的学思历程，乃是一个扬弃先前诸种注解，直接通过"回归经典"以期发掘圣人微言大义的过程。这一现象出现的原因复杂多元、彼此交织。大体而言，既源自清初学者出于对宋明理学的反思而形成的"实学"精神，也有因儒学内部程朱与陆王之争所引发的"智识主义"理论取向，还包括因为王权高压而反向催生的训诂考证之风。因此，在"以复古为职志"的清代思潮左右之下，无论是乾嘉年间开始复兴的诸子学与考据学，还是对于晚清思想界产生重大影响的今文经学，都可视为其"势所必然"的结果。概而言之，在晚清以来"回归原典"的努力之下，学者们从不同的角度展开对于儒家经典的重新诠释。作为今文经学的代表人物，从龚自珍、魏源到廖平、康有为，均试图从"公羊三世说"中推演出变法改制的微言大义。在重估儒学经典价值的同时，一方面，古文经学的神圣性遭遇前所未有的挑战，对于上古历史的美好想象也随之崩塌；另一方面，针对危急的时局，康有为等人的学术取径"既不尽依公羊典范，更不秉承今文家法"，"唯取能合用其说者"。因此，康有为重估儒学的目的"不在说经，而在救世"[①]。他虽然绘制出一幅改制的蓝图，却也不自觉地动摇了儒家经典的根基，进而点燃了晚清革命和政治运动的思想导火线。

此外，"原典情结"也贯穿于中国古代文论脉络中。从《礼记·乐记》到《毛诗序》以及《文心雕龙》《诗品》等都可见经典在其中的思想主导作用。如《毛诗大序》中的"诗者，志之所之也"，便是承袭《尚书》《左传》中的"诗言志"语。

---

① 汪荣祖：《康章合论》，台北：联经出版有限公司，1988年，第27页。

刘勰《文心雕龙》之所以被后世追认为"体大而虑周",原因就如龙学研究专家张文勋所言:"刘勰立论,基本上都是以经史为据,可谓是引经据典,不尚空论;其中,引自经典之文,随处可见,尤以《易经》为最。"[①]据不完全统计,《文心雕龙》全文征引《周易》近百条,仅举几例:"位理定名,彰乎《大易》之数,其为文用,四十九篇而已。"(《序志篇》)"人文之元,肇自太极;幽赞神明《易》象惟先。"(《原道》篇)"书契断决以象《夬》,文章昭晰以象《离》:此明理以立体也。"(《征圣》篇)。《文心雕龙》援用《周易》文辞,一方面以此丰富文论的意蕴,如《附会》篇提道:"若夫绝笔断章,譬乘舟之振辑;会词切理,如引辔以挥鞭。克终底绩,寄深写远。若首唱荣华,而媵句憔悴,则遗势郁湮,余风不畅。此《周易》所谓'臀无肤,其行次且'也"[②];另一方面也是在阐明后世的创作要"宗经归正",如《征圣》篇明确论述:"是以论文必征于圣,窥圣必宗于经。《易》称'辨物正言,断辞则备'……故知正言所以立辨……辨立有断辞之义。虽精义曲隐,无伤其正言。"[③]

近代以来,也有诸多学者重申经典、原典的人类价值普遍性。马一浮认为"六艺之道"是追寻中国学术思想的经典源头,回归到中华文化的原典精神,是体认人类共德的关键途径。他提道:

> 若使西方有圣人出,行出来的也是这个六艺之道,

---

① 张文勋:《文心雕龙研究史》,昆明:云南大学出版社,2001年,第13页。

② (南朝梁)刘勰著,黄叔琳注,李详补注,杨明照校注拾遗:《增订文心雕龙校注》,北京:中华书局,2000年,第520页。

③ (南朝梁)刘勰著,黄叔琳注,李详补注,杨明照校注拾遗:《增订文心雕龙校注》,北京:中华书局,2000年,第17—18页。

但是名言不同而已……西方哲人所说的真、善、美，皆包含于六艺之中，《诗》《书》是至善，《礼》《乐》是至美，《易》《春秋》是至真。《诗》教主仁，《书》教主智，合仁与智，岂不是至善么？《礼》是大序，《乐》是大和，合序与和，岂不是至美么？《易》穷神知化，显天道之常；《春秋》正名拨乱，示人道之正，合正于常，岂不是至真么？诸生若于六艺之道深造有得，真是左右逢源，万物皆备。所谓尽虚空，遍法界，尽未来际，更无有一事一理能出于六艺之外者也。吾敢断言，天地一日不毁，人心一日不灭，则六艺之道炳然常存。世界人类一切文化最后之归宿必归于六艺，而有资格为此文化之领导者，则中国人也。①

李泽厚先生更是曾将"回归原典儒学"视为人类文明史中的第二次文艺复兴：

二十年前，我提出过希望有"第二次文艺复兴"。第一次文艺复兴是回归希腊，把人从神学、上帝的束缚下解放出来，然后引发了宗教改革、启蒙运动、工业革命等，理性主义、个人主义盛行，也导致今日后现代的全面解构。我希望第二次文艺复兴将回归原典儒学，把人从机器（高科技机器和各种社会机器）的束缚下解放出来，重新确认和界定人是目的，发掘和发展个性才能。由"道始于情"而以国际和谐、人际和谐、宗教和谐、民族和谐、天人和谐、身心和谐为标的，使人类走向光

---

① 马一浮著，虞万里校点：《马一浮集（第一册）》，杭州：浙江古籍出版社；杭州：浙江教育出版社，1996年，第21—24页。

明的未来。这就是"为生民立命，为往圣继绝学，为万世开太平"（张载），但这又仍然需要人类自身的努力奋斗。①

原典的回归代表的不仅仅是发挥文化典籍的时代性效用，更是在时间的校验中捡金沥沙，在数万万文章因历史变换消失匿迹而文明经典达致永恒，在易代频仍的语境中而文明精神传承不朽。回归原典更是保证民族绵延不绝的基本，也是一个民族文脉、魂脉的回归，所谓"往者虽旧，余味日新"②。

三、原典阐释：中国解经学的衍文赋义

在中国传统经学史中存在着经学一脉，也始终葆有解经一脉。在这一脉络系统中，经、典为主干，传、记为辅，注解、章句、义疏为翼，将经本身发展为宏阔绵延的解经学。三国时东吴人杨泉在《物理论》中将"五经"原典比作是海，解经的传记喻为"支流"，"夫五经则海也，传记则四渎，诸子则泾渭也。"③初唐长孙无忌也曾言："昔者圣人制作谓之为经，传师所说则谓之为传，此则丘明、子夏于《春秋》《礼经》作传是也。近代以来，兼经注而明之则谓之为义疏。"④解经方式多样，传、笺、注、疏、正义、义疏，等等，经与典在各样各代

---

① 李泽厚:《师道师说》，北京：东方出版社，2019 年，第 330 页。

② （南朝梁）刘勰著，黄叔琳注，李详补注，杨明照校注拾遗:《增订文心雕龙校注》，北京：中华书局，2000 年，第 27 页。

③ 参见杨乃乔:《悖立与整合——中西比较诗学》，福州：福建教育出版社，2018 年，第 586 页。

④ （唐）长孙无忌著，袁文兴校:《唐律疏议注译》，兰州：甘肃人民出版社，2017 年，第 1 页。

的阐释中得以传承与发扬。同样是对经文原典的阐释，但汉儒不同于诸子，宋儒又不同于汉儒，每一阶段都形成了极具时代性、创新性的阐释成果，如秦汉经学、魏晋玄学、隋唐佛学、宋明理学、清代朴学，都与经典的阐释密切相关且遵循着"依经立义"的根本内涵，即上溯经学传统、追认经学本源，追求文统与道统的合一构成了中国古代文章学中文本阅读和批评的主流原则。就如周裕锴所言："先秦诸子论道辩名，两汉诸儒宗经正纬，魏晋名士谈玄辨理，隋唐高僧译经讲义，两宋文人谈禅说诗，元明才子批诗评文，清代学者探微索隐，各有其标举的阐释理论或阐释方法，体现出鲜明的时代特色。"[①] 而正是由于这一代代对于经典的阐释衍生的一大批成果才使得中华民族赖以依存的精神文明世世相承。

两汉时期是中国经学发展最为繁盛之时。汉武帝设置"五经博士"在官方层面使得儒家经典取代黄老之学，自然便出现了围绕"五经"而形成的传、说、记、章句、笺注等阐释性著作。"传"是权威性的解经著作的通称，如《春秋》有《公羊传》《穀梁传》，《礼》有《丧服传》，《易》有《大传》等。"说"是汉代较晚经师口说的记录，如《尚书》有《尚书欧阳说义》，《诗》有《韩说》，《易》有《略说》等。"记"是那些经传本应载有但却没有提到的事件和学说的记录，近于史学的著述形式，如《礼》有《礼记》，《乐》有《乐记》，《书》有《五行传记》，《春秋》有《公羊杂记》等。"章句"是对经书逐章逐句进行解释的著作形式，如《书》有《欧阳章句》，《春秋》有《公羊章句》《穀梁章句》等。"笺注"是

---

① 周裕锴：《中国古代阐释学研究》，上海：复旦大学出版社，2019年，第4页。

将注文夹杂在经文中间逐字逐句进行解释的著作形式，如郑玄的《毛诗笺》《周礼注》等。①其中，郑玄注和孔颖达疏使经学典籍在意义上得以进一步阐释，对儒家典籍经学化起到了关键作用，进而奠定了经学在中国古代学术中的核心地位，儒家从诸子百家中脱颖而出，成为影响中国人思维结构的重要文化资源。汉唐时期经学典籍的注疏，也多为清人编《十三经注疏》所取用②。虽然汉代对于经典的阐释抹上了浓厚的政治色彩，但"汉代经学并非仅仅是专制制度的传声筒和辩护士，其灵活的阐释立场，不仅有可能接纳阴阳方术之学，而且可以衍生出限制皇权、改革制度的思路。就其阐释模式而言，既有政治的诠释（美刺）、神学的附会（谶纬），也有文字的注解（训诂）、哲理的发挥（义理）。"③这又何尝不是另一种学术争鸣呢？

宋元明时期，以"四书"的形成为标志，儒家经典的阐释进入哲学化阶段，其中以周敦颐、张载、二程、朱熹为代表。与此同时，陆象山、王阳明的心学使得儒家经典阐释出现了新的动向。由于"理学"思想的哲学化倾向，"理"的概念从儒家典籍中抽出，成为当时公认的价值判断和事实判断的目的。在这一时期，上述五人贡献最为突出。程颐注意到《礼记》中的《大学》"物有本末，事有终始"，遂而从《礼记》中抽出

---

① 参见王葆玹：《今古文经学新论》，北京：中国社会科学出版社，1997年，第66—72页。

② 盛险峰：《经学语境下的"学问"：儒家知识论的价值与事实》，《安徽大学学报（哲学社会科学版）》，2018年第6期，第125页。

③ 周裕锴：《中国古代阐释学研究》，上海：复旦大学出版社，2019年，第65页。

《大学》，可见此时儒家原典的阐释趋向方法论。^① 程颐尝云：
"《大学》，孔氏之遗书，而初学入德之门也。于今可见古人为
学次第者，独赖此篇之存，而《论》《孟》次之。"^② 在程颐的
基础上，朱熹汇集《大学》《中庸》《论语》《孟子》成为"四
书"，这一行为在解经学中是为建构性的体现。同时，在内求
理的知识探讨中，出现了以陆九渊、王阳明为代表的心学一
派。^③ 因而，章学诚认为："宋儒之学，自是三代以后讲求诚正
治平正路。第其流弊，则于学问、文章、经济、事功之外，别
见有所谓'道'耳。以'道'名学，而外轻经济事功，内轻学
问文章，则守陋自是，枵腹空谈性天，无怪通儒耻言宋学矣。
然风气之盛，则村荒学究，皆可抵掌而升讲席；风气之衰，虽
朱、程大贤，犹见议于末学矣。"^④ 而在此过程中亦产生了更多
形式的解经著作。如：《周易》有王弼、韩康伯作注；《尚书》
有孔安国作传；《毛诗》有《毛诗故训传》《郑玄笺》；《周礼》
《仪礼》《礼记》都有郑玄的《注》；《左传》有贾逵、服虔作注
和杜预的《春秋经传集解》；《公羊传》有何休的《春秋公羊传
解诂》；《穀梁传》有范宁的《春秋穀梁传集解》；《论语》有郑
玄的《论语注》、何晏的《论语集解》等书。进入南北朝以后，
由于当时都用义疏体来讲解佛经，儒家经典的研究，因受佛教

---

① 盛险峰：《经学语境下的"学问"：儒家知识论的价值与事实》，《安徽大学学报（哲学社会科学版）》，2018 年第 6 期，第 125 页。

② 沈知方主编，蒋伯潜注释，上海辞书出版社哲社编辑室整理：《四书读本》，上海：上海辞书出版社，2017 年，第 3 页。

③ 盛险峰：《经学语境下的"学问"：儒家知识论的价值与事实》，《安徽大学学报（哲学社会科学版）》，2018 年第 6 期，第 126 页。

④（清）章学诚著，仓修良编注：《文史通义新编新注》，杭州：浙江古籍出版社，2005 年，第 819 页。

讲经的影响，产生了许多义疏体的著作，如《周易》有梁武帝的《周易讲疏》，褚仲都的《周易讲疏》，萧子政的《周易讲疏》；《尚书》有费甝的《尚书义疏》，刘炫的《尚书述义》；《毛诗》有沈重的《毛诗义疏》，刘炫的《毛诗述义》；《周礼》有沈重的《周官礼义疏》；《礼记》有贺场的《礼记新义疏》，皇侃的《礼记义疏》；《左氏传》有刘炫的《春秋左氏传述义》，佚名的《春秋公羊疏》；《孝经》有皇侃的《孝经义疏》等；《论语》有皇侃的《论语义疏》，刘炫的《论语述义》；等等。佛教思想与儒家传统思想的碰撞反而使得经典的阐释别出新意，"显示出强劲的原创性"①。然而发展至清朝，自晋以来的经学阐释被视为俚俗之言，清代著名学者钱大昕指出："自晋代尚空虚，宋贤喜顿悟，笑学问为支离，弃注疏为糟粕，谈经之家，师心自用，乃以俚俗之言，诠说经典。"②他认为："六经者，圣人之言。因其言以求其义，则必自诂训始。谓诂训之外别有义理，如桑门以不立文字为最上乘者，非吾儒之学也。"③这也是前文所提到的由于明儒对于经典的阐释逐渐偏离了原典本身而导致清初出现的"回归原典"运动。

原典的阐释是建构经文原典体系化、创新化发展的基本。所谓"经禀圣裁，垂型万世，删定之旨，如日中天，无所容其

---

①　周裕楷：《中国古代阐释学研究》，上海：复旦大学出版社，2019年，第202页。

②　（清）钱大昕：《潜研堂文集》卷二十四《经籍纂诂序》，见《嘉定钱大昕全集》（九），南京：江苏古籍出版社，1997年，第377页。戴震有类似看法："汉儒故训有师承，亦有时傅会。晋人傅会凿空益多。宋人则恃胸臆为断。……宋已来儒者以己之见，硬坐为去贤圣立言之意，而语言文字实未之知。"引自《戴东原集》卷九《与某书》。

③　（清）钱大昕：《潜研堂文集》卷二十四《臧玉林经义杂识序》，见《嘉定钱大昕全集》（九），南京：江苏古籍出版社，1997年，第375页。

赞述，所论次者，诂经之说而已。"① 在中国传统经学史中，古文经学与今文经学，汉学、宋学、朴学，都体现了对经典的阐释依据、侧重及方法手段的不同，归纳而言是理一分殊的问题。在这个过程中，无论是对经典进行事实判断还是价值判断的阐释，都推动了儒家典籍知识化、哲学化、时代化的进程。正如《礼记·学记》所言："三王之祭川也，皆先河而后海，或源也，或委也。此之谓务本。"② 从中国数千年经典的确立、奠基以及不同时期建立在不同方法基础上的解经，都展现了中华文化原典发展的不同阶段和脉络，这不仅推动了中华文化纵向传承性的绵延，也丰富了中华文明横向思想性拓展的内涵。

第二节　西方古典文献学与原典阅读

对标研究中国"古典文献本身及其发展演变规律"③ 的中国古典文献学，西方古典文献学主要聚焦古希腊、拉丁文献的整理与研究。英语中有"bibliology"一词，指研究图书纸张、印刷、历史的图书学，与中国古典文献学的"版本学"有相近之处；"bibliography"则与传统所称"目录学"几可对应；而与校雠学、训诂学、辨伪学类似的西学则

---

① （清）纪昀等撰：《钦定四库全书总目卷·经部总序》，载《景印文渊阁四库全书》（总目一，经部），台北：台湾商务印书馆影印文渊阁写本，1986 年，第 53—54 页。

② 《礼记正义》，载（清）阮元校刻：《十三经注疏》（下），上海：上海古籍出版社，1997 年，第 1525 页。

③ 项楚、张子开主编：《古典文献学》，重庆：重庆大学出版社，2015 年，第 16 页。

为 "diplomatics"① (古文献学 / 古文书学), "paleography" (古
文字学)② 或 "codicology" (手稿学)。亦有学者以 "document
science" 或 "documentics" 对应文献学 ③。然而最早出现、最
能突出 "西方古典" 这一时空特性、最大程度涵括西方古典文
献学的悠久历史 ④ 及丰富领域，并得到学界广泛认可的名称，

---

① 米辰峰认为，17 世纪后期，法国学者马比荣 (Jean Mabillon，1632—1707)
在中世纪文书辨伪的基础上创立了规范的古文献学。"diplomatics 英文术语最早来
源于希腊文 "diploma"，原意是 '双折' 或 '折叠' 的文件，17—19 世纪引申
为研究各种古旧文献 / 文件 (documents) 的学科。它的研究对象曾经限于中世纪
的官方法令、民间契约以及标志各种权力、荣誉和财产赠予、出售、转让或补偿
的各种凭据证件。它的专业范畴主要是释读古代文字，识别文本真伪、产生的真
实时间和地点。"（见米辰峰：《马比荣与西方古文献学的发展》，《历史研究》2005
年第 4 期，第 140—141 页。）彭小瑜亦提到，1681 年马比荣所作《论文献学》（ De
Re diplomatica) 一书是西方古文献学划时代的著作。(见彭小瑜：《近代西方古文
献学的发源》，《世界历史》2001 年第 1 期，第 112 页。)

② Paleography 希腊语源 "古旧的" (palaios) 和 "书写" (graphein) 两词
的结合。与基本不涉及古希腊语、专注于以拉丁语书写的古代欧洲文件的
"diplomatic" 相比，"paleography" 则囊括远古至中世纪的各种书写文本。马比荣
的传人蒙福孔 (Bernard de Montfaucon，1655—1741 年) 撰写了《希腊语古文字
学》（ Palaeographia Graeca) 一书，是 "Paleography" 的学科创始标志。(见前引
米辰峰《马比荣与西方古文献学的发展》一文第 145 页)

③ "Documentation" 最先在法语中使用，后为英语借用，1895 年在比利时
布鲁塞尔成立的国际目录学会，1938 年更名为国际文献联合会（ Fédération
Internationale de Documentation ），"同年，该会开始专门使用 'documentation'
以指 '文献学'，并定义为：对人类各活动领域的文献的收集、分类和传播"。
(见前引项楚、张子开主编《古典文献学》第 13 页) 但张强认为文献学 "若以
documentation science 或 documentics 为名作解，无疑偏离了西方文献学较长的发
展历史"。(见张强：《西方古典文献学的名与实》，《史学史研究》2012 年第 2 期，
第 98 页。)

④ 在 17 世纪由马比荣创立为学科之前，"diplomatic" 的基本研究方法其实来源
于希腊化时代（公元前 4 世纪—公元前 1 世纪）埃及亚历山大里亚图书馆的校勘
工作。而无论是 17—19 世纪引申为研究古文献的 "diplomatic"，还是 19 世纪最
先在法语中使用的 "documentation" 一词，都无法如 "philology" 一样表达西方
古典文献学的悠久历史。

则非"philology"莫属①。

　　"philology"借自法文、德文中的"philologie"，源出古希腊语"philologia"（φιλολογίᾱ），由"philos"（φίλος，"被爱或爱"）与"logos"（λόγος，基本义为"言语、思考、论证、理性"等）复合而成。故而"philologia"的基础意义为"热爱 logos"，"logos"是西方思想史的核心范畴之一，其含义繁复多变。初见于柏拉图著作的"philologia"，含义和它的词根"logos"一样复杂②。如《泰阿泰德篇》（Theaetetus）以 philologia 表示对争论的喜爱③;《法篇》（Laws）以"philologos"指称一个喜爱说话的人，与"不善言辞"（βραχύλογος）的斯巴达人相反④;《拉凯斯篇》（Laches）中，"philologos"被用于描述一个喜爱哲学讨论的人，而

　　① 张强《西方古典文献学的名与实》一文英文题名"The Evolution of Philologia"，并称"西方古典文献学"为"klassische Philologie"及"classical philology"（见前引张强《西方古典文献学的名与实》一文第 98 页）。而刘小枫编、丰卫平译《西方古典文献学发凡》一书，其英文题名为 Beginning Western Classical Philology。英语学界对"philology"的界定可参考《世界文献》（World Philology）一书。（Sheldon Pollock, Benjamin A. Elman, and Ku-ming Kevin Chang eds, World Philology, Cambridge, Massachusetts: Harvard University Press, 2015.）另外哈佛大学文献与文化研究中心 1988 年曾以"What is Philology?"为主题举办研讨会。会后论文结集出版《论文献学》（On Philology）一书，读者可通过此书进一步了解西方古典学界对 Philology 的界定。（Jan Ziokowski ed., On Philology, London: The Pennsylvania State University Press, 1990.）

　　② James Turner, Philology: The Forgotten Origins of the Modern Humanities, New Jersey: Princeton University Press, 2014, p. 3.

　　③《泰阿泰德篇》146A:"苏格拉底：塞奥多洛，莫非我的争论热情使我失态，变得鲁莽了？我渴望开始一场亲密无间的谈话，相互之间就像朋友那样轻松自在。"见柏拉图著:《柏拉图全集》（第 2 卷），王晓朝译，北京：人民出版社，2002 年，第 656 页。

　　④《法篇》641E:"我们的城邦公民热衷于谈话，每天都有大量的讨论。"见柏拉图著:《柏拉图全集》（第 3 卷），王晓朝译，北京：人民出版社，2002 年，第 387 页。

其对立面则是"厌恶讨论者"（μισόλογος）^①。历史上首个自诩"philologos"者，则为曾任亚历山大里亚图书馆馆长的埃拉托斯忒涅斯（Eratosthenes，约公元前 276—前 195），"philologos"在这里指称热爱文本的博学之人。

一、亚历山大里亚学派的原典阅读与研究

埃拉托斯忒涅斯称自己为"philologos"，并非历史的偶然，而是与其任职的亚历山大里亚图书馆的知识传统与学术氛围息息相关。美国圣母大学历史系荣休教授詹姆斯·特纳将古希腊文献学的开端，定位在公元前 9 世纪希腊人从腓尼基字母设计出希腊字母表这一历史时刻^②。而古希腊文献学的"必不可少和决定性的阶段"^③，则常被定位在早期希腊化时代，在埃及托勒密王室^④支持下，以亚历山大里亚的文化机构为中心形成的亚历山大里亚学派（Alexandrian School）。

许多希腊城市都有 Μουσεῖον（Mouseīon，即今日 museum 的前身），意为"缪斯的神祠，或家宅"^⑤，也是文学活动

---

① 《拉凯斯篇》188C："拉凯斯：关于讨论，我只有一种感受，尼昔亚斯，也许我得说我有两种，是吗？有人会认为我热爱讨论，而在有些人眼里我好像痛恨讨论。"见柏拉图著：《柏拉图全集》（第 1 卷），王晓朝译，北京：人民出版社，2002 年，第 180 页。

② James Turner, *Philology: The Forgotten Origins of the Modern Humanities*, New Jersey: Princeton University Press, 2014, p. 3.

③ Franco Montanari, "Philology in Ancient Greece," in Sheldon Pollock, Benjamin A. Elman, and Ku-ming Kevin Chang eds, *World Philology*, Cambridge, Massachusetts: Harvard University Press, 2015, p. 25.

④ 公元前 323 年马其顿亚历山大大帝去世后，他的一位将军自封为埃及国王，即为托勒密一世（Ptolemy Ⅰ）。

⑤ 约翰·埃德温·桑兹著：《西方古典学术史》（第一卷 上册），张治译，上海：上海人民出版社，2010 年，第 119 页。

的中心。公元前 300 年左右，托勒密在埃及建立了自己的
Μουσεῖον，这是当时的学术圣地：一个由人文学者和科学家
组成的学院，拿着皇家薪水，从事教学和研究。① 这个学术团
体的领袖由当局指定，被称作"博物馆的祭酒"②。亚历山大里
亚学派在托勒密的文学赞助热情下，不断挑战雅典作为希腊世
界文化中心的昔日地位。

　　在亚历山大里亚，"philology""一开始就是独立的学科，
目标是保存和解释古典文学"③。同时代的诗人甫里乌斯的提蒙
（Timon of Phlius）曾有诗云："在熙攘川流的埃及 / 有许多来
谋食的人 / 抄写纸草不能停休 / 彼等长年累月地争论 / 在缪斯
的雀笼里。"④ 可知"抄写纸草"（文本考订、还原与保存）和
"争论"（文本辨伪、解释与研究）是亚历山大里亚学者们常做
的学术工作。亚历山大里亚新建图书馆⑤，其首任馆长泽诺多
托斯（Zenodotos）"第一个完成了荷马史诗和赫西俄德诗歌的

----

① James Turner, *Philology: The Forgotten Origins of the Modern Humanities*, New Jersey: Princeton University Press, 2014, p. 9.
② 约翰·埃德温·桑兹著：《西方古典学术史》（第一卷　上册），张治译，上海：上海人民出版社，2010 年，第 119 页。
③ 维森博格著：《西方古典语文学简史》，刘小枫编：《西方古典文献学发凡》，丰卫平译，北京：华夏出版社，2014 年，第 3 页
④ 约翰·埃德温·桑兹著：《西方古典学术史》（第一卷　上册），张治译，上海：上海人民出版社，2010 年，第 117 页。
⑤ 亚历山大里亚有两座图书馆，一为较大的 Brucheion，桑兹认为其位于亚历山大里亚城西半部，毗邻亚历山大港，而维森博格认为 Brucheion 即在 Μουσεῖον 中心；二为较小的 Serapeion，有时被称作"子馆"（见维森博格：《西方古典语文学简史》第 3 页），桑兹认为其"在西南角的剌寇提斯（Rhakôtis）城区，邻近赛拉皮斯（Serapis）神庙和'庞培柱'（Pompey's Pillar）"。（见前引桑兹《西方古典学术史》第 121 页）

文本考订，目的在于恢复原始文本"①，并确立了现代文本考订学的一项原则：在遇到流传文本的可疑之处时，保留有疑义的诗行，并用质疑号（obelos）标出，让读者自行决断。本书第一章提到，"原典"二字蕴含着"振叶以寻根，观澜而索源"的学术精神，"原"者，"溯源于本始，致用于当今"，并非是着眼于现状或事物独立的存在，而是回溯事物源初含义，从历史背景和事物得以存在的根源出发，找到症结和重点，再论说观点看法和利害得失。泽诺多托斯对原始文本的探寻与尊重，正体现了"辨章学术，考镜源流"这一原典治学精神，他被选为首任图书馆馆长，其缘于此。

　　亚历山大里亚图书馆第四任馆长，拜占庭的阿里斯托芬（Ἀριστοφάνης，约公元前 257 年—前 180 年）赓续首任馆长的原典治学精神，将亚历山大文献学推向了一个崭新的发展阶段。阿里斯托芬不仅考订了众多叙事诗人、抒情诗人、悲剧和喜剧作家的文本，"奠定了所有这些文本继续流传的基础"②，而且"发展出一套范围更广、更完善的文本考订符号系统"③，另外，他也参与编定了一份经典（canones）文学作品目录，因此可以说"对较早时期绝大部分希腊文学的传本史而言，阿里斯托芬的重要性也不容低估"④。

　　① 维森博格著：《西方古典语文学简史》，刘小枫编：《西方古典文献学发凡》，丰卫平译，北京：华夏出版社，2014 年，第 3 页。

　　② 维森博格著：《西方古典语文学简史》，刘小枫编：《西方古典文献学发凡》，丰卫平译，北京：华夏出版社，2014 年，第 5 页。

　　③ 维森博格著：《西方古典语文学简史》，刘小枫编：《西方古典文献学发凡》，丰卫平译，北京：华夏出版社，2014 年，第 5 页。

　　④ 维森博格著：《西方古典语文学简史》，刘小枫编：《西方古典文献学发凡》，丰卫平译，北京：华夏出版社，2014 年，第 6 页。

亚历山大里亚学派的兴盛，不离"原典"二字。一方面，针对原典展开的文本考订"必须在一个手稿、书本足够普及，文本形式足够复杂的年代才有可能出现"①。亚历山大里亚两大图书馆总藏书量在公元1世纪中叶一度至70万卷，远超当时希腊已有的全部藏书②，为原典阅读和研究开展提供了绝佳的物质条件。而由于王室不惜重金广泛搜求原始抄本，故而许多伪作赝品、篡夺古人面目的复本和只求效率而粗心大意的抄本也应运而生③，因此考校辨伪也必须与抄本搜集工作同时进行，这便不断锤炼学者们的考订水平，继而在实践中催生出高效的校勘方法。另一方面，追复原典的精神贯穿亚历山大里亚学派发展始终。"前亚历山大里亚"时期，其实已经出现了考校原典的文本实践。在诗人群体中，由于荷马史诗最初以口传形式流传，因此《伊利亚特》和《奥德赛》的异文很早就出现了，"当时的游吟诗人引用荷马史诗，需要通过比较鉴别，定于一是"④，而"支持某一异文的本子，时代越早，证明力越强"⑤。在学者群体中，亚里士多德曾作《荷马问题》（*Homeric Problems*）一书，以历史背景澄清文本谜题，惜已亡佚。早在雅典的吕克昂学园中，亚氏就已编纂雅典戏剧表演的历史目

---

① 沈卫荣、姚霜编：《何谓语文学？ 现代人文科学的方法和实践》，上海：上海古籍出版社，2021年，第18页。

② 约翰·埃德温·桑兹著：《西方古典学术史》（第一卷 上册），张治译，上海：上海人民出版社，2010年，第124页。

③ 约翰·埃德温·桑兹著：《西方古典学术史》（第一卷 上册），张治译，上海：上海人民出版社，2010年，第125页。

④ 苏杰编、译：《西方校勘学论著选》，上海：上海人民出版社，2009年，第ii页。

⑤ 苏杰编、译：《西方校勘学论著选》，上海：上海人民出版社，2009年，第iii页。

录，而他的一些学生则继承了他的语言学和历史研究。据传正是亚氏的一位弟子，法勒隆的德米特里乌斯（Demetrius of Phaleron，约公元前345—公元前283），建议托勒密一世兴建亚历山大里亚的 Μουσεῖον[①]，如此看来，亚历山大里亚学派实际上直承亚里士多德的学术血脉，自然深化并赓续这一"尚典"研究传统。而尊亚历山大里亚学派为学科渊源的西方古典文献学，直至现代依然因循对原典的敬意，如法国著名文献学家 A. 戴恩（1896—1964）在其《古典文献的写本》一书中所言："不应忘记——事实亦显见——文献学（philologie）的所有发展均系围绕着文本的编订的。"[②]

　　亚历山大里亚时期，"人们崇尚的是博学与考辨"[③]，以至于"诗人通常都是学者"，所以当诗人阿拉图斯请甫里乌斯的提蒙推荐荷马史诗版本时，"后者回答说应该是以古代的钞本为底本的，而不是那些已经被校订过的（τοῖς ἤδη διωρθωμένοις）"[④]。见微知著，亚历山大里亚学派所处的希腊化时代被视为"一个以书籍为基础的文明"，那时"诗歌文学作品的书面副本的传播逐渐增加"[⑤]，知识分子怀着无与伦比的热情收集和

────────

①　James Turner, *Philology: The Forgotten Origins of the Modern Humanities*, New Jersey: Princeton University Press, 2014, pp. 9–10.

②　A. Dain, *Les Manuscrits*, Paris: Les Belles Lettres，1949，p. 145. 中文转引自张强：《西方古典文献学的名与实》，《史学史研究》2012 年第 2 期，第 101 页。

③　约翰·埃德温·桑兹著：《西方古典学术史》（第一卷　上册），张治译，上海：上海人民出版社，2010 年，第 130 页。

④　约翰·埃德温·桑兹著：《西方古典学术史》（第一卷　上册），张治译，上海：上海人民出版社，2010 年，第 132 页。

⑤　Franco Montanari, "Philology in Ancient Greece," in Sheldon Pollock, Benjamin A. Elman, and Ku-ming Kevin Chang eds, *World Philology*, Cambridge, Massachusetts: Harvard University Press, 2015, p. 27.

延续过去几个世纪的文学遗产。虽然伯罗奔尼撒战争之后，阿提卡半岛丧失了政治霸权，希腊古典文学赖以建立的城邦政治和社会结构业已消失，但雅典母邦之外，在地中海南岸建立的语法学校和文化机构里，对古典希腊的追忆不绝如缕。在通俗希腊语逐渐形成的时代背景下，彼时的语法学校依然坚持使用古典阿提卡方言，便于阅读古希腊原典，如拜占庭的阿里斯托芬那样的学者们则致力于编订古典作家名单与作品目录。鼎盛时期的希腊，公共辩论要求演说者能够在雄辩说辞中"引经据典"，而在亚历山大及其继任者革新下"缺乏公共政治功能的希腊修辞术在学塾找到了落脚地"①，亚历山大里亚学术机构中学者们对经典的选择、理解、保存与阐释，绵延发展出后世我们熟悉的、以原典为立身之本的西方古典文献学。

二、西方古典文献学与原典阅读的历史联系

"原典"是立身之本，这一认识不唯表现在灿烂而尚典的亚历山大里亚学派之中，更贯穿于整个西方古典文献学的发展始终。桑兹将西方古典学术划分为雅典时期、亚历山大里亚时期、罗马时期的拉丁学术、罗马时期的希腊学术、拜占庭时期、西方中古时期、意大利的文艺复兴与学术史、16 世纪、17 世纪、18 世纪、19 世纪这十一个历史阶段。在这一长逾两千年的历史画卷中，原典是文本之海闪烁的灯塔，也是西方古典文献学一直坚持的返本开新的路径。

雅典时期，西方古典文献学的原典阅读主要与《荷马史

---

① 勒策著：《欧洲文学中的传统与现代：简论"古今之争"》，温玉伟译，上海：华东师范大学出版社，2020 年，第 25 页。

诗》相关，生活在雅典时期的哲学家和诗人们正在创造许多后世我们称之为"经典"的作品，而从他们的视角向历史深处遥望，能称之为"经典"的无疑是《荷马史诗》，故而"一直到公元前4世纪，荷马都是'前语文学'研究的唯一对象"[①]。由于口传文本的随意性，为了确证这一古老史诗最源初和可信的版本，当时的城邦政府保存了几个《荷马史诗》的"城邦标准本"（city editions），而公民个人则可以抄录标准本，并依此制作私人复本。另外，亚里士多德出于教学的需要，也为他的学生亚历山大大帝特别准备了一个版本[②]，这意味着亚里士多德也做了《荷马史诗》原本校订的相关工作。在雅典时期与亚历山大里亚时期的过渡期，即公元前330年，在吕库戈（Lykurgos）的倡议下，学者们编订了公元前5世纪阿提卡三大悲剧诗人（埃斯库罗斯、索福克勒斯、欧里庇得斯）的全集[③]，避免对文本的任意修改，从而维护公演脚本的原貌。

罗马时期的原典阅读和研究上承古希腊语学术传统，下启中世纪欧洲拉丁语学术传统，不仅留下了浓墨重彩的一笔，而且在西方古典学术史上如桥梁般将希腊、罗马两大人文传统连接在一起。罗马征服了希腊的土地，却在文化上被希腊征服，雅典、亚历山大里亚、帕加马之后，"奥古斯都时代的罗马，

---

① 维森博格著：《西方古典语文学简史》，刘小枫编：《西方古典文献学发凡》，丰卫平译，北京：华夏出版社，2014年，第2页。

② Bruce M. Metzger, *The Text of The New Testament*, New York: Oxford University Press, Inc., 2005, p. 197.

③ 维森博格著：《西方古典语文学简史》，刘小枫编：《西方古典文献学发凡》，丰卫平译，北京：华夏出版社，2014年，第2页。

卓然成为希腊文坛主要代表人物们心向往之的中心"①。希腊化
世界的文化成果经由帕加马王国赠予罗马，因此罗马文献学
的开端一般溯源至帕加马派（Pergamon）② 学者马洛斯的卡拉
底斯（Crates of Mallos）。古罗马历史学家苏埃顿（Suetonius）
《语法论》（De grammaticis）一书记载，约在公元 167 年，卡
拉底斯作为帕加马的使者来到罗马，但因误摔断了腿不得不在
罗马修养数月，并在这段时间讲学，继而引起轰动。③ 以此为
关键节点，罗马文学与学术源源不断地从希腊文化的土壤中汲
取养料，文论史上著名的贺拉斯《诗艺》依然以荷马和阿喀罗
克斯（Archilochus，约公元前 714—676）的诗歌，欧里庇得斯
及索福克勒斯的悲剧为拉丁文学创作的示范和例证，并提出：
"与其别出心裁写些人所不知、人所不曾用过的题材，不如把
特洛亚的诗篇改编成戏剧。"④ 这可佐证彼时希腊故事的大众普
及与受欢迎程度。而西塞罗则极为重视希腊原典的阅读，并翻
译了柏拉图、色诺芬、德莫斯提尼的著作，他不仅"用希腊

---

① 约翰·埃德温·桑兹著：《西方古典学术史》（第一卷　上册），张治译，上海：上海人民出版社，2010 年，第 281 页。

② 帕加马王国由宦官菲莱泰洛斯（Philetairos，约公元前343—前263年）建立，后王位由表兄阿塔罗斯一世继承。"阿塔罗斯国王将帕加马从无足轻重的堡垒变成可以与亚历山大港相媲美的文化中心……使用帕加马建筑宣传自己作为希腊文化保护者与传承者的合法身份。"（见杰里米·麦金纳尼著：《希腊文明的兴衰 从米诺斯的迷宫到亚历山大大帝的世界》，吕文锦译，武汉：华中科技大学出版社，2022 年，第 341—342 页。）"帕加马有当时希腊化世界第二大图书馆……早在公元前 3 世纪，帕加马学者就开始研究词源学、语音学，以及语法方面的问题。"（James Turner, *Philology: The Forgotten Origins of the Modern Humanities*, New Jersey: Princeton University Press, 2014, p. 13.）

③ James E. G. Zetzel, *Critics, Compilers, and Commentators: An Introduction to Roman Philology, 200 BCE–800 CE*, New York: Oxford University Press, 2018, p. 20.

④ 贺拉斯著：《诗艺》，杨周翰译，北京：人民文学出版社，1982 年，第 144 页。

语写了他任执政官时期的历史，甚至在他用拉丁语创作的悲剧中，特别是哲学作品中印有深深的希腊痕迹"①。不独罗马诗人、剧作家仰慕并模仿希腊文学，罗马哲学家也接纳了希腊哲学家的思想，如著名的普罗提诺以柏拉图理念论为基础创立的"新柏拉图主义"，对中世纪基督教和天主教神学影响深远。亚里士多德和柏拉图的著作在罗马时期已经获得了"经典"的地位，许多学者，如亚历山大里亚的叙利安努斯（Syrianus）、生于君士坦丁堡的普洛刻卢斯（Proclus）、执教于亚历山大里亚的赫尔美亚斯（Hermeias）在彼时已经开始评注亚里士多德、柏拉图两大贤哲的著作。策勒尔称注疏了《理想国》《蒂迈欧篇》和《巴门尼德斯篇》的普洛刻卢斯，将"所有的才赋都用在对典籍的阐释上面"②，其对希腊原典的热爱程度，可见一斑。

除了要整理已有的古希腊史诗、抒情诗、戏剧和哲学原典文本，罗马时期的学者还开始辑录拉丁文献并尝试建立拉丁语文学传统。卡拉底斯将帕加马学派用以研究早期希腊诗歌的文献方法带到了罗马，而罗马人则将模仿习来的"希腊方法"应用于罗马材料，梳理并解释复杂的拉丁文本。对拉丁文原典的重视，无疑丰富了原本只有希腊文脉的西方古典文献学。许多拉丁语经典作家在罗马时期已开始被注释和研究，如波菲里奥（Pomponius Porphyro）对贺拉斯的评注，以及马克罗比乌斯对

---

① 陈恒：《希腊化的另一面：罗马的希腊化》，《学术研究》2005年第10期，第110页。

② Thomas Whittaker, *The Neo-Platonists: A Study in the History of Hellenism*, Cambridge: The University Press, 1901, p. 162. 中文转引自桑兹：《西方古典学术史》，第363页。

西塞罗《斯基皮奥之梦》（*Somnium Scipionis*）的评注①。罗马的文学批评也在评注经典文本的基础上逐渐发展起来。与此同时，学者们还对作者进行排名，至迟到 2 世纪后半叶，罗马诗人已经开始比较早期拉丁作家的功绩，并尝试建立诗人年表。波西乌斯·利西努斯（Porcius Licinus）用诗歌描述了罗马文学史，沃卡西乌斯·塞狄吉图斯（Volcacius Sedigitus）写了一本《论诗》（*De poetis*），卢齐利乌斯（Lucilius）评论了早期和当代诗歌，而阿克齐乌斯（Accius）则试图制作一个早期罗马诗歌年表②。因此，早期罗马的文献学家（philologists）虽然没有像亚历山大里亚学派的学者们那样致力于抄写、考订和校勘文本，但是却发展出了注疏与评论文本的学问，而这进一步垦拓了西方古典文献学的研究维度。

随着西罗马帝国的崩溃，古希腊文化遗产也散佚于西部欧洲，或毁于战火，而东部的拜占庭则在此历史更替的进程中存亡绝续，保留了希腊的语言、文献及学术传统。"对古典诗歌和讲演术的学习和研究仍像以前那样是学校的课程……2 世纪的早期阿提卡主义古文运动的作家诸如琉善和雅里斯底德的作品也像古代雅典的经典一样作为范文"③，这种原典教育模式一直延续到拜占庭时期结束。9 世纪时，拜占庭承平日久，因数百年战乱而消失的帝国大学在摄政王巴尔达斯的支持下得以重振，文学研究家康姆塔斯（Cometas）专修修

---

① 维森博格格著：《西方古典语文学简史》，刘小枫编：《西方古典文献学发凡》，丰卫平译，北京：华夏出版社，2014 年，第 11—12 页。

② James E. G. Zetzel, *Critics, Compilers, and Commentators: An Introduction to Roman Philology, 200 BCE–800 CE*, New York: Oxford University Press, 2018, p. 28.

③ L. D. 雷诺兹、N. G. 威尔逊著：《抄工与学者：希腊、拉丁文献传播史》，苏杰译，北京：北京大学出版社，2015 年，第 53 页。

辞学和雅典古文，且汇校了荷马史诗。为恢复典籍原貌，康姆塔斯还专程跨越地中海来到欧洲大陆，到各修道院寻访可能残存的古书。以康姆塔斯为代表的一众巴尔达斯学院学者，"志在恢复和散播各种不同类型的古典文本"①，并致力于尊崇古典风格的雅典古文运动。12世纪，曾在牧首神学院担任修辞学教授的尤斯塔修斯（约1115—约1195）对比了诸多索福克勒斯《安提戈涅》的抄本，直到找到那个最正确的"善本"（ακπιβη αωτιγραφα）②。而与尤斯塔修斯同时代的约翰·泰泽（John Tzetzes，约1110—1180）还记载自己"曾经参加过关于古典文本训释的学术研讨会"③，如此看来，拜占庭时期的原典研究，已经形成了相当的规模。迈克尔·蔡尼亚提斯（Michael Choniates）则自豪于自己拥有一个珍贵的卡利马库斯《赫卡勒》（*Hecale*）的本子④，可见在印刷术和造纸术影响欧洲之前，拥有原本书籍是多么重要的事情。教师德米特里·崔克利纽斯（Demetrius Triclinius），为恢复校正原典文本而四处搜求，终于得到了一部当时几乎无人知晓的欧里庇得斯九部戏剧的本子，而这成为我们今天关于这些戏剧文本的唯一来源。⑤

---

① L. D.雷诺兹、N. G.威尔逊著：《抄工与学者：希腊、拉丁文献传播史》，苏杰译，北京：北京大学出版社，2015年，第62页。
② L. D.雷诺兹、N. G.威尔逊著：《抄工与学者：希腊、拉丁文献传播史》，苏杰译，北京：北京大学出版社，2015年，第70页。
③ L. D.雷诺兹、N. G.威尔逊著：《抄工与学者：希腊、拉丁文献传播史》，苏杰译，北京：北京大学出版社，2015年，第72页。
④ L. D.雷诺兹、N. G.威尔逊著：《抄工与学者：希腊、拉丁文献传播史》，苏杰译，北京：北京大学出版社，2015年，第72页。
⑤ L. D.雷诺兹、N. G.威尔逊著：《抄工与学者：希腊、拉丁文献传播史》，苏杰译，北京：北京大学出版社，2015年，第77页。

在东部的拜占庭存续希腊经典的同时，西部欧洲的修道院则保存了拉丁经典，这正是西方中古时期古典文献学主要操持的事业。在文化之火暗淡的中世纪，僧侣在缮写室里日复一日染色羊皮纸、誊录书籍，故而中古修道院既为"当时之学问的宝库"，又为"将来之学识的源泉"。[①]8—9世纪由查理曼大帝主导的加洛林文艺复兴（Carolingian Renaissance），主持者正是来自英国的僧侣阿尔昆（Alcuin，约735—804）。在一份查理曼宫廷图书馆的藏书目录中，我们能看到卢坎、斯塔提乌斯、泰伦斯、贺拉斯、西塞罗和萨卢斯特等人的著作和演讲。[②]古代异教的知识并非全然被摒弃，而是被视为可以盛放基督教智慧的"宝瓶"，或者被认为与基督教美德学说之间存在相似从而得到接纳。学校中讲授的作家有基督教作家，也有异教作家，荷马、贺拉斯、奥维德、斯塔提乌斯仍被允许阅读。"在中世纪宴会上，花环、美酒、纵论荷马史诗等景象已经一去不返了。不过，人们还能接受拉丁教育，寓教于诗的传统也一直保留着。奥维德广受称赞，因为他的'诗句花团锦簇'（sententiarum floribus repletus）。"[③]12世纪末，亚里士多德哲学唯物的一面因阿拉伯—西班牙哲学家阿威罗伊（Averroës，1126—1198）的阐释而被发掘出来，这也为后世的文艺复兴埋下伏笔，而在中世纪沉睡千年的拉丁典籍，也在

---

① 约翰·埃德温·桑兹著：《西方古典学术史》（第一卷 上册），张治译，上海：上海人民出版社，2010年，第585页。

② 此目录现藏于柏林（Diez. B Sant. 66），见L. D. 雷诺兹、N. G. 威尔逊著：《抄工与学者：希腊、拉丁文献传播史》，苏杰译，北京：北京大学出版社，2015年，第95页。

③ 恩斯特·R. 库尔提乌斯（Ernest Robert Curtius）著：《欧洲文学与拉丁中世纪》，林振华译，杭州：浙江大学出版社，2017年，第65—66页。

即将到来的变革中发挥巨大作用。

意大利的文艺复兴与学术史，更是与原典阅读息息相关，人文主义者的初衷，正是将"philology"当作教育的工具。一方面，越来越多的人崇拜古典作品的雅致风格，从美学欣赏而非宗教解释《圣经》的角度理解古典文本；另一方面，中世纪占据统治地位的经院哲学被排斥，古典作品重新成为教育的核心文本。而为了实现美学和教育学的双重目标，人文主义者们渴求古典作家最完整、最可信的文本，于是"开始在真正意义上寻找手抄本，在通常早已衰败的修道院图书馆翻查，将能找到的文本收集在一起，制作复本"①。搜求和阅读原典的热情，无疑促进了古典文献学在意大利文艺复兴时期的繁荣发展。拉丁原典，有彼特拉克和薄伽丘四处搜求与勉力考校。希腊原典，其一得益于君士坦丁堡的希腊学者纷纷到佛罗伦萨演讲和教授希腊文课程；其二得益于君士坦丁堡陷落后，大量学者携带希腊抄本涌入意大利；其三则得益于中古时期阿拉伯文明对希腊典籍的保存。并且，15—16世纪印刷术和造纸术的传入②对于原典校订与传播有划时代意义，手抄本任意改动的现象得到遏制，且大量印刷避免了原本可能失传的问题，书籍也从极为昂贵的奢侈品转而成为寻常物事。因此，16世纪不仅诞生了考订方面的专著，即罗伯特利（Francesco Robertelli,1516—1567）《论古书考订学》（*Disputatio de arte*

---

① 维森博格著：《西方古典语文学简史》，刘小枫编：《西方古典文献学发凡》，丰卫平译，北京：华夏出版社，2014年，第16页。

② 维森博格：《西方古典语文学简史》，刘小枫编：《西方古典文献学发凡》，丰卫平译，北京：华夏出版社，2014年，第20页。

critica corrigenda antiquorum libros)[①]，而且文艺复兴运动也依恃着技术的革新，在受过人文主义原典教育的群众基础上迅速发展起来。

16—19 世纪，拉丁语的统治地位随着教会的衰弱而崩溃，各民族国家语言次第开花，西方古典文献学的发展也从雅典、亚历山大里亚、帕加马、罗马、拉丁中世纪各修道院，转移到各民族国家的世俗国立学术机构（如图书馆和大学）之中。16 世纪法国为古典研究的核心，17 世纪重心转移到荷兰，18 世纪则是英国占据主导地位，到 19 世纪则是德国古典研究的黄金时代，一战以后，古代研究则均匀分布到了欧洲各国以及美国。[②] 而 20 世纪以来，"在整个 19 世纪占主导地位的希腊语文学，因为不断增加的古埃及莎纸草发掘物，因为那些原以为已遗失而后突然重新找到的材料（希腊抒情诗、亚里士多德的《雅典政制》、巴克修利德的诗歌、米南德的谐剧），获得了一个新的、广泛的工作领域"[③]。由于更源初的典籍文本的不断出土，西方古典文献学依然能够从原典中汲取生命力，持续传递西方文明的火炬。

三、原典阅读之于西方思想界的重要意义

原典不仅是西方古典文献学的立身之本，而且是贯穿其始终的文化动脉，亦是影响后世诸多西方贤哲的精神动力。譬诸

---

① 维森博格：《西方古典语文学简史》，刘小枫编：《西方古典文献学发凡》，丰卫平译，北京：华夏出版社，2014 年，第 21 页。

② 维森博格：《西方古典语文学简史》，刘小枫编：《西方古典文献学发凡》，丰卫平译，北京：华夏出版社，2014 年，第 21—34 页。

③ 维森博格：《西方古典语文学简史》，刘小枫编：《西方古典文献学发凡》，丰卫平译，北京：华夏出版社，2014 年，第 33 页。

钱锺书《管锥编》之引经据典，王国维之勉力于甲骨、简牍和敦煌文献，西方贤哲则言必称希腊罗马，以修习古典语言、阅读古代典籍为学术基本功。在阅读原典这一点上，可谓"东海西海，心理攸同"。

许多我们耳熟能详的西方思想家和文学家本身就是一位西方古代典籍研究者。如开古代艺术史和考古学之先河的温克尔曼提出："希腊杰作有一种普遍和主要的特点，这便是高贵的单纯和静穆的伟大。"[①] 温克尔曼以古希腊艺术为美的典范，不仅对当时德国和整个欧洲的文艺理论产生影响，且泽被后世美学，莱辛、赫尔德、歌德和席勒都是崇希腊、尚古典风气的后继者。而对理想化希腊文明的追慕，促使"希腊主义"（Hellenism）[②] 以燎原之势席卷西欧各国，继而推动了 18 世纪欧洲浪漫主义的兴起。这一仰慕、追忆希腊的狂热情绪生动地体现在拜伦《哀希腊》诗中："希腊群岛呵，美丽的希腊群岛 / 火热的莎弗在这里唱过恋歌 / 在这里，战争与和平的艺术并兴 / 狄洛斯崛起，阿波罗跃出海波 / 永恒的夏天还把海岛镀成金 / 可是除了太阳，一切已经消沉。"[③] 拜伦甚至称希腊为"我的祖国"[④]，故他为争取希腊的民族独立而献身，不仅捐献家产，且于 1824 年死于米索隆吉（在希腊西部）军中。

---

① 温克尔曼著：《论希腊人的艺术》，邵大箴译，北京：中国人民大学出版社，1989 年，第 41 页。

② 关于 18—19 世纪西欧知识界的希腊主义，可参考黄洋：《古典希腊理想化：作为一种文化现象的 Hellenism》，《中国社会科学》2009 年第 2 期，第 52—67、205 页。

③ 拜伦、雪莱、济慈著：《拜伦 雪莱 济慈诗精编》，穆旦译，武汉：长江文艺出版社，2014 年，第 45 页。

④ 拜伦、雪莱、济慈著：《拜伦 雪莱 济慈诗精编》，穆旦译，武汉：长江文艺出版社，2014 年，第 47 页。

不唯文学艺术从古典世界汲取养分，现代阐释学之父施莱尔马赫几乎将全部柏拉图对话翻译为德文，故而"施莱尔马赫的释义学观仍然忠实于 hermeneuein 概念在柏拉图那里具有的神圣内涵"①。伽达默尔于 1922 年完成了题为《柏拉图对话中乐趣的本质》的博士论文，于 1929 年完成题为《柏拉图的辩证伦理学》的教授资格论文②，并直至晚年都在写作与柏拉图研究相关的专文③，并有题为《柏拉图和亚里士多德的善的理念》专著出版。在海德格尔的启发下，伽达默尔"从原始的世界经验出发去思考古希腊哲学"④，并致力于以古鉴今，将古典哲学思想理解为解决现代问题的答案。从对古典哲学的思考出发，伽达默尔逐渐建立起自己的哲学释义学体系，又反过来以其释义理论解释古典哲学，古典哲学与伽达默尔的理论体系，因而形成一个完美的"阐释循环"。

启迪了伽达默尔的海德格尔在中学时期就受到了良好的希腊文、拉丁文教育，为其日后的哲学事业积累了古典素材。1921—1924 年，海德格尔任教于弗莱堡和马堡时，曾开设"一系列关于亚里士多德著作的'现象学解释'课"，并"尽其全力地要揭示亚里士多德著作中的解释学化的现象学观，并由此解决'存在的原义的问题'"⑤。接受古典文本熏陶已久

---

① "hermeneuein"（阐释）为"阐释学"一词的拉丁文，其词根是"hermes"，原指信息的传达与解说。参见约斯·德·穆尔著：《有限性的悲剧：狄尔泰的生命释义学》，吕和应译，上海：上海三联书店，2016 年，第 125 页。

② 张汝伦：《现代西方哲学纲要》，上海：上海人民出版社，2016 年，第 374 页。

③ 见伽达默尔著：《伽达默尔论柏拉图》，余纪元译，北京：光明日报出版社，1992 年。

④ 张汝伦：《现代西方哲学纲要》，上海：上海人民出版社，2016 年，第 374 页。

⑤ 张祥龙：《海德格尔传》，北京：商务印书馆，2017 年，第 99 页。

的海德格尔和他的老师胡塞尔在看待希腊哲学的态度上是一致的，"胡塞尔在《欧洲科学的危机和先验现象学》也认为希腊哲学是西方－欧洲的根源。因此欧洲或西方具有一种'精神生命的统一性'"[①]，因而哲学在海德格尔眼中，"是坚持古代就已产生的欧洲各民族的共同任务"。而希腊的文化财富便不仅是海德格尔借鉴尊仰的思想来源，更是他永久徜徉其中的精神家园。

另一给予欧洲知识分子"家园之感"，且赋予欧洲"精神生命统一性"的，则是拉丁文化传统。如库尔提乌斯的巨著《欧洲文学与拉丁中世纪》，希冀借拉丁文这一曾统领中古西方思想界的语言，借以"罗马"为名的古典象征，"将上起荷马下至但丁的欧洲文学把握为一个拉丁中世纪的神圣秩序，并且执着地传承欧洲古典文化精神，在传承中创造和散播新人文主义，以其拯救陷于危险的'德国精神'，甚至拯救衰微没落的'统一的欧洲'"。[②]中世纪拉丁文学在库尔提乌斯那里，成为古典文学和后来诸民族文学之间不可缺少的纽带，于是，从荷马到歌德，不再是一个间断、割裂的过程，而整个欧洲也借由共享的拉丁文认同，凭借文化的强大黏合力而团聚在一起。因而拉丁原典的阅读与研究不但是历久弥新的精神宝藏，在社会历史层面，更代表着使欧洲获得文化认同感和凝聚力的话语权力。如今各西方大学坚持使用拉丁文校训，正是这一思想认同的直接体现。

古希腊－罗马原典，是自罗马以来西方人在童蒙时期就接

---

① 张汝伦：《莱茵哲影》，桂林：广西师范大学出版社，2021年，第146页。

② 胡继华所作中译本导读，见恩斯特R.库尔提乌斯著：《欧洲文学与拉丁中世纪》，林继华译，杭州：浙江大学出版社，2017年，第6页。

触的文化遗产，也是千百年来众西方贤哲不断归返、追慕的精神原乡。原典不仅是西方古典文献学的立身之本和文化动脉，也是西方各学术领域返本开新的思想路径，更在塑造西方世界精神认同的文化进程中发挥了无可替代的核心作用。

第三章　原典阅读与中国比较文学

　　比较文学需要"原典"吗？这一设问的提出，直接将"原典"从中国古代经学和西方古希腊－罗马文献学中的原典传统拉向现代学术体系。中西学术传统中的"原典"情结也在一定程度上规约着兼具"跨越性"和"对话性"特征的比较文学学者进行博而深的中外原典阅读。实际上，原典阅读与比较文学在中国的发展有着内在逻辑联系。倘若从1978年11月在广州举行的全国外国文学规划会议算起，"比较文学"作为一门学科在中国已经有40余年的历史。尽管，中国比较文学的崛起与繁荣是国际比较文学发展的第三阶段，但是从历史发展的角度来看，中国比较文学有着自己独特的历史和发展轨迹。一个显著的特点即是——中国比较文学大师们均深深扎根于本土国学经典，同时拥有广阔的世界视野，并且均从中西原典阅读中成长起来，学术根底深厚。这是比较文学在中国发展的一个学科规律，亦是构建适用于比较文学学科发展和研究的"比较文学原典阅读"方法论的逻辑前提。

第一节 原典阅读与中国比较文学学科的开创

若追寻比较文学在中国的起步，或可追溯至20世纪以来以王国维、朱光潜、钱锺书、乐黛云等为代表的学者所做出的学术探索。

尽管朱光潜专注于美学，却被视为当代中国最重要的比较文学家之一[①]，其比较思想为中国比较文学学科建设提供借鉴。朱光潜具有非常深厚的中国文化底蕴，他是南宋大哲学家朱熹的后裔，出生于安徽桐城这个文化积淀十分深厚的文化名城，其祖父在这里主持过桐乡书院，从小熟读并背诵了大部分传统蒙学经典，并自学《史记》《战国策》等中国文化典籍[②]，他曾说："像《项羽本纪》那种长文章，我很早就能熟读成诵。王应麟的《国学纪闻》也有些地方使我很高兴。"[③]可以说，在朱光潜先生开始接触西方理论与文化之前，就已经具备了相当深厚的中国文化基础，这使得他在学术研究上已经有了相当高的起点。

论及比较文学大师，国学宗师钱锺书先生是一个绕不开的人物。钱锺书先生出身于一个极具传统文化气息的书香门第，幼承庭训，接受了严格的旧教学养。据钱锺书回忆："余童时从伯父（钱基成）与先君（钱基博）读书，经、史、'古文'而外，有《唐诗三百首》，心焉好之。独索冥行，渐解声律对

---

① 钱念孙：《朱光潜与比较文学》，《安庆师范学院学报》1990年第1期，第71页。

② 乐黛云：《朱光潜对中国比较文学的贡献》，《社会科学》2010年第2期，第163页。

③ 朱光潜：《朱光潜全集》第5卷，合肥：安徽教育出版社，1987年，第15页。

偶，又发家藏清代名家诗集泛览焉。及毕业中学，居然自信成章，实则如鹦鹉猩猩之学人语，所谓'不离鸟兽'者也。"① 钱锺书先生的比较文学之旅启蒙于儒家经典《十三经》，深化于《十三经》，留名于《十三经》，最终成为一代国学宗师。可见，从具体的古典文学作品和现象入手对于比较文学研究是何等的重要。王水照先生曾经在采访中这样说道：

> 钱先生他们是怎么读书的呢？按照传统的四部——经、史、子、集一部一部一部古籍读下来。王先生在他的书里面讲到，有一次他碰到钱先生，钱先生说他刚好花了一个礼拜温了一遍《十三经注疏》——这对于我们来说是天方夜谭，就算给我五年时间专门读《十三经注疏》，我也读不下来。而对于钱先生这一辈学者来说，这些东西浸润在他们从小的环境当中，都是可以脱口而出的。②

与此同时，钱锺书先生十分注重西学的修养，其在牛津大学读研期间，在博德利图书馆中几乎看完了所有的西方原典，博览群书。"饱蠹楼中 横扫西典"的典故由此而来。

作为中国比较文学学科的拓荒者和奠基人，乐黛云先生的学术之路更是一条原典阅读和学术创新之路。乐黛云先生的学生钱理群先生，如今亦是著名中国学者，他曾回忆，乐黛云先生向他提供的中学时期的读书史让其大吃一惊：乐黛云先生自少年时期就迷恋《苔丝》《简·爱》《飘》《三剑客》《查泰莱夫

---

① 钱锺书：《槐聚诗存·序》，北京：三联书店，2002 年，第 1 页。
② 参见《王水照写钱锺书：学术即人生》，《中国青年报》2021 年 3 月 30 日，https://baijiahao.baidu.com/s?id=1695670401539229180&wfr=spider&for=pc（2023 年 12 月 26 日访问）。

人的情人》《卡拉马佐夫兄弟》《伪币制造者》等西方文学经
典，同时关注中国现代文学和新文化。[1] 乐黛云先生不仅以阅
读中西原典的高度要求自己，亦以此教育学生。自 1985 年北
京大学比较文学与比较文化研究所成立以来，乐黛云先生担任
所长，坚持举办读书会，十年如一日。读书会上，老师带领学
生研读《文心雕龙》、杜甫诗歌、莎士比亚戏剧等中西经典文
本。因此，钱理群先生感慨，乐黛云先生个人思想的开放、活
跃自有学术根底。

　　正是因为有着深厚的中西原典人文浸润，早在 20 世纪 80
年代，乐黛云先生就提出要以世界文学的视野研究中国现代文
学。在《了解世界文学发展状况　提高现代文学研究水平》一
文中，乐黛云先生清晰认识到世界文艺思潮对中国现代文学的
影响，以及中国文学对外国文学的影响，明确指出："中国现
代文学是作为世界文学的一个部分发展起来的。必须了解同时
期世界文学发展的状况，才能更深刻地看到我们自己文学的民
族特色。有比较才能有鉴别，只有和世界各民族文学相比，认
清究竟有哪些不同之处，然后才能更全面地了解自己文学的独
特之点。"[2] 由此，乐黛云先生首次将中国文学纳入世界文学的
范畴进行研究，开启了中国比较文学学科建设之路。

　　实际上，乐黛云先生的世界文学研究视野直到今天仍然具
有重要的研究价值和广阔的讨论空间，尤其对中西文学和文论
的互动关系、世界文学横向发展的探讨仍有指示性作用。当前

---

　　① 参见钱理群：《一个老学生的回忆和祝福——为乐黛云老师九十大寿而作》，
《传记文学》2021 年第 3 期。

　　② 乐黛云：《了解世界文学研究发展状况　提高现代文学研究水平》，《中国现
代文学研究丛刊》1980 年第 4 期，第 291 页。

我们大力提倡文明互鉴，前提就是要深刻认识到世界文明是交互作用的。对于世界文明的组成部分——世界文学而言，亦是如此。世界文学横向发展论对于文学理论建设的一大贡献就是导致文学研究"世界意识"的增强，[①]"推动了人们对人类文学共同规律的探求，也使我们产生了建构'世界文学学'的设想"[②]。换言之，无论是钱锺书讲的"东海西海，心理攸同；南学北学，道术未裂"[③]，又或者如王国维所言"学无新旧也，无中西也，无有用无用也"[④]，还是今天我们讲的世界诗学、总体诗学，文学横向发展论其中所蕴含的"世界意识"始终是一大指引。其中，文学横向发展所带来的诗学阐释与文论新质的生发发挥了积极作用，使得各民族诗学概念、话语不断碰撞、交融、创新。

人类历史上诸多新文明形态、新文化类型的产生离不开世界文学横向发展中的对话与诗学阐释变异，这也是诗学阐释变异研究的学术价值与现实价值所在。一个例子就是中国本土象征诗学的建构。中山大学陈希教授在 2018 年出版了一本专著，名叫《西方象征主义的中国化》。此书就专门探讨中国现代文学接受西方象征主义的"变异"问题，专论西方象征主义在与中国现代文学碰撞、交流中产生的异域新质诗学范畴群，如"音乐性""纯诗论""契合说""颓废风""晦涩论"等诗学范畴。

---

① 以下内容原载于《现代中国文化与文学》2021 年第 4 期，此处有删节。

② 钱念孙：《文学横向论》，上海：上海文艺出版社，2001 年，第 386 页。

③ 钱锺书：《谈艺录·序》，北京：生活·读书·新知三联书店，2008 年，第 1 页。

④ 王国维：《〈国学丛刊〉序》，姜东赋、刘顺利选注：《千古文心：王国维文选》，天津：百花文艺出版社，2002 年，第 240 页。

中国诗学有没有对西方产生影响的例子呢？肯定是有的，并且我们大可以做东西诗学阐释与影响关系研究。比如，18世纪欧洲园林对中国艺术思想的吸收，实际上就是在对中国园林景观理念的诗学阐释变异的基础之上，提出了一套适应于当时欧洲时代语境的园林与艺术观念。又如庞德翻译理论中"意象字方法"（ideogrammic method）对于中国文论"意象"概念的吸纳，海德格尔"诗性哲学""语言哲学"对老庄哲学中的"道"与"无"的借用，甚至还有有趣的双向影响，比如朱熹理学对叔本华"生命意志"观的无意影响，以及王国维对叔本华思想的直接借用，等等。

世界文学是在不断变化中形成的，并非一个固定的概念或现象。正是因为各民族之间通过引进"新学语"并加以阐释，促进了世界文学与总体诗学的形成。王宁曾指出，"世界文学就远不止是一个固定的现象，而更是一个旅行的概念"，"一个动态的概念"[1]。这是因为，"在今天的文学研究中，传统的民族／国别文学的疆界已经变得越来越模糊，没有哪位文学研究者能够声称自己的研究只涉及一种民族／国别文学，而不参照其他的文学或社会文化背景知识，因为跨越民族疆界的各种文化和文学潮流已经打上了区域性或全球性的印记"[2]。然而，无论是经过"旅行"，还是"跨越"，国别文学或民族文学传播至源文化之外，进入世界文学之时总会产生新的文化语境，从而产生不同程度的变化：或参照其他文学或文化背景知

① 王宁:《比较文学、世界文学与翻译研究》，上海：复旦大学出版社，2014年，第204—205页。

② 王宁:《比较文学、世界文学与翻译研究》，上海：复旦大学出版社，2014年，第204页。

识，打上这样那样的印记；或与其他文化、文学相碰撞或融合，因而在这种文化语境中往往发生文学的变异活动；或在旅行、跨越的过程中有所丢失、增添、扭曲、误解，甚至彻底改变、转化，产生文化与文学的新质，正如大卫·达姆罗什（David Damrosch）所言："当作品进入世界文学阶段，作品非但不会不可避免地丢失原真性或本质，反而会在多个方面有所获得。"① 而文学作品的这种获得有可能为原作增添新的内涵与意义，从而刺激文化与文学创新。

　　世界文学和总体文学是比较文学研究的目标和理想。要实现这一目标与理想离不开文学横向发展所带来的跨界融合与对话。"总体文学"不仅是数量与范围的统括，更是指倚重研究总体文学观念的研究视野。其中一个研究途径就是比较诗学，其追求的目标就是"一般诗学"或称"总体诗学"②。"总体诗学"的形成同世界文学一样，并非闭门造车的结果，而是在诗学互相阐释与变异中形成的。中西方诗学的交汇与创新时有发生，比如德国著名哲学家、自然科学家莱布尼茨基于朱子学说，提出了著名的"唯理论"学说，并发表了关于"道"的《单子论》，从而开创德国古典思辨哲学，同时为现代数理逻辑和计算机科学的形成与发展奠定了理论基础；笛卡尔的"二元论"明显带有中国宋明理学"理""气"二元论的逻辑推演痕迹；海德格尔翻译过《老子》，并深受其影响。③ 而如果

---

① David Damrosch, *What is World Literature?*, Princeton, New Jersey: Princeton University Press, 2003, p. 6.

② 曹顺庆主编：《比较文学概论》（第二版），北京：高等教育出版社，2018年，第241页。

③ 参见曹顺庆、刘衍群：《比较诗学新路径：西方文论的中国元素》，《浙江社会科学》2019年第1期。

缺乏对中西原典的深刻把握，就无法洞察世界文学对话过程中的种种变异活动。

季羡林先生曾就东方文论的发展指出："融会东西，以东为主，创建新的文艺理论体系，把中国文艺理论的研究水平，东方的文艺理论的研究水平和世界的文艺理论的研究水平，大大地提高一步，提高到一个崭新的高度和水平上。"①探索中国文论甚至东方文论话语体系，既需深刻理解本土文论自身的话语规则，也要将其置于世界文学发展的进程中以探人类共同"诗心"，并通过中西学语进行阐释，激发出文论新概念、新范畴与新命题，在此基础上促进东方传统文艺理论的创造性发展。

第二节　原典阅读与中西比较诗学新批评路径的开辟②

为近距离观察前辈学人如何通过原典阅读促进比较文学的发展，在此以王国维先生以"新学语"观进行中西比较诗学研究为例。作为中国比较文学奠基者之一的国学大师王国维先生，对中国人文学术最大的贡献即是立足中国文化传统，引进西方"新学语"并采用比较研究方法，开辟了一条新的文学批评路径，即中西比较诗学。

1905 年，王国维在罗振玉创办的《教育世界》上发表《论新学语之输入》一文，从苦其"言语之不足"出发，层层

---

① 季羡林：《序》，载顺庆主编：《东方文论选》，成都：四川人民出版社，1996年，第 3 页。

② 原载于《现代中国文化与文学》2021 年第 4 期，此处略有删改。

推进，论述了我国学界引入"新学语"的必要性与重要性。王国维更是身体力行，在《〈红楼梦〉评论》《人间词话》中运用西方"新学语"对中国古典文学和文论进行阐释，为我国比较文学、现代诗学及美学的发展奠定了坚实基础，其"新学语"观"不仅是对汉语现代转型的必要补充，还密切关联着他自身的学术思想与学术话语方式"[1]，而王国维"既是中国传统诗学范式的终结者，又是中国现代诗学范式的开创者"[2]。其《〈红楼梦〉评论》正是比较文学研究之典范。

毋庸置疑，王国维的"新学语"观立足本土诗学，化用西方"新学语"，促进了我国传统学术话语的现代转型，影响深远。尽管王国维"新学语"观及其对中国文学批评史的深远影响常被学者讨论，且取得了不少成果，但鲜少研究关注这一观点对比较文学和世界文学横向发展的重要性。

在《论新学语之输入》一文中，王国维开门见山，阐述其引入新学语的缘由在于我国"言语之不足"，并引证中国历史上存在的"言语之不足"问题，认为"周秦之言语，至翻译佛典之时代而苦其不足；近世之言语，至翻译西籍时而又苦其不足"[3]。在王国维看来，"夫普通之文字中，固无事于新奇之语也，至于讲一学，治一艺，则非增新语不可"[4]。

---

①　刘泉：《论王国维"新学语"与新学术》，《文学评论》2007年第1期，第175页。

②　张清民：《王国维与中国现代文学话语的奠基》，《中国现代文学研究丛刊》2015年第2期，第104页。

③　王国维：《论新学语之输入》，载姚淦铭、王燕编《王国维文集》第3卷，北京：中国文史出版社，1997年，第40页。

④　王国维：《论新学语之输入》，载姚淦铭、王燕编《王国维文集》第3卷，北京：中国文史出版社，1997年，第40页。

王国维所称"新学语"乃学术话语，非一般性日常用语，"'新名词'在晚清民初的学术界是比较常见的称呼，而'新学语'可能是王国维对学术新名词的独有的称呼"①。因这类新名词乃借道日本译介西学而来，因此可将"新学语"理解为"进入汉语的与洋化（主要指西洋学从东洋来）相关（未必是首创）的人文学科（'文学''形而上学'）的新学术用语"②。

无论是取道日本译介西学而来，还是我国直接接受西方新学语，王国维笔下的"新学语"不能狭隘地阐释为新言语、新名词，在王国维看来这是20世纪之前西方学术仅限于形而下学的输入情况，尚不能对我国文学产生显著影响。王国维在此所论"新学语"更多的是指向形而上学层面，乃新学术语言背后的一整套学科思想、学术话语及其体系。比如王国维就认为，言语反映思想，中西方言语之差异并非精粗广狭的区别，而在于思想上的差异及其呈现在言语上的差异，"观其言语，而其国民之思想可知矣"③。

王国维为何提出"新学语"输入这一问题？在《论新学语之输入》一文中，王国维首先点明我国在思想学术界的言语不足，其根本原因在于，"抑我国人之特质，实际的也，通俗的也；西洋人之特质，思辨的也，科学的也，长于抽象而精于分类，对世界一切有形无形之事物，无往而不用综括（Generalization）及分析（Specification）之二法，故言语之

---

① 文贵良:《王国维:"新学语"与述学文体》,《湖南大学学报（社会科学版）》2014年第4期,第74页。
② 牛月明:《中国文论"新学语"辨析》,《文艺美学研究》2016年春季卷,第121页。
③ 王国维:《论新学语之输入》,载姚淦铭、王燕编:《王国维文集》第3卷,北京:中国文史出版社,1997年,第40页。

多，自然之理也。吾国人之所长，宁在于实践之方面，而于理论之方面，则以具体的知识为满足，至分类之事，则除迫于实际之需要外，殆不欲穷究之也。"① 换言之，西方擅长抽象、综括、分析，"故言语之多，自然之理也"；我国国民讲究实用，不对知识、实践、分类进行穷究，因此造成了言语不足。这是王国维面对外来文化冲击局面时，对本土文化的内审反思。按叶嘉莹的概括，王国维有三点重要觉醒：一是认为趋于停滞的中国学术思想需要外力刺激以激发新发展，二是认为中国直观性、感悟性思维方式需借用西方推理、思辨思维进行补足，三是认为借鉴西方思想理论进行补足时自然要同时接受其载体——语言②。正是这三点觉醒促使王国维提出"新学语"观，并化用西方"新学语"以阐释中国文学与文论，成为"中国第一位引用西方理论来批评中国固有文学的人物"③。

　　王国维的看法并非一家之言。20 世纪初期，学界存在一种普遍的认识，即认为中国应该接受"西学东渐"之普遍态势。加上胡适、陈独秀、梁启超等人主张从语言出发进行社会革命，因此主张以开放的姿态拥抱西方学术观点，认为西方的就是进步的，中国传统的则是落后的；西方的理论才是科学的、理性的、思辨的，而中国古代文论重直觉、顿悟与感性，不成体系。在这样的时代背景下，王国维竭力倡导新学语的输入，促进了我国古典学术话语的现代转型，无疑具有划时代意

---

　　① 王国维：《论新学语之输入》，载姚淦铭、王燕编：《王国维文集》第3卷，北京：中国文史出版社，1997 年，第 40 页。

　　② 叶嘉莹：《王国维及其文学批评》，北京：北京大学出版社，2014 年，第116 页。

　　③ 叶嘉莹：《王国维及其文学批评》，北京：北京大学出版社，2014 年，第101 页。

义，乃至今天无不影响着我国学术界。也正是因为如此，《论新学语之输入》的立论前提具有一定的时代局限性，过度依赖西方学术话语解释中国文学与文论现象，导致一些阐释有失偏颇。王国维所倡导的"新学语"输入思潮在当时已激起反对的声音。据文贵良梳理，晚清民初反对"新名词"，缘由在于他们认为"新名词"造成了两大危害：其一，"新名词"的滥用造成了恶劣的文风，摧毁了中国固有问题的尊严；其二，"新名词"的滥用造成中国传统伦理道德的沦丧和中国思想的堕落。[①] 然而，这一结论言过其实，并且有失偏颇。只观西方"新学语"对中国传统文化的冲击而忽视其带来的思想转型是狭隘的。比如，有学者评介王国维的新学语观，认为"新学语"观使得学术话语方式准确化、科学化，同时使"王国维摆脱了传统学术研究类属混杂、过分随意的窠臼，开始自觉地条分缕析地梳理学术研究的门类属性"。[②] 客观而言，"新学语"观无疑为中国传统学术话语体系注入了新的活力。

　　王国维的"新学语"观从学术话语这一角度来论证引入西方"新学语"的重要性与必要性，直击彼时甚至当下文艺理论界想要从话语、思想等形而上层面进行中国文论话语体系建设的要害。这是因为，话语是构成话语体系的根本，是在一定文化传统、社会历史和文化背景下所形成的思辨、阐述、论辩、表达等方面的基本法则，包括意义生成方式、话语言说方式与意义阐释方式，指涉或建构有关实践与特定话题的知识方

---

　　① 文贵良：《王国维："新学语"与述学文体》，《湖南大学学报（社会科学版）》2014年第4期，第75页。

　　② 刘泉：《论王国维的"新学语"与新学术》，《文学评论》2007年第1期，第179页。

式，可称之为文论的"元语言"。从话语切入，探视世界文论话语的基本规律，可不断地追问文论话语的意义是如何产生，如何言说。只有深刻认识到了中西方话语的形成规律及其具备的世界性意义，才能自洽地言说自身。从这一点来看，王国维"新学语"观立论之高。

文学的发展既包括自身纵向历史传承与变革，又包括与其他国家和民族文学相互碰撞、对话与影响的横向发展。[①] 文学横向发展的特征显而易见：世界各民族文学从封闭走向互相开放，从孤立到普遍联系与彼此交融，强调从世界文学视野审视各民族文学的交往互动与相互影响。一般说来，文学的横向发展在文学史上是一个不争的事实。山东教育出版社甚至推出煌煌17卷《中外文学交流史》，以"立足世界文学与世界文化的宏观视野，展现中外文学与文化的双向多层次交流的历程，在跨文化对话、全球一体化与文化多元化发展的背景中，把握中外文化相互碰撞与交融的精神实质"[②] 为编撰宗旨，系统梳理了中英、中法、中德、中俄、中意、中国与西班牙、中葡、中国与北欧、中国与东欧、中国与古希腊 - 希伯来、中美、中加、中日、中印、中阿、中国与东南亚、中朝等文学交流史。中国历来与世界各民族文学交流的频繁与兴盛，从这一套丛书的编撰与出版就可见一斑。更何况，世界各民族文学之间的交流远不止上述所论。

从中国文论史来看，"新学语"输入中国并非是到了晚清民初才开始。文学横向发展是文学史上的不争之事实，其实在

---

① 钱念孙：《文学横向发展论》，上海：上海文艺出版社，1989年，第3页。
② 钱林森：《17卷〈中外文学交流史〉编撰回顾与反思》，《国际比较文学》2020年第2期，第357页。

文论史上同样如此。印度佛教的输入对中国文学理论和文化产生了不可估量的影响，不仅带来诸多"新学语"，还与中国本土文化融会，生发了诸多文化与文论新枝。从微观层面来看，佛教所带来的"新学语"进入中国文论体系，与中国本土文论融会贯通，形成了独具特色的文论。比如，刘勰的《文心雕龙》就深受佛家思想影响。《文心雕龙》作为一部体系性的文论著作在中国文学批评史上前无古人，后无来者，独秀一枝，原因何在？叶嘉莹分析道："《文心雕龙》的作者刘勰，在立论的方式上，曾经自中国旧有的传统以外接受了一份外来之影响的缘故。"① 而这个"外来之影响"就极有可能是印度佛教因明学一派的论理思辨方式以及佛典的区分部类方式。刘勰本身就受命到寺庙中编订佛经，后又削发为僧，很难说不受佛家思想的影响。而《文心雕龙》中也时常可见佛学思想的影子。比如，《神思》中的"虚静""神理"等概念均源自佛家思想。

与此同时，源自印度佛教的禅宗思想与中国古代文学理论融为一体，产生了新的文学理论概念。宋代严羽在其《沧浪诗话》中就借鉴了禅宗中的"乘""悟""声闻"和"羚羊挂角"等概念来分析诗歌，并提炼出中国文论新概念"妙悟说"。此后又影响了清代王士禛的"神韵说"，进一步充实了中国传统美学和文学理论。而诸如唐代皎然《诗式》中的"取境"、王国维《人间词话》中的"境界"等均取自于佛教思想。这些对中国文学理论贡献颇大的新观念，都得益于印度佛教思想对

---

① 叶嘉莹：《王国维及其文学批评》，北京：北京大学出版社，2014年，第112页。

中国文化的巨大影响以及异质文明间的交流与对话。即便在今天，我们仍然在日常生活和学术活动中使用"境界""悟"等概念来进行自我表述，而诸如"神韵""妙悟""取境""境界"等经典古典文论话语至今在文学活动中充满活力。从宏观层面来看，中国历史上中国文人受佛教思想影响的例子比比皆是，甚至将佛教思想与原本奉行的儒家、道家、法家思想融会贯通。相当一批文人士大夫虽行儒家思想，但个人信仰却是佛教，比如王维、白居易、柳宗元、苏轼；而儒家思想在宋朝的集大成者朱熹也深受佛家影响 ①。

可见，中国文论发展史离不开印度佛教思想的影响，更离不开印度佛教传入中国的种种"新学语"。在此，我们反复提及印度佛教对中国文化的深远影响只是想说明一个事实，即文学的横向发展离不开各民族"新学语"的促进作用。而这种促进作用并不是简单地引入新词汇、新术语就可以实现，而是在引入的基础上，与本土话语进行融合与阐发。这也是王国维在晚清民初面对西方文化输入之时而坚守的一个基本原则：将西方思想理论与中国固有文化传统相融会 ②。

因此，我们可以看见，王国维在大力提倡引进西方"新学语"之时，并未对"新学语"进行简单的挪用，而是立足本土文论话语，化用"新学语"，从而产生融通中西的文论新质或文学新阐释。比如，学界多次论述的《人间词话》中"境界""隔"与"不隔"等概念即为王国维立足本土诗学，借用

---

① 汤一介：《论儒、释、道"三教归一"问题》，《中国哲学史》2012年第3期，第9页。

② 叶嘉莹：《王国维及其文学批评》，北京：北京大学出版社，2014年，第116页。

西方"新学语"阐释中国文学与文论而产生的中西融通与阐释变异结果，不仅丰富了我国传统诗学内涵，更揭开了中西比较诗学研究新篇章。

　　早在 20 世纪 80 年代，钱锺书先生就提出中西文论术语应进行"比较"与"互相阐发"[①]，与文学横向发展论不谋而合，至今仍具现实指导意义。在当下跨文明交流互鉴的语境下，对诗学范畴、文论话语在文学横向发展过程中经由对话与阐释所产生的他国变异因子进行探究，已成为比较诗学研究极具内涵、富有创新性的领域。正是诗学阐释变异推动了文学的横向发展，促进了"总体诗学"的形成。反过来，文学的横向发展又激发了跨文化诗学阐释变异的发生。王国维"新学语"观本身就蕴含贯古通今、融会中西的意蕴，与当下所提倡的文明互鉴理念高度契合，均强调中西文化互通、互证、互识与互鉴，不仅丰富了我国传统诗学与阐释体系，更是揭示了世界文学横向发展的基本规律。

　　既然王国维的"新学语"观对于促进世界文学横向发展有其必然性，那么具体是如何促进的呢？这主要体现在跨文化接受"新学语"的动态过程中。文学的横向发展本身就是世界各民族文学从封闭到开放、从孤立到联系的过程。各民族"新学语"的交流、融合与相互阐释在其中扮演了重要角色。

　　首先，王国维主张借道日本译介西方学术话语。尽管当时国人也在译介西方学术话语，亦自创了许多"新学语"，比如

---

　　① "钱锺书先生认为文学理论的比较研究即所谓比较诗学（comparative poetics）是一个重要而且大有可为的研究领域。如把中国传统文论中的术语和西方的术语加以比较和互相阐发，是比较诗学的重要任务之一。"参见张隆溪：《钱锺书谈比较文学和"文学比较"》，《读书》1981 年第 10 期。

严复将"evolution"解释为"天演","sympathy"解释为"善相感",译"space"为"宇",译"time"为"宙"。但是,由于国内学者在译介之时,"又西洋之新名,往往喜以不适当之古语表之"①,在王国维看来这类译介均与原义相差甚远。相较之下,当时的日本早已译介、吸收甚至转化西方学术话语为己所用,且"经专门数十家之考究,数十年之改正"②,早已与本土文化相融合,加之创造新学语的难度大于借鉴的难度,中日两国学术交流便利,从日本引进西方新学语正是王国维所主张的新学语之输入的理想路径。的确,王国维在《论新学语之输入》一文中所列举的日本人将"idea"译为"观念","intuition"译为"直观","conception"为"概念"沿用至今。

其次,王国维借用西方"新学语"对中国文论与文学进行阐释。阐释在某种程度上是读者与文本之间的对话,甚至是异质文化之间的对话,进而产生一定的阐释变异。"对话自我"(Dialogical self theory)理论的提出者赫伯特·赫尔曼斯(Hubert J. M. Hermans)认为,离开他者性(otherness)和异在性(alterity),对话自我难以成立。③换言之,正是因为建立在差异性基础之上的他者性与他异性的存在,才能实现对话,否则就没有对话的必要。而一旦有他者与异质性的介入,由于文化因素或如叶威廉所述之"文化模子"的不同,势必产

---

① 王国维:《论新学语之输入》,载姚淦铭、王燕编:《王国维文集》第3卷,北京:中国文史出版社,1997年,第41页。

② 王国维:《论新学语之输入》,载姚淦铭、王燕编:《王国维文集》第3卷,北京:中国文史出版社,1997年,第42页。

③ 赫伯特·赫尔曼斯:《对话自我理论:反对西方与非西方二元之争》,赵冰译,《读书》2018年第12期,第40页。

生一定的阐释"变异体"（variants）[①]。无论是赫尔曼斯所说的，对话自我理论关注个体之间、群体之间、自我内部的对话性关系，还是文化之间的对话性关系，因为有他者的参与，或多或少都会吸纳他者对自我有益的内容，从而实现对话所带来的创新性。而这种创新性之于王国维所论"新学语"观就是诗学的阐释变异。在钱锺书先生看来，所谓比较诗学就是文艺理论的比较研究，这是一个重要且大有可为的研究领域，而如何把中国传统文论中的术语与西方的术语加以比较和互相阐发，是比较诗学的重要任务之一。

王国维早早地引领国内学术界走上这样一条比较诗学研究路径。王国维在《周秦诸子之名学》一文中，专门阐述墨子、荀子的名学，并与亚里士多德的逻辑学进行比较，探究中国名学传统。王国维高度肯定了周秦诸子名学的研究价值，认为"如《墨子》《经》上下之论定义（Definition），《大取》《小取》二篇之论推理之谬妄（Fallacy of Reasoning），荀子及公孙龙子之论概念（Conception），虽不足以比雅里大德勒（今译亚里士多德），固吾国古典最可宝贵之一部，亦名学史上最有兴味之事实也"[②]。不仅如此，王国维将墨子比于芝诺，荀子比于亚里士多德，并高度赞扬荀子的《正名》，认为"荀子之《正名》篇虽于推理论一方面不能发展墨子之说，然由常识经验之立脚地，以建设其概念论，其说之稳健精确，实我国名学

---

① 严绍璗：《"文化语境"与"变异体"以及文学的发生学》，杨乃乔、伍晓明主编：《比较文学与世界文学：乐黛云教授七十五华诞特辑》，北京：北京大学出版社，2005 年，第 128 页。

② 王国维：《周秦诸子之名学》，载姚淦铭、王燕编：《王国维文集》第3卷，北京：中国文史出版社，1997 年，第 219 页。

上空前绝后之立脚地也。岂唯我国，即在西洋古代，除雅里大德勒之奥尔额诺恩（Organon）外，孰能之与比肩乎？"[1] 因此，中国非但不存在无名学之说，反而中国古典名学思想始于墨子盛于荀子，早有体系。

在梳理了中国名学体系后，王国维继续借用西方逻辑学重新阐释中国古典名学思想。王国维举例《正名》中有关命名原理与共名范畴的阐述，认为荀子的命名原理"与名学中所谓单纯名辞（Simple term）复杂名辞（Compound term）相当，即单名但表一概念，而复名则表二概念以上者也"。[2] 并且，王国维将荀子的共名与别名比作"西方名学上类概念（Genus）与种概念（Species）之区别"[3]，视荀子在心理学上所下的定义为"生之所以然者谓之性……'性'者，人心之抽象的名称。'情'字于感情外兼有'冲动'（impulse）之意。而'虑'则与英语之 Deliberation 相当，即意志本部 Will Propper 之作用也。下'伪'字；行为 Conduct 之义；下'伪'字，品性 Character 之义，与今日心理学伦理学家之说全合"[4]。这在一定程度上重新挖掘了中国名学的思想内涵，为我国名学思想带来了新的启发。

王国维用西方"新学语"阐释中国文学与文论最典型的

---

① 王国维：《周秦诸子之名学》，载姚淦铭、王燕编：《王国维文集》第3卷，北京：中国文史出版社，1997年，第222页。

② 王国维：《周秦诸子之名学》，载姚淦铭、王燕编：《王国维文集》第3卷，北京：中国文史出版社，1997年，第226页。

③ 王国维：《周秦诸子之名学》，载姚淦铭、王燕编：《王国维文集》第3卷，北京：中国文史出版社，1997年，第226页。

④ 王国维：《周秦诸子之名学》，载姚淦铭、王燕编：《王国维文集》第3卷，北京：中国文史出版社，1997年，第223页。

例子便是其借用叔本华的"意志"观、"欲念"观来阐释《红楼梦》。王国维在《〈红楼梦〉评论》的开篇第一章《人生及美术之概观》就直言："生活之本质何？'欲'而已矣。"[①] 在《人间嗜好之研究》中借用叔本华的相关学说进行论述，认为"人心之根柢实为一生活之欲"[②]，因此"食色之欲，所以保存个人及其种姓之生活者，实存于人心之根柢，而时时要求其满足"[③]。这明显是叔本华"生命意志"观的翻版。

叔本华认为："每一真正的、无伪的、直接的意志活动都立即而直接的也就是身体的外现活动。在另一方面与此相应的是对于身体的每一作用也立即而直接的就是对于意志的作用。这种作用，如果和意志相违，就叫作痛苦；如果相契合，则叫做适意，快感。"[④] 意志产生欲望，与意志相符合则产生快感，反之则产生痛苦，这是叔本华生命意志观的基本内涵。王国维在借用这一"新学语"时并未将其局限于生命观，而是将之与中国传统文学与思想相结合，甚至延伸至中国文学艺术审美活动。基于叔本华"生命意志"观，王国维指出："美术之务，在描写人生之苦痛与其解脱之道，而使吾侪冯生之徒，于此桎梏之世界中，离此生活之欲之争斗，而得其暂时之平和，

---

① 王国维:《王国维文集》第1卷，姚金铭、王燕编，北京：中国文史出版社，1997年，第2页。

② 王国维:《王国维文集》第1卷，姚金铭、王燕编，北京：中国文史出版社，1997年，第30页。

③ 王国维:《王国维文集》第1卷，姚金铭、王燕编，北京：中国文史出版社，1997年，第27页。

④ 叔本华:《作为意志和表象的世界》，石冲白译，北京：商务印书馆，1982年，第152页。

此一切美术之目的也。"① 王国维以此类推，认为《红楼梦》通过描写时代中的人物与个人命运、家族命运、痛苦做斗争及其解脱之道来达到"暂时之平和"境界。又由于中国传统精神乃"世间的也，乐天的也，故代表其精神之戏曲、小说，无往而不著此乐天之色彩"②，王国维得出了后来屡遭学界批判的结论，即《红楼梦》乃"哲学的也，宇宙的也，文学的也"，并且"与一切喜剧相反，彻头彻尾之悲剧也"③。尽管如此，王国维在《〈红楼梦〉评论》中融贯中西，以叔本华"意志"观与"欲念"观为理论视角，重新阐释《红楼梦》，成为我国中西比较诗学研究发展历程中的里程碑。

叶嘉莹先生曾针对王国维把西方新观念融入中国传统的开拓性努力作过中肯评价，认为《〈红楼梦〉评论》是王国维以西方哲理来解释中国文学的一种大胆尝试，但这一次尝试却有着不少因过分牵强附会而造成的错误和失败，也有学者认为王国维在阐释《红楼梦》之时太过倚重西方理论话语，实则是"理论运用的放大失效"④，但这种失败也是尝试新理论所必经的过程，也可说明王国维为何最终又回归到了中国传统⑤。不论是"以西格中"，还是"中学为体"，王国维的中西比较诗

① 王国维:《王国维文集》第1卷，姚金铭、王燕编，北京:中国文史出版社，1997年，第9页。

② 王国维:《王国维文集》第1卷，姚金铭、王燕编，北京:中国文史出版社，1997年，第10页。

③ 王国维:《王国维文集》第1卷，姚金铭、王燕编，北京:中国文史出版社，1997年，第10页。

④ 《比较文学概论》编写组:《比较文学概论》(第二版)，北京:高等教育出版社，2018年，第168页。

⑤ 叶嘉莹:《王国维及其文学批评》，北京:北京大学出版社，2014年，第106页。

学之路始终离不开中西原典阅读与阐释。

第三节　原典阅读学术和教育价值的三个维度

然而，阅读原典的意义并不止步于此，还可以从三个维度来勾勒其学术与教育价值。

一、原典阅读以提升写作能力

如果不阅读好文章，如何能写出好文章？原典基本上代表了中外文化史上最可圈可点的一批作品。《文心雕龙·宗经》言："故论说辞序，则《易》统其首；诏策章奏，则《书》发其源；赋颂歌赞，则《诗》立其本；铭诔箴祝，则《礼》总其端；记传铭檄，则《春秋》为根：并穷高以树表，极远为启疆，所以百家腾跃，终入环内者也。"[①] 若我们赞同刘勰的看法，可以说，原典（更广义的"经"）为后世的各种体裁确定了开端和标准。正如拉丁语"canon"一词，可翻译为"正典"，在教会拉丁语（Ecclesiastical Latin）中，"canon"表示权威的书目，尤其是那些经教规认可的宗教著作书目，而其本义是测量线，引申为规则、模范。"canon"希腊语词源"κανών"的本义则更为原始，意为一根使事物保持笔直的杆或木棒。这类典籍在义理上已经"极乎性情"，在文辞上已经"匠于文理"，如 T.S. 艾略特在《传统与个人才能》一文所言，传统"含有历史的意识"，这种意识"使一个作家最敏锐地意

---

① （南朝梁）刘勰著，黄叔琳注，李详补注，杨明照校注拾遗：《增订文心雕龙校注》，北京：中华书局，2000 年，第 27 页。

识到自己在时间中的地位，自己和当代的关系”，艺术并不遵循进化论，“艺术从不进步”，① 相反，传统就像那根使事物保持笔直的杆或木棒一样，为创作提供标准和规则。

知道了什么样的标准规定文章孰好孰坏之后，我们应该看到，原典是一条条不止息的、光辉灿烂的“言川”，汇聚而成文章的渊海，《宗经》篇言其“根柢槃深，枝叶峻茂，辞约而旨丰，事近而喻远”。② 因此，如果“读书破万卷”，依照经典作品的标准来制定体式，参考斟酌原典的文辞和意蕴来丰盈自己的语言，那么就会发现经典作品是一个个取之不尽、用之不竭的宝库，从中汲取养分，是“仰山而铸铜，煮海而为盐也”③。

二、原典阅读以拓展学术视野

在阅读原典时，不仅要如前文所说，注意版本、句读、理解等细部，也要将原典阅读放置在更广阔的人文社科大语境之中。文学是人学，文学可以看作是社会的一个镜面。如果作家不是包揽万象者，文学作品就不会精彩；如果读者没有丰富的阅历和知识作为基础，也很难完全读透、读懂文学作品的意蕴。所以文学院的学生，不仅要阅读文学方向的原典，也要有意识地去了解史学、哲学、社会学、经济学、人类学、艺术学理论等各方面的原典。如此才能够形成广阔的视野，在思考一

---

① 艾略特著：《传统与个人才能》，卞之琳、李赋宁等译，上海：上海译文出版社，2012年，第2—4页。

② （南朝梁）刘勰著，黄叔琳注，李详补注，杨明照校注拾遗：《增订文心雕龙校注》，北京：中华书局，2000年，第27页。

③ （南朝梁）刘勰著，黄叔琳注，李详补注，杨明照校注拾遗：《增订文心雕龙校注》，北京：中华书局，2000年，第27页。

个文学问题时，才能有四面八方的知识来"支援"，这样"打通"的思考是立体、多维的，而非平面、单薄的。

当前，我国要全面推进"新工科、新医科、新农科、新文科"建设。新文科的一个重要的学科特征，即"融合性"，"新文科建设涵盖了人文社会科学领域内多个学科的交叉、融合、渗透或拓展，也可以是人文社会科学与自然科学交叉融合形成的文理交叉、文医交叉、文工交叉等新兴领域"。① 只有不拘泥于文学原典，广泛地了解各学科的历史与动向（对于科幻文学、文学中的医学等跨学科交叉研究而言，研究者甚至需要精读理工农医的书籍），才能为文学理解和研究注入新的活力。虽然其他学科的原典在一开始看上去是"无用"的，但"无用"者方有"大用"。在《一个培育博士的独特机构："芝加哥大学社会思想委员会"——兼论为什么要精读原典？》一文中，林毓生先生提到，"芝加哥大学社会思想委员会"这一独立学系在培养青年学子时，要求"由独当一面、世界性的、在自己专业中有重大贡献的一流学者带领着学生精读有深度、浓度与涵盖广的经典巨著"。② 这一培养过程的一个特征是，第一年研究生的书单中，并不包括他们自己将来专业中的经典著作，因为他们认为，"培育青年学子原创能力的最主要的途径不是在他学术生涯中使他尽早变成一个对几件事情知道很多的'学者'，而是使他能够在他学术生涯的形成时期产生广阔的

---

① 王铭玉、张涛：《高校'新文科'建设：概念与行动》，《中国社会科学报》2019年3月21日第4版。

② 林毓生：《中国传统的创造性转化》，北京：生活·读书·新知三联书店，1988年，第298页。

视野与深邃的探究能力"。①

如果沿着这样一个思路去阅读原典，一名致力于文学研究
的学生，能够阅读哲学（包括形而上学、认识论、政治哲学、
伦理学等）、史学、宗教典籍、社会学、人类学、经济学、艺
术等方面的原典，哪怕他在读过之后并不能记住每一本书的内
容，但这种阅读本身已然深化了其思想维度，获得一种"一览
众山小"的学术视野。这种广阔的观照潜移默化地成为他创造
过程中的生命力所在，能够不断激发他提出原创、崭新、深刻
问题的热情，并在解决问题的过程中提供丰富多样且源源不断
的思想燃料。

三、原典阅读以培养高尚品格

"大学之道，在明明德。"朱子章句云："大学者，大人之
学也。明，明之也。明德者，人之所得乎天，而虚灵不昧，以
具众理而应万事者也。但为气禀所拘，人欲所蔽，则有时而
昏；然其本体之明，则有未常息者。"②在朱子看来，人自身具
有天赋的"明德"，而因为现世的种种原因和人自身的欲望，
"明德"常常是被遮蔽和覆盖的。"大学之道"，就是揭开"明
德"之上的盖布，拂去"明德"之上的尘土，使"明德"恢
复其"本体之明"。"君子之性，未必尽照，及学也，聪明无
蔽，心智无滞。"③因此，真正的教育不是将外部的知识灌入被

---

① 林毓生：《中国传统的创造性转化》，北京：生活·读书·新知三联书店，
1988 年，第 299 页。

② （宋）朱熹：《四书章句集注》，北京：中华书局，1983 年，第 3 页。

③ （汉）王符著，（清）汪继培笺：《潜夫论》，上海：上海古籍出版社，1978 年，
第 10 页。

教育者的内心，而是使他本身就已经具有的、本真的、先天的
"明德"自己发出光来。

　　无独有偶，在《理想国》中，柏拉图借苏格拉底之口，谈
论教育的问题，认为"灵魂的转向"是教育的核心之处。贩卖
知识的智术师们宣称，他们"能够把灵魂里原来没有的东西
灌输到灵魂中去，好像他们能把视力放进瞎子的眼睛里去似
的"。[1] 但在柏拉图看来，"知识是每个人灵魂里都有的一种能
力，而每个人用以学习的器官就像眼睛。整个身体不改变方
向，眼睛是无法离开黑暗而转向光明的"。[2] 这样一种状态是
针对洞穴中的囚徒而言的，因为他们面对着墙壁，困于桎梏，
沉湎于一个错误的观看方向，眼睛无法看到光明，自然无法照
亮自身本就拥有的"灵魂中的能力"。

　　而王符在《潜夫论・赞学》指出："是故索物于夜室者，
莫良于火；索道于当世者，莫良于典。"[3] 如果人的理智知觉是
一个房间，他的"明德"和"知识"就是房间中的物品，要搜
寻它们，就需要一支蜡烛来照亮，真正的教育者就是这支蜡
烛，驱散幽暗，彰明百物。如果要在世上寻找"道"的踪迹，
那么最好的索引和模范，无疑就是"典"。作为"典"的一部
分，我们已经论述过"经"所具备的道德价值，经者，径也，
如果迷失了方向，不妨就走"经"所指引的路径。《尚书》有
言："明明我祖，万邦之君。有典有则，贻厥子孙。"孔疏云：

_____

　　① 柏拉图著：《理想国》，郭斌和、张竹明译，北京：商务印书馆，1986年，第
277页。
　　② 柏拉图著：《理想国》，郭斌和、张竹明译，北京：商务印书馆，1986年，第
277页。
　　③ （汉）王符著，（清）汪继培笺：《潜夫论》，上海：上海古籍出版社，1978年，
第11页。

"'典'谓先王之典，可凭据而行之，故为经籍。"① 原典对于我们重新思考现代人的意义空间，解决现代人的思想困局而言是质朴、明晰、强有力的，在很多情况下，"典"依然能够成为我们价值的标杆和行动的准则，我们依然可以凭典而行事。

"典"的价值规范作用，使我们能够明辨善恶，照亮自身先天具有的"明德"。在阅读原典中潜移默化地趋向于"善"，引导我们成为更好的人。立德树人而非灌输知识，这也是教育本应该追求的目标。在《礼记·经解》篇中，孔子论六经的教育作用，认为"入其国，其教可知也。其为人也，温柔敦厚，《诗》教也；疏通知远，《书》教也；广博易良，《乐》教也；洁静精微，《易》教也；恭俭庄敬，《礼》教也；属辞比事，《春秋》教也。"② 六经之教虽然各不相同，但无疑都有助于在社群中塑造孔子心目中那些崇高的品格。相较于理工农医，文科教育在"求真"的学术价值之外，也在人文关怀的光晕下强调"求善"和"求美"的道德价值、伦理价值。原典的精神泽被后世，我们借由文本超越时空的桎梏，和古今中外的贤人交流对话，受教育者也能够借此塑造正确的人生观、世界观、价值观，提升自己的人文素养，将原典蕴含的人文精神熔铸为自身道德品格的界碑。在学习如何看待个体与社会、人文与自然、过往与将来等复杂关系的过程中，从他律转向自律，逐渐懂得应该成为以及如何成为对世界和人类群体有贡献的"大写的人"。

---

① 《尚书正义》，载（清）阮元校刻：《十三经注疏》（上），上海：上海古籍出版社，1997年，第157页。

② 《礼记正义》，载（清）阮元校刻：《十三经注疏》（下），上海：上海古籍出版社，1997年，第1609页。

第四章　比较文学原典性方法论的
三重意义 [1]

从 20 世纪初开始，以梁启超、王国维、朱光潜、钱锺书、季羡林等为代表的老一辈学者，从"拿来主义"的中西对话策略，转换到"以我为主、兼收并蓄"的话语建设路径，开启了中西比较研究。尽管，作为学科性质而言的中国比较文学直到 20 世纪 80 年代才在各大高校建制，但比较文学学科意识却早已在中国学术土壤中发芽。纵观中国比较文学发展历程，无论是 20 世纪早期的萌蘗期，80 年代的复兴期，还是 21 世纪注重本土话语建设的繁荣期，中国比较文学学科一大性质即为"原典性研究"。所谓"原典性研究"，即是超越了其作为研究对象的文献性和作为研究理念的观念性——以原典作为研究范式进行的研究，上升至方法论意义层面，体现为影响研究中的"原典性实证研究"、平行研究中的"原典性类比研究"以及变异研究中的"原典性变异研究"。从中国比较文学学科肇始，"原典"贯穿始终：中国比较文学学科建设奠基者所提出的种种设想乃从原典中积淀而来，其话语建设最终也是立足

---

① 原载于《东疆学刊》2024 年第 3 期。

于原典，并在原典中挖掘中国本土话语。可以说，中国比较文学原本就是在"原典"的基础上建立而来的，其发展自然也离不开"原典"。对"原典"的强调，亦可对国内学界存在的远离文本而推崇"理论先行"和"从理论到理论"的纯概念式研究方式进行纠偏，回归到文本，借用如希利斯·米勒所言之"修辞性阅读"（rhetorical reading），扎根于文本阅读，"在归纳出有关文学的观念以后再将细读的结果与文学的理论问题联系起来，重新思考文学的本质、功能和价值"[①]。

第一节　原典性实证研究

20世纪末，我国比较文学研究先驱严绍璗先生揭示了学界存在的一个通病："目的是根本的，结论是先设的，方法是随意的"，结果出现了诸多"伪学术"和"伪科学"。[②] 有鉴于此，严绍璗先生提出"原典性实证研究"，以此对人文学科存在的预先"假设"性命题研究模式进行纠偏。尽管，严绍璗先生更多的是在强调"实证性"，但"实证性"研究开展的基础却在于"原典"。所谓"原典"，严绍璗先生并未给出一个明确的定义，但具有如下特征："材料"与"对象"必须具有时间上的（时代意义上的）一致性，作为研究的材料必须是本国或本民族的"原典材料"。显然，严绍璗先生的"原典性实证研究"中的"原典"二字，要比马兵教授所述之"原典是指

---

①　顾明栋、仇湘云：《导读》，载兰詹·高希、希利斯·米勒著：《文学思考的洲际对话》，北京：外语教学与研究出版社，2019年，第 xiv 页。

②　严绍璗：《双边文化关系研究与"原典性的实证"的方法论问题》，《中国比较文学》1996年第1期，第6页。

一个文化体系中具有创造、奠基和源泉意义的历史文献，是那些不'依附于其他而被其他所依附'的伟大著作，通常是关于宇宙观、世界观和人生观等本质性问题的思考"[①] 这一定义更加宽泛。通常我们所说的"原典"主要是指诸如《春秋》《左传》等原典文献，而此处的"原典"将整个历史、文化和社会背景作为文本材料，其意义不仅指涉文献式原典，还包括了文献所处时代背景。对后者的强调尤为重要。这是因为，我们强调的原典是原典所处时代的原典，也就是说是一手材料，而非二手、三手甚至四手材料。唯有如此，才能挖掘出其中细微却价值颇大的研究材料。简言之，"原典性实证研究"就是要还原到研究对象所处时代，进行原典文献的挖掘。从比较文学的角度来看，"这种注重原典'文本批评'的方法，与一般传统的'文本批评'不同。比较文学是对两国或两国以上文学关系的研究，多种文化中的'文本批评'的目的是通过'文本实证'来揭示与命题相关的文化事实，从而获得'文化语境'"[②] 如美国文论家希利斯·米勒所坚持的"修辞性阅读"那般，将作品置于其当时所处的传统中去理解，注重文本的历史语境。[③] 尤其是在各类文献资料"唾手可得"的信息时代，作为具备跨国、跨文化、跨语言等多重性质的比较文学，多围绕文学和文化关系展开，更是离不开对"原典性"材料进行"原典性实证研究"，否则只会沦为泛泛而谈的"似是而非"。

---

① 马兵：《现当代文学原典教学的思与行》，《广州大学学报（社会科学版）》2020 年第 3 期，第 75 页。

② 刘小晨：《原典性文本批评——评刘介民〈类同研究的再发现：徐志摩在中西文化之间〉》，《中国比较文学》2003 年第 4 期，第 173 页。

③ 顾明栋、仇湘云：《导读》，载兰詹·高希、希利斯·米勒著：《文学思考的洲际对话》，北京：外语教学与研究出版社，2019 年，第 xxi 页。

作为国际比较文学影响研究三大学科理论支柱之一"流传学"，因其研究一国文学流传到国界之外而产生影响的事实，探讨它在国外所产生的接受、声誉、变动方面的史实关系及其意义，更是需要"原典性实证研究"。"流传学"研究形成了实证性、根源性与历史性这三大特点。倘若缺乏"原典性实证研究"，此类研究只会成为"从文本到文本"的"纸上谈兵"，无法找到影响研究最大的价值——影响事实。因此，影响研究的首要任务即是要寻找到与流传相关的事实材料，这也是从事流传学研究的基础，比如作为接受者的作家自述、批评家所发表的相关论述、对国外文学文本的翻译。如果说渊源学研究是从终点到起点，那么流传学研究就是从起点到终点，两者需要以某一个点为中心来探讨其根源或结果。而流传学的基本任务就是要依靠"原典性实证研究"，描绘其流传的历史形态，还原历史的真实面貌，并尽可能深入细致地探讨与历史事实相关的一些理论问题。

朱熹、叔本华、王国维三者之间的影响关系链研究就是一个例子。德国哲学家叔本华的"意志论"与朱熹的"人欲"观如出一辙，有学者指出，"这一'生命意志'实是朱熹的'人欲'翻版[①]。当叔本华的"生命意志"观流传至中国后，对王国维产生影响，后者借叔本华的"唯意志论"阐释中国古典文学与文论。朱熹、叔本华、王国维诗学之间呈现出一条"从东方到西方再到东方"的回返影响关系链。[②]

---

① 郭泉：《叔本华的汉学研究及其对中国哲学思想的认识》，《南京师范大学学报（社会科学版）》2000 年第 3 期，第 14 页。

② 参见杨清：《东西诗学的回返影响：朱熹、叔本华与王国维》，《中外文化与文论》2021 年第 48 辑，第 291—301 页。

意欲描绘清楚这一条关系链，首先就要梳理清楚朱熹"人欲"观究竟讲什么内容，在欧洲的传播与影响情况，如何影响到叔本华，叔本华的思想如何流传至中国，又如何影响王国维。只有把这些问题搞清楚了，那么从流传学的角度来看这三者之间的影响关系就基本上可以清晰明了。而要回答上述问题，只能回到历史现场和文本中去，考察当时中欧文化交流情况、剖析中国哲学思想对欧洲启蒙思想的影响途径和具体表现、解读叔本华在《自然界中的意志》中的专列"汉学"一章的内涵，进而追踪叔本华"生命意志"观如何传入中国，又如何对王国维思想产生影响，诸如《〈红楼梦〉评论》等文本中如何具体呈现这种影响。再如，有关中国作曲家郝维亚创作的《图兰朵》在多个国家之间的流传就需要清楚地描绘出每一个过程以及阶段性特征：从该故事的原型 16 世纪波斯故事集《一千零一夜》，到 18 世纪初将阿文版《一千零一夜》译成法文，到 18 世纪中叶法国克洛瓦翻译创作《一千零一夜》，到 1762 年出现意大利版本的寓言剧《图兰朵》，到 1802 年德国席勒版诗剧《图兰朵》，再到 1920 年意大利版歌剧《图兰朵》，最后到 2008 年中国版的《图兰朵》。[①] 从流传学的角度来看，这其中涉及包括译者、译本、译本所译原版的版本、改编本、流传媒介、流传效果等多重复杂元素。如果没有"原典性实证研究"，没有牢牢把握原典的特征以及跨文化交流活动中的互动与差异，此类研究无法得出客观的结论。

可见，考察文本在多个国家之间的跨文化流传，势必要进行"原典性实证研究"。张西平教授就曾强调，研究中国古代

---

① 曹顺庆主编：《比较文学概论》，北京：高等教育出版社，2018年，第75页。

文化经典在域外的传播和影响之基础即是"历史"。所谓"历史",在此即指西方汉学的历史以及中西文化交流的历史。唯有回到历史现场,追踪典籍的流传情况,才能做好流传研究。对此,张西平教授不断设问以强调"原典性实证研究"对于流传研究的重要性和必要性:"仅仅拿着一个译本,做单独的文本研究是远远不够的。这些译本是谁翻译的?他的身份是什么?他是哪个时期的汉学家?他翻译时的中国助手是谁?他所用的中文底本是哪个时代的刻本?"①倘若无法对文本流传过程、流传媒介、流传结果等环节考察清楚,得出的结论自然站不住脚。

强调原典,并非是要放弃比较文学理论建设,转而一头扎进文献的"故纸堆"。实际上,比较文学理论建设无一不是建立在原典阅读和研究的基础之上。而原典阅读和研究,恰恰是应对当前学界存在的"从理论到理论"和"从概念到概念"式的"伪科学"研究范式弊病的一剂良药。

第二节 原典性类比研究

如果说影响研究需要通过回到原典现场进行原典性实证研究,那么平行研究无关直接关系,是否还需要原典?对于这一问题,最好的回答便是钱锺书早在 1981 年发表的《诗可以怨》一文。钱氏研究表面上并非典型的比较文学研究,然而《诗可以怨》一文却被张隆溪、杨乃乔等当代比较文学研究大

---

① 张希平、孙健主编:《中国古代文化在世界:以20世纪为中心》,郑州:大象出版社,2017 年,第 4 页。

家高度赞扬。前有张隆溪教授在《从比较的角度说镜与鉴》一文中，批判比较文学界存在的"从概念到概念，高谈理论而陷于空疏"的弊病，认为《诗可以怨》一文可为比较文学学者提供一个"从文本出发，以具体例证为支撑，提出具有说服力的论述"①的典范；后有杨乃乔教授在《〈管锥编〉：系统性的比较诗学著作及平行研究的典范》一文中为钱氏研究正名，认为其研究"以沉入中西文学及其与相关学科的各自语言文化结构中，围绕着通贯于中西文学艺术的一个个理论话题，把那些经典且闪光的片段思想文献给予精准地耙梳、举证与汇聚，其理论目的就是跨界于没有直接相互影响与接受的双边文化系统之间……再度建构一个可以汇通双方的具有普遍性规律的审美系统结构"②。恰恰是钱氏的这种"东海西海，心理攸同。南学北学，道术未裂"式的融通性研究，才是平行研究、比较诗学追求人类文学艺术普遍审美规律和审美价值的典型研究范式。在杨乃乔教授看来，钱锺书《诗可以怨》一文则最具代表性。

从本质上来看，比较诗学即是一种没有直接影响与被影响关系的平行阐释研究。"诗学"一词乃借用亚里士多德《诗学》的称谓，在中国亦有广义与狭义之说。在多数场合所谈论的诗学，其实是一种广义的，有关文学理论研究的一门学科，更接近于通常我们所说的文学理论和文学批评，在此自不用赘述。问题是，诗学阐释意味着什么？在钱锺书先生看来，所谓比较诗学就是文艺理论的比较研究，这是一个重要且大有可为的研究领域。诗学阐释是比较诗学研究中的重要内容，包含三

---

① 张隆溪：《从比较的角度说镜与鉴》，《文学评论》2019 年第 2 期，第 5 页。
② 杨乃乔：《〈管锥编〉：系统性的比较诗学著作及平行研究的典范》，《文学评论》2023 年第 5 期，第 53 页。

个方面的研究：一是进行中国传统诗学的现代阐释，构建中国本土诗学；二是中西诗学比较与互相阐发；三是诗学阐释变异研究，从而通过变异和"他国化"互相吸收优秀文明成果，形成诗学构建的互补、互助，不断促进诗学创新。

其中，尤以中西诗学比较与互相阐发为比较诗学理论建设的基础。1976 年，中国台湾学者古添洪、陈慧桦提出"阐发研究"，后来刘象愚在其《比较文学概论》中首次提出了"双向阐发"的观点，认为阐发研究绝不是单向的，而应该是双向的，即相互的。可见，阐发研究实质是上一种诗学跨文化阐释活动。更为重要的是，诗学的双向阐发理应是一种平等对话、异质互补、互释互证的活动，而非一律以西释中。

典型的例子就如钱锺书先生的《诗可以怨》一文。一个有趣的现象是，当前活跃在中国比较文学界的比较文学大家均将其观点阐发的起点归于《诗可以怨》。《诗可以怨》究竟有何特别之处？除了前文所述之张隆溪、杨乃乔两位大家将之视为比较文学研究典范之外，还有一点值得注意，那就是该文围绕原典，大量挖掘中西原典文献，并进行相互阐发和类比研究，以寻找人类共同"诗心"。而这一研究范式，尤其适用于比较诗学。在这篇文章中，钱锺书先生列举了尼采、弗洛伊德等西方学者有关诗歌与痛苦之间的关系，认为都是"痛苦使然"，并与中国古代文论史上的"诗可以怨"这一观点进行互释，用大量原典材料证明中西方都认为最动人的是表现哀伤或痛苦的诗。这些材料包括《论语》中的"诗可以兴，可以观，可以群，可以怨"，《毛诗大序》中的"治世之音安以乐，乱世之音怨以怒，亡国之音哀以思"，《汉书·艺文志》中的"故哀乐之心感，而歌咏之声发"，乐府古辞《悲歌行》中的"悲

歌可以当泣，远望可以当归"，司马迁的《报任少卿书》和
《史记·自序》中有关"发愤著书"的论说，刘勰《文心雕
龙·才略》中的"《显志》《自序》亦蚌病成珠矣"，等等。西
方原典文献于钱锺书先生而言，亦是信手拈来，诸如格里巴尔
泽、福楼拜、海涅、豪斯门等西方文学家有关"好诗如牡蛎的
珠子"的论述，统统成为钱锺书先生观点的有力佐证①。值得
注意的是，钱锺书先生并未求助于译文，而是直通原文，并将
原文附于引文之后，读者方可按图索骥，对中西方有关"蚌病
成珠"的类似表述进行原汁原味的阅读和比较。

　　值得注意的是，并非引用了中西方原典就是"原典性类比
研究"。细读钱氏的研究方法可以发现，钱氏在论述时并未停
留在表面的泛泛而谈，而是大量列举文本细节进行论证，并将
理论文本的解读与文学文本的剖析相结合，真正做到有理有
据。在谈及钟嵘《诗品序》中的"嘉会寄诗以亲，离群托诗以
怨。至于楚臣去境，汉妾辞宫；或骨横朔野，魂逐飞蓬；或负
戈外戍，杀气雄边，塞客衣单，孀闺泪尽；或士有解佩出朝，
一去忘反，女有扬蛾入宠，再盼倾国。凡斯种种，感荡心灵。
非陈诗何以展其义，非长歌何以骋其情？"之时，钱锺书先生
并未从理论到理论，而是转而将视野投向文学文本，以《红楼
梦》中贾妃感叹"今虽富贵，骨肉分离，终无意趣"为证据，
进而又举黄庭坚所写"与世浮沉唯酒可，随时忧乐以诗鸣"为
例。我们在感叹钱锺书先生古今中外知识之广博之时，亦对其
中西诗学相互阐释和知识迁移的自由度感到敬佩。而钱锺书先
生在文章最后也揭示了人文学科的一个特征，那就是"融通

---

①　参见钱锺书：《诗可以怨》，《文学评论》1981年第1期，第16—21页。

性"，如其所言："我开头说，'诗可以怨'是中国古代的一种
文学主张。在信口开河的过程里，我牵上了西洋近代。这是很
自然的事。我们讲西洋，讲近代，也会不知不觉地远及中国，
上溯古代。人文科学的各个对象彼此系连，交互渗透，不但跨
越国界，衔接时代，而且贯串着不同的学科。"[1] 这个特征并非
是比较文学所特有。自然科学是一种科学，人文科学亦是一种
科学，两者均有内在的规律可循，自然融汇成为可能。

国学大师钱穆先生持相同观点，认为中国传统文化注重
"融和合一"精神，"中国古人并不曾把文学、史学、宗教、哲
学各别分类独立起来，无宁是看重其相互关系，及其可相通合
一处。因此中国人看学问，常认为其是一总体，多主张会通各
方面而作为一种综合性的研求。"[2] 事实上，钱穆先生虽投身国
学研究，但在论述中国学术、历史及思想史之时，自然而然地
将中国与西方进行相互阐释。在《新三不朽论》一文中，钱
穆先生重新阐释孔子"立德、立功、立言"的"三不朽"说，
"拟从西方欧洲人对于不朽的观念，以及佛教里面的不朽论，
用来与中国人历古相传的三不朽论，经孔子乃及此下儒家所发
挥完成的一番人生理论相比较"。[3] 而钱穆先生首先便从柏拉
图有关"观念世界"的论说开始论述，不仅谈及柏拉图"观
念论"，还将庄周"万物方生方死，方死方生"等中国哲人的
"生死观"进行平行比较。尽管钱穆先生并非比较文学家，其
研究体系却处处彰显比较的思想。在此，"比较"成为一种观
念，一种跨越国别、民族、文化和文明的"融通性"观念。而

---

① 钱锺书：《诗可以怨》，《文学评论》1981 年第 1 期，第 21 页。
② 钱穆：《中国学术通义》，北京：九州出版社，2011 年，第 5 页。
③ 钱穆：《历史与文化论丛》，北京：九州出版社，2011 年，第 118 页。

这种观念倘若没有原典的支撑，只能是"纸上谈兵终觉浅"。倘若钱穆先生的学术并非扎根于中西原典，恐怕亦无法进行中西对话。可见，比较文学平行研究，尤其是阐发研究，同样需要原典。

第三节　原典性变异研究

过去，比较文学影响研究只关注实证性的影响关系，忽略了文学流传过程中产生的种种变异现象。而这种变异现象恰恰反过来直观呈现了比较文学跨国、跨文化、跨语言、跨文明的特征。严绍璗先生将这种跨文化传递中的"不准确形态"称为"文学变异体"。[①] 严绍璗先生举了一个例子来说明跨文化传递过程中的这种"不准确形态"：中国儒学对欧洲和日本的影响有着明显的不同，以笛卡尔、莱布尼茨等为代表的 18 世纪欧洲启蒙运动思想家均以阐发中国儒学"非神信仰"的"理性道德"为核心，以此反对中世纪欧洲"神学统治"、创建近代"理性社会"；而以藤原惺窝、林罗山为代表的日本德川幕府时期的思想家，强调的却是"阶位制"的伦理学意义、"忠诚信念"的社会价值，并将中国儒学中的"理""心"等范畴视为日本自古已有信仰的"神本体"的外化形态，以此强化德川幕府政权自我统治的意识。[②] 之所以出现迥异的阐释结果，其根本原因不在于客体对象本身，而是研究者文化出身和文化

---

① 参见严绍璗：《"文化语境"与"变异体"以及文学的发生学》，《中国比较文学》2000 年第 3 期，第 1—14 页。

② 严绍璗：《比较文学与文化"变异体"研究》，上海：复旦大学出版社，2011 年，第 5—6 页。

身份的不同所致，"从而在各自研究中隐含的'哲学本体'不同而造成的，而各种'哲学本体'则来源于生成这些研究的'母体文化'之中"①。在严绍璗先生看来，正是因为来自不同哲学本体的研究者所产生的这样或那样的阐释，"才使得多元研究在各自的'母体文化'中具有相应的生命活力——或许这就是'中国文化'参与'世界文明'进程的形态。"②换言之，正是因为产生了这样或那样的"变异体"，才会激发出新的生命活力。

从发生学的角度看，这种"变异体"是如何产生的呢？严绍璗先生曾就自己的研究体悟总结道："我自己以'跨文化视野'观察到的这些内含多元文化元素的'新文本'，它们都具有从'原发性文明'的承传中脱出，在'特定时空'中与当时可能接触到的多形态文明在不同的层面上组合成的各种'新文化'形态的基本特征。这表明'文学文本'的建构，它们一直处在'混溶性动态'之中的，'静止的文化'只是相对的。我在思索中徘徊，在徘徊中思索，反复再三，终于借用生命科学范畴内的概念，把在'多元文化语境'中构成的'文学文本'称之为'变异体'（variants）。"③严绍璗先生的"变异体"概念揭示了文学文本的发生和形成，亦反驳了国内外学界认为的东方文学和东方文明是静止的这一狭隘说法。

文学何以发生？首先从文明史发展角度来看，各国各民族

---

①　严绍璗:《比较文学与文化"变异体"研究》，上海：复旦大学出版社，2011年，第6—7页。

②　严绍璗:《比较文学与文化"变异体"研究》，上海：复旦大学出版社，2011年，第7页。

③　严绍璗:《比较文学与文化"变异体"研究》，上海：复旦大学出版社，2011年，第12页。

的文学并非是一座座彼此相隔离的"孤岛"，而是以这样或那样的方式交往碰撞。文学文本绝非是单一文化或文明滋润的结果，往往含有多种非母体文化元素。比如，著名华裔美国作家汤亭亭的成名作《女勇士》(*The Woman Warrior: Memories of A Girl among Ghosts*, 1976)虽然讲述的是一个美国故事，但汇集了来自东西方多种文化元素。汤亭亭从小听着父母讲述的中国故事长大，但接受的却是西方教育，形成了"杂糅"的文化背景，如其所述，"事实上我是在混合运用东西方神话。例如，当花木兰进山时，我穿插了刘易斯·卡罗尔《艾丽丝奇遇记》的情节……中国神话传说里有兔子，佛教故事里也有兔子。菩萨作为兔子跳进火里，肉烧烂了，饥饿的人可以饱食。那是东方的传说。在《艾丽丝奇遇记》里，兔子没有被吃掉。我把东西方故事混淆了，因为我感到这种混淆现象常发生在小孩的头脑里，发生在美籍华裔小孩的头脑里。"[①]

　　不仅是文学文本多存在"变异体"现象，文学理论亦是如此。刘勰的《文心雕龙》就是一个典型的儒释道合一的产物，呈现出"一种儒道释相互结合的文艺观"[②]。从微观层面来看，印度佛教对中国文学理论和文化产生了不可估量的影响。诸如"神韵""妙悟""取境""境界"等经典古典文论话语均为佛家思想影响下，在儒家、道家文化场域中生成的，至今在日常和文学研究中充满活力。促使"文学变异体"发生的前提，就是

---

　　① 张子清：《作家访谈录：东西方神话的移植和变形——美国当代著名华裔小说家汤亭亭谈创作》，载《女勇士》，李剑波、陆承毅译，桂林：漓江出版社，1998年，第194页。
　　② 陶礼天：《〈文心雕龙〉与佛学关系再探》，《陕西师范大学学报（哲学社会科学版）》2009年第1期，第61页。

要有诸如当代国际比较文学大家达姆罗什所言之"流通",如此才能从"原发性文明"和"母体哲学"中走出。这种基于文学关系研究而提出来的差异性研究并非"空穴来风",而是基于大量"原典性实证研究"而来。

2005年,曹顺庆教授提出"比较文学变异学研究"。该学说的提出弥补了既存的影响研究和平行研究之不足。而这一学说的提出正是沿着原典,在跨文化研究中提炼而来。曹顺庆教授长期致力于中西诗学比较研究,尤其是中国文学和理论在西方的流传研究。2012年,曹顺庆教授领衔的教育部哲学社会科学研究重大课题攻关项目"英语世界中国文学的译介与研究"立项,通过系统梳理英语世界中国文学的翻译与研究成果,深究在文学翻译背后文化之间的深层互动与交流机制,寻求如何通过文学译介来提升中华文化的实力,扩大中华文化在世界文明中的影响力,更是进一步强化了"比较文学变异学"的理论建设。该项目旨在解决以下关键问题:中国文学在英语世界的译介与研究之起源,中国文学在域外流传所产生的种种影响,中国学界在中国文学对外传播中的立场和影响,以及最关键的——英语世界中国文学译介与研究的方法论问题。① 该研究最大的特色就在于,系统追踪包括典籍、诗歌、散文、小说、戏曲等中国文学原典在英语世界中的译介和变异研究。迄今为止,该研究完成、发表与出版(含即将出版)的项目阶段性成果(论文与专著)近三十项,包含了涂慧的《如何译介,怎样研究:中国古典词作在英语世界》、李伟荣的《英语世界

---

① 曹顺庆、刘颖:《英语世界中国文学译介与研究的若干问题》,《英语研究》2017年第1期,第3—4页。

的〈易经〉研究》、何颖的《英语世界的〈庄子〉研究》、郭晓春的《英语世界的〈楚辞〉研究》、杨颖育的《英语世界的〈孟子〉研究》、黄立的《英语世界的唐宋词研究》、吴结评的《英语世界里的〈诗经〉研究》、王凯凤的《英语世界中的唐诗研究》、欧婧的《英语世界的古代诗话译介与研究》、郭恒的《英语世界的中国神话研究》、何敏的《英语世界的清代小说研究》、王鹏飞的《英语世界的〈红楼梦〉研究》、谢春平的《英语世界的〈水浒传〉研究》、黄文虎的《英美〈金瓶梅〉研究》、杨一铎的《英语世界中的鲁迅研究》、周娇燕的《英语世界的茅盾研究》、柳星的《英语世界的张爱玲研究》、续静的《英语世界的老舍研究》、王苗苗的《英语世界的巴金研究》[1]等等，无一不是以原典为研究对象，并考察跨文化传播过程中的流变现象。

值得注意的是，此类研究中的"原典"有多层含义：一是以《庄子》《老子》《论语》《文心雕龙》等中华文化典籍为研究对象的原典；二是研究语境为英语世界这一原典性语境；三是研究材料为外文一手原典材料。只有经过原典阅读和原典性实证研究，才能全面描绘出中国文学在英语世界中的译介与研究情况。而在这一梳理过程中，一些深深潜藏于文献之中的现象自然"浮于水面"。比如，在进行"英语世界中国典籍的译介与研究"过程中发现，尽管《文心雕龙》在国内学界十分重要，同时在英语世界拥有多个译本，但还没有出现法语全译本。西南交通大学陈蜀玉教授在曹顺庆教授的指导下，

---

① 参见董首一、张叹凤:《领异标新　玉树中华——"英语世界中国文学译介与研究"阶段性成果述论》,《中外文化与文论》2014 年第 2 期，第 286—298 页。

在攻读博士学位时，将《文心雕龙》翻译为法语。2010 年，《文心雕龙》法文全译本由外文出版社正式出版发行，题名为 *L'Essence de La Littérature et La Gravure de Dragons*，包括《文心雕龙》全部 50 篇的法译。这是第一个《文心雕龙》法语全译本，也是第一个在中国内地出版发行的法语全译本。该译本主要以陈蜀玉教授在四川大学求学期间的博士论文《〈文心雕龙〉法语全译及其研究》为基础。在曹顺庆教授的鼓励和帮助下，《〈文心雕龙〉法语全译及其研究》以博士学位论文的方式参与中国古代文论话语的重建和传播，《文心雕龙》将在翻译的作用下，进入法语读者的视野，中国古代文论的集大成者也将在中国人自己的努力下影响着法语世界的文论话语。《〈文心雕龙〉法语全译及其研究》最终跨越了中法语言的障碍，它将把中国古代文论的民族成就变成世界多元文论的一个部分[①]。

正是在大量的"原典性变异研究"的基础上，2013 年，曹顺庆教授出版英文专著《比较文学变异学》，首次系统阐释"比较文学变异学"理论学说。区别于法国影响研究与美国平行研究一味求"同"的思维，比较文学变异学基于求"异"思想，聚焦于不同国家、不同文化、不同文明中文学关系间的异质性与变异性，研究领域包括跨语际变异、跨国变异、跨文化变异、跨文明变异以及"文学他国化"研究。这种以"差异性"为可比性的变异研究或"化"论研究，其理论建设深深扎根于原典文献以及原典性变异研究之中。

---

① 陈蜀玉:《〈文心雕龙〉法语全译及其研究》，四川大学博士学位论文，2006 年。

身处全球化时代的不同文化体系中的文论观念绝非是一座座孤岛。相反，一国文论观念中往往含有非本国文论元素。这些非本国文论元素往往迥异于其母体文化，乃因文化交融变异而来。随着不同文论的碰撞日益增长，多种文化元素混合，不断激发出新的活性成分。借用化学领域里的一个专有名词，本研究将这种文化生成机制称为"化合"。"化合"本意乃指一种化学的化合反应，即由两种或两种以上的物质混合并反应生成新物质。这并不是生搬硬套地挪移概念，实际上在中国文学史上多有相关内涵，比如《易经》中的"万物化生"、《庄子》中的"化而为鸟，其名曰鹏"等内容，均都强调了"化"之新生作用。曾军教授甚至将"化"之作用理论化，上升至方法论层面，成为一种理论话语。[①] 国外学者也有相关表述。印度学者兰詹·高希（Ranjan Ghosh）就这种东西文化碰撞结合的现象，提出"融合/互鉴"（"［in］fusion"）论，并将其视为"一种尊重知识制度、传统边界、范式神圣性但又敢于违背它们的探索精神"[②]。

比较文学需要原典吗？答案不言自明。可以说，人文科学的研究均需要原典。这也即芝加哥大学设置"社会思想委员会"，带领学生进行原典阅读、培养能够提出"原创性问题的年轻人"的根本缘由 [③]。原典成了一种育人和科学研究的方法论范式。山东大学建设"尼山学堂"以培养中国传统学术专门

---

① 参见曾军、林非凡:《"化"作为方法：中西文论互鉴的方法论反思》,《济南大学学报（社会科学版）》2022 年第 3 期, 第 32 页。

② 兰詹·高希、希利斯·米勒:《文学思考的洲际对话》, 北京：外语教学与研究出版社, 2019 年, 第 4 页。

③ 参见马兵:《现当代文学原典教学的思与行》,《广州大学学报（社会科学版）》2020 年第 3 期, 第 75 页。

人才；四川大学中文学科自开设起便重视原典的传统传承至今。以庞石帚、杨明照诸先生为代表，普遍重视原典教学，开设了诸多围绕原典阅读与研究的课程。据1935年的《中国文学系课程标准》记载，全系四个年级的专书类课程多达22门：史记、孟子、荀子、左传、韩非子、诗经、汉书、庄子、礼记、论语、尚书、仪礼、周礼、周易、春秋公羊传、春秋穀梁传、老子、管子、墨子、公孙龙子、吕览、淮南子。① 而今以曹顺庆诸教授为代表，继续开设"十三经"等中华文化原典课程，并以西方文论原典阅读与之配套，以原典教学带动人才培养模式改革。

　　笔者深受所在学科深厚的原典阅读传统影响，以原典阅读和教学为中心，自2023年9月开设"同读一本书"读书沙龙，吸纳近十名研究生和本科生的参与。沙龙以老师、学生同读一本书的形式开展，每月由老师指定一本书，中英文交替进行。学生在沙龙上畅所欲言，或总结观点，或批判问题，或提出疑惑，或深入阐发，最后由老师点评，并进一步指出有待继续探讨的问题。沙龙所选书目，均为古今中外原典读本，既包括中外当代文论研究著作，也包括中外古代文论，既有文论著作，也包含文学作品，如张西平、孙健主编的《中国古代文化在世界：以20世纪为中心》，印度学者兰詹·高希（Ranjan Ghosh）和美国文论家希利斯·米勒（J. Hillis Miller）合著的《文学思想的洲际对话》（*Thinking Literature across Continents*，2016），刘勰的《文心雕龙》，《庄子》，亚里士多德的《诗学》，托尔

---

① 国立四川大学编：《国立四川大学一览》，成都：国立四川大学，1936年，第1—3页。

斯泰的《战争与和平》，陀思妥耶夫斯基的《卡拉马佐夫兄弟》，等等，旨在通过原典阅读，夯实基础，寻找研究的创新点。原典阅读的效果是显而易见的，一方面可帮助学生寻找毕业论文创新选题，另一方面孵化出大创项目，助力于学生成才。

作为研究范式的"原典"超越其作为研究对象的文献特征，上升至方法论意义层面。就比较文学研究而言，无论是影响研究、平行研究，还是近年来中国学者倡导的变异研究，均需要"原典性实证研究""原典性类比研究""原典性变异研究"。三者并非彼此割裂，反而是通常一并出现。这是因为，影响研究中涉及流变性现象，实证性研究自然需要变异研究；反过来，变异研究需追踪本体与变异体之间的交往、碰撞、变异关系，亦需要实证性研究，同时也需要类比研究，如此才能清晰呈现变异体究竟为何。与此同时，平行研究尽管不关涉直接的影响关系，亦不涉及流变性，但往往由于文化背景、阐释者的审美价值，在类比阐释的过程中，总会产生这样或那样的阐释变异。凡此种种均需要原典作为最基本的支撑。脱离了"原典"，比较文学研究只会是"X+Y"式的表面功夫，无法从本质上推进学科理论的建设。

第五章　比较文学原典阅读的独特性

　　相较于中国经学传统和西方古典文献学中的"原典"，以曹顺庆教授为代表的比较文学学者，将"原典阅读"视为比较文学学科建设、人才培养的方法论，其独特性体现为两个方面：一是在传承原典传统的基础之上进行创新性"求变"，关注异质文明交流过程中的流变和变异现象，力求提出原创性理论；二是注重学术传承，形成"学术共同体"，师生合力攻克学术难题。换言之，比较文学原典阅读不再是单纯的个人行为，亦非是书斋式阅读方式，而是以学术团队的形式走向全球，关注原典在全球传播中的流传过程和结果，并最终回归本土，建设话语理论，呈现出一条清晰的"走向"与"返回"的学术路径。值得注意的是，求"变"之前提乃是立足本土原典，"共同体"的价值乃是回归到个体发展，最终旨归在话语理论建设之上。

第一节　"求变"思想与原创性理论建设

　　关于"求变"思想，中国古人早有论述。刘勰在《文心雕龙》中以《通变》一章论述"变"之于"承"和"新"的重要性，提出了"通变"文学史观。刘勰开篇即讲：

夫设文之体有常，变文之数无方。何以明其然耶？凡诗、赋、书、记，名理相因，此有常之体也；文辞气力，通变则久，此无方之数也。名理有常，体必资于故实；通变无方，数必酌于新声：故能骋无穷之路，饮不竭之源。然绠短者衔渴，足疲者辍涂；非文理之数尽，乃通变之术疏耳。故论文之方，譬诸草木：根干丽土而同性，臭味晞阳而异品矣。①

在刘勰看来，作文之道首先便要"征圣"和"宗经"，即通过研读经书等原典，学习先贤为文之道。这是因为文章写作之理是定式，因此体裁必须要借鉴传统。然而，作文之道不能仅仅停留在"征圣"和"宗经"这一层面。文章要想出新意，还需进行"通变"，想要推陈出新就必须在方法上研究新兴作品，如此才能"骋无穷之路，饮不竭之源"。因此，刘勰对于"传承"与"创新"这一组关系的理解是"参伍因革，通变之数也"。换言之，刘勰注重在传承的基础之上进行创新，如郭绍虞先生所言："在文学发展过程中，就其先后传承的一面而言则为'通'，就其日新月异的变化而言则为'变'。'通'与'变'对举成文，是一个矛盾的两方面；把'通变'连缀成词，则是就两方面之间的关系说的。"②

值得注意的是，刘勰的"通变"文学史观本身就是"通变"的结果。追根溯源，"通变"文学史观上可追溯至《周易》中的"通变"观。《易·系辞》讲"穷则变，变则通，通

① （南朝梁）刘勰：《文心雕龙注》，范文澜注，北京：人民文学出版社，2008年，第519页。

② 郭绍虞：《中国历代文论选1》，上海：上海古籍出版社，2001年，第262页。

则久。"《周易》中的"通变"论其实是指通晓事物变化的道理。战国公孙龙子更是撰《通变论》一文，以问答体的形式，围绕"二无一"这一中心命题，证明"白马非马"这一观点，提出名变实亦随之变这一论点。到了刘勰那里，则成为作文之道，需在"征圣"和"宗经"的基础之上进行"通变"。南朝梁代时期文学家、史学家萧子显亦注重"变"，在《南齐书·文学传论》中提出"属文之道，事出神思，感召无象，变化不穷。俱五声之音响，而出言异句；等万物之情状，而下笔殊形"①。萧子显在此强调文章风格和体性的变化。而到了清代诗论家叶燮处，则进一步发扬了"通变"文学史观，以大量例子来证明文学发展过程中的盛和衰均因通变，如其所言："而要之诗有源必有流，有本必达末；又有因流而溯源，循末以返本。其学无穷，其理日出。乃知诗之为道，未有一日不相续相禅而或息者也。但就一时而论，有盛必有衰；综千古而论，则盛而必至于衰，又必自衰而复盛。"② 之所以"盛"，则是因为通变得当；反之，则衰。

中国古代"通变"文学史观影响深远，至今仍在塑造着中国现代文学理论。曹顺庆教授所提"原典阅读"的一大特征是在传承中"求变"。这一"求变"思想充分体现在其所提出的"比较文学变异学"这一新理论话语之上。

过去比较文学关注"同"，尤其关注欧洲文学之间的相互影响，现在比较文学关注"异"，尤其关注文学跨文化交流和传播过程中的"变"。哈佛大学比较文学系主任大卫·达姆

① 郭绍虞:《中国历代文论选1》，上海：上海古籍出版社，2001年，第264页。
② 郭绍虞:《中国历代文论选1》，上海：上海古籍出版社，2001年，第265页。

罗什（David Damrosch）在《何为世界文学?》(*What is World Literature?*)一书中指出："当今世界文学的一个主要特点是它的变异性（variability）：不同的读者会被不同的文本群所迷惑。"[①] 显然，达姆罗什的"世界文学"概念实际上已经暗含了世界文学在传播过程中显现出的异质性与变异性的双重特征。

曹顺庆教授曾基于比较文学所体现出来的异质性与变异性特征，提出比较文学变异学。这正是一个专门以文学变异现象、规律和模式为研究对象的理论体系。实际上，文学文本的产生就与变异密不可分，"从文学发生的立场上观察文学文本，则可以说，在'文明社会'中它们中的大多数皆是'变异体'（variants）文学"[②]。这是因为一个民族总会与外部世界有所接触、碰撞，进而形成新的文化语境。按严绍璗的说法，文本变异活动就发生在这样一个本民族文化与"异文化相抗衡与相融合的"文化语境中。当文学与文化进入传播阶段，不同文化之间的碰撞使得变异现象愈加明显。所谓文学的变异，就是指不同国家、不同文化与不同文明之间的文学在相互关系中的变异性以及差异性。[③] 但这种关系并非一定是比较文学影响研究中所依据的文学间的事实关系，也可以是毫无事实关系的文学现象所体现出来的变异性与差异性。因此，比较文学变异学即指"基于跨越性和文学性，研究不同国家的文学现象在事实

---

① David Damrosch, *What is World Literature?*, Princeton and Oxford: Princeton University Press, 2003, p. 281.

② 严绍璗：《"文化语境"与"变异体"以及文学的发生学》，载杨乃乔、伍晓明主编：《比较文学与世界文学：乐黛云教授七十五华诞特辑》，北京：北京大学出版社，2005年，第 128 页。

③ 曹顺庆主编：《比较文学概论》（第二版），北京：高等教育出版社，2018年，第 124 版。

联系之内或之外的变化，以及同一学科领域不同文学经验的异质性与变异性，以探索内在差异和变异模式"①。变异学尊重世界范围内的不同文明，倡导跨文明的交流与平等对话，注重文学在传播与相互阐释过程中的种种变异现象，是文学创新的重要途径，如达姆罗什所言："当作品进入世界文学阶段，作品非但不会不可避免地丢失原真性或本质，反而会在多个方面有所获得。"② 无疑，变异学对翻译研究、跨文化传播研究、比较文学与世界文学研究而言均不失为一大新视角。

这种"求变"思想并非曹顺庆教授关于比较文学理论建设的一家之言。叶舒宪曾在《变：作为新文科探索先驱的中国比较文学》一文中，总结了中国比较文学界40余年来对中国理论和话语建设做出的贡献，归纳出包括"失语症""变异学""东学西渐""和而不同论""神话中国论"等36个理论命题，进而提出"变"实际上是中国比较文学学者提出本土文化再自觉、追求创新求变的逻辑前提。③ 叶舒宪所言之"变"，乃是在继承传统的基础之上求变，上可溯源至史前文学传统。

"化"同样也是"求变"思想的衍生。曹顺庆教授所提"变异学理论"就包含"他国化"这一内涵。所谓"他国化"，即"一国文学在传播到他国后，经过文化过滤、译介、接受之后发生的一种更为深层次的变异，这种变异主要体现在传播国文学本身的文化规则和文学话语已经在根本上被他国——接受

---

① Cao Shunqing, *The Variation Theory of Comparative Literature*, Heidelberg: Springer, 2014, p. xxxii.

② David Damrosch, *What is World Literature?*, Princeton, New Jersey: Princeton University Press, 2003, p. 6.

③ 参见叶舒宪：《变：作为新文科探索先驱的中国比较文学》，《中国比较文学》2022 年第 1 期。

国所同化，从而成为他国文学和文化的一部分"①。但不是所有的文学变异活动都可以称之为他国化现象。文学在传播到外国之后往往会出现两种情形：一种是从接受国来说，亦即本国文学被他国文学所"化"，如文学规则与话语言说方式被他国所化，如"五四"时期，在中国新文学发动者的倡导下，中国诗歌完全用外国的诗歌形式，中国诗歌完全被西方诗歌所化；另一种是从传播者角度来说的，即外国文学被本国文学同化。传播国的文学被传播到他国之后，对他国文学进行不同程度的影响改造，其中有利于他国文学发展的因素最终会被他国文学改造后吸收，从而使得他国文学在话语方式上改变，最终完成了文学的他国化过程。②

"变"和"化"可以说构成了中国当代本土理论构建、反思本土文化自觉的内在逻辑，甚至可以从一种现象上升为一种方法论。曾军、林非凡在《"化"作为方法：中西文论互鉴的方法论反思》一文中就提出，"变"和"化"是中西文论交流对话的实质，认为由"体用""西化"和"马克思主义中国化"构成的三个"化"的范式，深刻影响了中国文论的内在结构和发展方向。③

---

① 曹顺庆：《比较文学教程》（第二版），北京：高等教育出版社，2010年，第149页。

② 曹顺庆主编：《比较文学概论》，北京：中国人民大学出版社，2011年，第156页。

③ 曾军、林非凡：《"化"作为方法：中西文论互鉴的方法论反思》，《济南大学学报（社会科学版）》2022年第3期，第32页。

第二节　"学术共同体"的构建

以曹顺庆教授、项楚教授、赵毅衡教授、李怡教授为代表的中国当代学人十分注重学术传承，尤其是通过"原典阅读"，带领学生饱览古今中外原典读本，形成"学术共同体"，共同攻克学术难题，相继提出了"比较文学变异学""符号学中国化"等原创理论，已初步形成享有国际声誉的比较文学、大文学、敦煌学、符号学中国学派，创新引领了中国哲学社会科学话语体系的"师生共创机制"。对这种机制作用路径描绘和规律探讨，有助于比较文学学科理论建设与发展。

在此，以曹顺庆教授教学科研团队为例。曹顺庆教授孜孜不倦所耕耘的"跨文明比较研究"学术共同体首先是一个致力于学术前沿话题与学科新领域的"学术－论争性前沿探索共同体"。作为中国比较文学的领军者，曹顺庆教授在学术研究上，不断为比较文学学科的教学改革与人才培养模式注入澎湃的驱动力。从"中国文论失语症"到"中国文论的话语重建"，从"中西比较诗学"到"跨文明比较文论史"，从"汉语批评"到"比较文学学科理论研究"，从"文学理论他国化"到"英语世界的文学研究学科史"，从"比较文学变异学"到"文明互鉴与中华传统文化的国际化传播"……可以说，在每一个学科发展的关键历史时期与时间节点上，曹顺庆教授都以其宏阔的理论视野和创新性学术话语不断引领着大家迈向一个又一个学科前沿地带。以学术前沿话题来推动教学探索和人才培养，这样的策略不可谓不高明，不可谓不巧妙。

曹顺庆教授至少在 1999 年起就开始将"跨文明比较研

究"学术共同体构建为一个通过课程发言研讨、课外论争和论文著作写作三位一体的"学术-论争性前沿探索共同体"了。"共同体"这个词是一个极具"现代性"内涵的社会学术语。"共同体"概念既来自德国古典社会学家斐迪南·滕尼斯（F.Tönnies，1855—1936）与"社会"相对立的"共同体"，也来自于英国当代社会学家齐格蒙特·鲍曼（Zygmunt Bauman，1925—2017）在《共同体》一书中对于"共同体"充满理性又不乏诗意和温馨的刻画与描述。当然，它也与本尼迪克特·安德森（Benedict Anderson）在《想象的共同体》中所提示的"主观性""想象性"和"建构性"有深刻的内在关联。由曹顺庆教授构建的"跨文明比较研究"学术共同体正是这样一个活跃的、动态的有机群体，从年龄、性别、个性和兴趣角度看，这个共同体更是一个具有强大自我组织功能的、生机勃勃的群体——不妨称之为"学术-代际协同创新共同体"。

那么，这样一种学术共同体是如何形成的呢？在此以曹顺庆教授指导学生开创"比较认知诗学"为例。曹顺庆教授指导的博士熊沐清、支宇（如今均已成长为各自领域里的专家）认为，在"文明互鉴"背景和全球化时代语境之下，汉语学界的认知诗学研究一个非常重要的问题，在于从跨文明与跨文化的比较文学研究视野下来揭示不同文论体系与诗学理论中不同的认知特性，一方面探索现有"认知诗学"可能存在的普世性意义与价值，另一方面尝试揭示现有英美"认知诗学"对中国文学经验、审美认知机制和认知心智的遮蔽与盲视。基于此一理由，熊沐清、支宇等教授初步勾画和构建"比较认知诗学"的研究领域，旨在深入探讨认知诗学与比较文学，尤其是比较诗学相互融合的理论路径。同时，勾勒出一个完整的"比较认知诗学"理论体系，并重点论述认知诗学的中国化研究或认知诗学本土化问题，力图通过"认知诗学的中国话语"或"中国特色认知诗学的话语体系"的建构，初步完成认知诗学理论版图与学术范式的重构。

具体而言，熊沐清、支宇等教授承继了曹顺庆教授"中西比较诗学"的学术理路，重点解决以下主要问题：其一，构建由"认知诗学学科内各流派比较研究"（学科内比较）、"认知诗学学科与非认知学科比较研究"（学科间比较研究）、"认知文学批评中的比较研究"（具体文本认知分析中的比较）、"跨文明认知诗学研究"（跨文化／文明比较）四大理论范式共同构成的"比较认知诗学"学科体系。其二，根据当代认知科学理论与心智研究的基本原理，阐释中国传统文论诗学的认知特征，揭示中国古典文论诗学潜藏着的丰富而独特的认知内涵与认知意蕴。其三，分析西方认知诗学理论范式的局限与不足，深入清理并阐释西方诗学与中国传统文论诗学话语在范畴化、认知模式、心智空间、概念隐喻、认知无意识、具身性等各理论环节的同与异。其四，通过中国文论、西方诗学与认知科学的横向比较与纵向梳理，尝试建立一个基于中国传统文论与美学认知特性的认知诗学话语体系，初步完成对西方认知诗学理论版图与范式的本土化重构。通过诸同门学友的研讨和论证，熊沐清、支宇等教授认为，在认知诗学领域，中西跨文化诗学的异同比较具有非常重要的理论价值。特别是在比较诗学的研究过程中，中国学者的研究对于世界比较文学界和认知诗学界来说具有非常突出的东方文化背景与认知属性，经过"比较认知诗学"的体系建构，汉语学者很有可能形成突出的研究特色并拥有学术优势。"中西比较认知诗学"的提出既有利于中国认知诗学研究融入世界比较文学和世界主义诗学研究体系，从而推进中外学者平等对话，同时也有利于促进中国的文学和文化研究深入发展①，形成认知诗学的"中国话语"与"中国学派"，从而增加中国文化与学术的国际影响力。

此项研究不仅是"学术－代际协同创新共同体"的生动个案，更是曹顺庆教授教学改革理论与人才培养方式的独特例证。他所构建的"跨文明比较研究"学术共同体，不仅能够面向学术前沿并推动协同创新，而且还具有重要的教学转化功能。在这个方面，这个学术共同体同时又呈现出"学术－跨学科教学转化共同体"的面向。

曹顺庆教授在 2001 年主编出版的《比较文学学科理论研究》（巴蜀书社、2010 年出版升级版时更名为《比较文学学科史》）明确提出"比较文学学科理论发展的三个阶段"等许多事关中国比较文学学科教学体系的重要观点，后来对比较文学学科教材编写、教学体系的构建都产生过重大影响。除了在个人学术研究领域不断取得创造性成果之外，曹顺庆教授 40 年来一直孜孜不倦地从事教学改革与拔尖人才培养工作。通过"跨文明比较研究"学术共同体的构建，曹顺庆教授探索出了一种中国新时代人文学科教学改革与拔尖人才培养模式、经验和体系。所谓模式，就是"跨文明比较研究"学术共同体这一平台的构建；所谓经验，就是"一顺百顺额手相庆"的师门共同体精神和自由主体间性氛围；所谓体系，就是"学术－论争性前沿探索共同体"、"学术－代际协同创新共同体"和"学

---

① 参见熊沐清：《比较认知诗学的理论建构》，《中国社会科学报》，2020 年 8 月 31 日总第 2000 期。

术－跨学科教学转化共同体"三大共同体意识相互支撑的有机体系。曹顺庆教授40年教学改革与拔尖人才培养工作的话语逻辑可归纳为：其始于"顺时施宜"的人才培养平台构建，其继以"顺势而为"的教学改革创新探索，其终至"蟊斯衍庆"的育人效应与教学境界。①

---

①　本小节出自支宇:《"跨文明比较研究"学术共同体的构建——曹顺庆先生教学改革与人才培养之体会与我见》，2022年，未出版，对原文有删节。

第六章　原典阅读教学改革的
总体思路和具体措施

　　刘勰曾在《文心雕龙·宗经》中写道："三极彝训，其书言经。经也者，恒久之至道，不刊之鸿教也。"①原典，从古至今都是志学之人的阅读对象，其在中国语言文学专业的教学中更是不可或缺。阅读原典不仅使学生了解学科的历史发展过程，而且奠定学生深厚的创造力根源。然而，"原典"却流失于国内诸多中国语言文学专业教学、研究和教材的编写中。由于原典"晦涩难懂"的刻板印象，学生往往会"高山仰止"，其结果就是学生无法系统地、全面地了解原典，更无法将原典与所学的理论知识有效结合。有鉴于此，曹顺庆教授提出"原典阅读"，旨在解决"中国人读不懂中国文化"、中国文论"失语症"等问题，解决在教材编写上忽视"原典阅读"这一不足，坚持以原典阅读为中心进行创新性教研模式改革，编写原典教材、开设原典课程，通过实施原典阅读科研培育模式丰富学生的知识储备，锻炼学生学术研究的能力，为其提供多元

---

　　① （南朝梁）刘勰：《文心雕龙注》，范文澜注，北京：人民文学出版社，2008年，第21页。

的研究路径。

第一节 "多、空、旧、窄"之现状与
原典教材编撰

有学者认为，中国当代再无钱锺书、季羡林等国学大师，是当今学界的悲哀。然而高等教育系统建设愈加完善，究竟问题出在哪里？可以说，中国人文学科教学中目前最重要的问题，就是过分强调理论知识的框架建设，从而忽视了对中外文化经典作品的研读鉴赏。这也是造成当今"无大师时代"的主要矛盾。理论知识固然重要，但脱离原典文本，便会导致学科建构空有外壳、徒有其表。从文学专业的教学情况来看，一个现状是，原本博士及更高阶段才应展开的理论学习与架构，现在已经挪移到了本科、硕士阶段。一个本科生还没有读过四书、五经，便谈"儒学"；没有读过庞德、艾略特的诗歌，就研究现代主义诗歌理论……这就如同还没有打牢地基，便进行上层建筑的建设，势必会造出一座"空中楼阁"。人才培养就好比建造高楼大厦，地基不稳，何谈建构？早在 2014 年，曹顺庆教授就提出：我们的教育体制、课程设置、教学内容、教材编写等方面，都出现了严重的问题，导致我们的学生学术基础不扎实，后续发展乏力。从高校中文学科设置着眼，可总结为四个字："多、空、旧、窄"。[1]

其一，"多"，指课程设置过多，包括课程门类多、课时

---

[1] 阎嘉主编，四川大学中文系文艺学教研室编写：《文学理论基础·总序》，重庆：重庆大学出版社，2014 年，第 1 页。

多、内容设置重复多。过多的上课任务量会剥夺人文社科类学生阅读原典的时间，并且，诸如"大学写作""现代汉语"等课程甚至与中小学课程重复。然而，必要的原典阅读课却只有较少学校设置，有舍本逐末之嫌。

其二，"空"，指重理论而轻文本，包括对"概论""通论"类著作的阅读多于文本，对文学史的死记硬背多于对作品的感性体悟。没有阅读过原文便过早对文学理论、文学史、批评史进行掌握，只会使知识沦为当代学生应付考试的工具，以致学风空疏。

其三，"旧"，指课程内容陈旧，包括教材老化、切入点陈旧、教学方式缺少互动等。因袭已久的教材固然有其经典之处，但在日新月异、推陈出新的学术界，一些最新的热点问题、学习材料、研究方法仍需纳入进来。如何取老教材与旧课程的经典之处，加入新形式、新视角，是培养拔尖人才的关键一步。

其四，"窄"，指学科分类窄、研究方向窄。大学教育制度的完善，让学科分类愈加精细，培养人才更加向"高、精、尖"看齐。然而，从另一个角度看，人文学科相比自然科学而言，是更需要"打通"的学科，培养人文大师的目标，应是"博闻强识而让，敦善行而不怠"，闭门造车、钻牛角尖，反而会钻研不透。

近年来，人文社科学者意识到原典阅读就是文学专业乃至整个人文学科都应该加强的基础工作，应当一改对原典的忽视，将中外文化典籍阅读与培养一流人才的教学目标紧密结合起来。教育部印发的《关于在部分高校开展基础学科招生改革试点工作的意见》指出："强基计划"主要选拔培养有志于服务国家重大战略需求且综合素质优秀或基础学科拔尖的学生，聚焦高端芯片与软件、智能科技、新材料、先进制造和国家安全等关键领域以及国家人才紧缺的人文社会科学领域。文学作为人文社会科学领域的基础学科，从古至今、横跨中西的人文经典篇目构筑起学科的基础。包括四川大学在内，多所高校已经开始适当对课程进行"消肿"，在适时学段减少不必要的课程门类、课时，重视原典阅读，设批重点项目，着力于让学生有更多的阅读时间和空间。

与此同时，以曹顺庆教授为代表的当代学者主持编写了一批原典阅读教材，其目的有二：一是还原经典，并厘清"原典"与"理论"之间的关系。以中国语言文学专业的基础课程"文学概论"为例，无论编者持怎样的观点，必然都来自原典，而一旦抛掉原典产生的语境，只留下编者的"概述"，"原典"就变为编者之语，难免会有错漏。中国古代文论尚且因为字词释义的不同而常常引起争议，更不必说国外的文学理论，其更是因语言的壁垒而千人千面。而"原典阅读"就是把原本的经典呈现出来，让学生看到经典原本的模样，厘清文学理论从何而来、为何而来。二是激发学生的积极性与创造性。"原典阅读教材"将原典阅读纳入了课堂教学活动中，这让学生面对经典不再是"孤军奋战"，而是在师生互动中走进经典、学习经典、品评经典，这促使学生在阅读时学会思考与批判，提高学生学习的积极性与创造性。

截至目前，原典阅读系列教材已具有一定规模，其主要包含两个系列教材——"高等院校汉语言文学专业系列教材"与"中国语言文学专业原典阅读系列教材"。

一、高等院校汉语言文学专业系列教材

"高等院校汉语言文学专业系列教材"是四川大学文学与新闻学院承担的教育部教学改革重点项目"文化原典导读与本科人才培养"的项目成果，丛书主编为曹顺庆教授，由重庆大学出版社分批次出版，其包括:《中国古代文论史》(曹顺庆、李凯主编)、《西方文化》(曹顺庆主编)、《比较文学》(曹顺庆、徐行言主编)、《中华文化概论》(曹顺庆、徐希平主编)、《文学理论基础》(阎嘉主编)、《现代西方批评理论》(赵毅衡、傅其林、张怡编著)、《美学与艺术理论》(冯宪光、肖伟胜、马睿主编)、《中国古代文学》(周裕锴、谢谦、刘黎明主编)、《中国现当代文学》(李怡、干天全主编)、《外国文学》(刘亚丁、邱晓林主编)、《古代汉语》(俞理明、雷汉卿主编)、《现代汉语》(杨文全主编)、《汉语国际教育导论》(傅其林、邓时忠、甘瑞瑗主编)、《跨文化交际》(刘荣、廖思湄主编)、《古典文献学》(项楚、张子开主编)、《文学写作》(干天全、刘迅主编)、《当代应用文写作》(干天全、刘迅主编)、《语言学概论》(刘颖主编)。

此系列教材涵盖的二级学科广泛，都将"原典阅读"作为教材编写的基本原则，大量引用经典文本，特色鲜明。

《中国古代文论史》以原典为基本内容，向学生提供了第一手文献，并基于文本提供相应的题解与注释，以便学生能够了解经典的产生语境并能结合注释真正地读懂文本。该教材坚持"史论结合"的原则，在引用大量原典文献的同时，简要叙述了中国古代文论的发展史。这一做法不同于以往"文论选"与"文论史"的分离，而是将两者有机融合，从而简要且全面

地介绍了中国古代文论的发展历史、基本特点以及重要文论家与文论篇目。此外，为了激发学生的积极性与创造性，此教材还提供了延伸思考，使学生在阅读的时候学会思考，培养创造性思维。在体例上，此教材分为导论与七章："导论"部分简要介绍了中国古代文论的发展历史、基本特征和学习方法，而后根据中国古代文论的历史发展划分为"先秦""两汉""魏晋南北朝""隋唐五代""宋金元""明代""清代"七章。每一章介绍不同时期的文论原典："先秦"一章有《尚书·舜典》《论语（选录）》《孟子（选录）》《老子（选录）》《庄子（选录）》《易传（选录）》；"两汉"一章有《毛诗大序》《太史公自序（选录）》《楚辞章句序》；"魏晋南北朝"一章有《典论·论文》《文赋》《文心雕龙·序志》《文心雕龙·原道》《文心雕龙·辨骚》《文心雕龙·明诗》《文心雕龙·神思》《文心雕龙·体性》《文心雕龙·风骨》《文心雕龙·情采》《文心雕龙·时序》《文心雕龙·知音》《诗品序》《诗品（选录）》《文选序》《金楼子·立言（选录）》；"隋唐五代"一章有《与东方左史虬修竹篇序》《诗格（选录）》《诗式（选录）》《送孟东野序》《与元九书》《与李生论诗书》《二十四诗品》；"宋金元"一章有《梅圣俞诗集序》《答谢民师书》《论词》《文论（选录）》《沧浪诗话·诗辨》《论诗三十首（选录）》《词源（选录）》《录鬼簿序》；"明代"一章有《与李空同论诗书》《四溟诗话（选录）》《童心说》《忠义水浒传序》《答茅鹿门知县二》《答吕姜山》《南词叙录（选录）》《雪涛阁集序》《诗归序》《序山歌》；"清代"一章有《读第五才子书法（选录）》《闲情偶寄（选录）》《姜斋诗话（选录）》《原诗（选录）》《带经堂诗话（选录）》《答沈大宗伯论诗书》《复鲁絜非书》《艺概（选录）》《白雨斋词话·自序》《论小说与群治之关系》《人间词话（选录）》。此教材引用原典内容丰富，用原典呈现了中国古代文论的面貌。

《西方文化》教材也十分重视原典阅读，精心选取了西方历史上最为著名、最为重要的作品，用经典展现了西方世界在文学、艺术、哲学三方面上的成就，对西方文化做了整体的勾勒。教材分为"文学""艺术""哲学"三编，每一编都引用了与之相关的经典作品。"文学"一编按照历史发展分为五章：第一章为"古希腊古罗马文学"，选取了《伊利亚特（第20卷）》《奥德修纪（第9卷）》《普罗米修斯（节选）》；第二章为"中世纪文学"，选取了《新约·马太福音（节选）》《罗兰之歌（节选）》《神曲（节选）》；第三章为"文艺复兴时期的文学"，选取了《论死后才能判定我们的幸福（节选）》《巨人传（节选）》《哈姆雷特（节选）》；第四章为"启蒙运动时期的文学"，选取了《老实人（节选）》《忏悔录（节选）》《浮士德（节选）》《阴谋与爱情（节选）》；第五章为"19世纪及现当代西方的文学"，选取了《荒原（节选）》《变形记（节选）》《尤利西斯（节选）》《等待戈多（节选）》《第二十二条军规（节选）》《百年孤独（节选）》。从古希腊到现当代，原典带领读者走入了原汁原味的西方文学世界。"艺术"一编也按照历史发展分为"古希腊古罗马艺术""中世纪艺术""文艺复兴艺术""从巴洛克到罗可可艺术""近现代西方艺术""当代西方艺术"共六章，其叙述了各个时期西方艺术的基本特点与历史成就，使读者在原典阅读中了解西方艺术的演变历程。"哲学"一编分为"古希腊哲学""中世纪哲学""现代哲学""当代哲学"四章，选取了《新工具》《哲学原理》《纯粹理性批判》《精神现象学》《哲学研究》等经典文本，让学生直面伟大哲学家的思辨魅力。

《比较文学》教材更是采用了"以原典为支撑"的模式，将理论阐述作为引导，论述了"比较文学学科内涵与发展脉络""影响研究""平行研究""变异研究""总体文学研究"五个方面，共设"什么是比较文学""影响研究与国际文学关系""平行研究与文学类型研究""变异研究""总体文学研究"五章。此教材对原典的引用有其鲜明的特点：一是引用范围广泛，既有比较文学理论的经典文本，也有比较文学研究范例的经典文本。"理论"多选自比较文学发展史上具有代表性的名篇，其中不仅有西方比较文学的经典之作，如：著名的比较文学学科奠基人波斯奈特所写的《比较法与文学》、艾金伯勒的《比较文学的目的、方法、规划》、巴登斯贝格的《比较文学：名称与实质》、韦勒克的《比较文学的名称与实质》与《比较文学的危机》、梵·第根的《比较文学论》；也有东方比较文学学者的名作，如野上丰一郎的《比较文学概要》、大塚幸男的《"影响"及诸问题》、叶维廉的《东西方文学中"模子"的应用》。"研究范例"多选自中外学者开展比较文学个案研究的经典之作，如张隆溪的《钱锺书谈比较文学与文学比较》、季羡林的《〈罗摩衍那〉在中国》、陈寅恪的《西游记玄奘弟子故事之演变》、张西平的《明清之际的中国文人与传教士》、朱光潜的《中西诗在情趣上的比较》、钱锺书的《中国诗与中国画》、米丽耶·德特利的《19世纪西方文学中的中国形象》、乐黛云的《文化对话与世界文学中的中国形象》。此教材原典的引用范围从古至今、贯穿东西。二是此教材考虑到"比较文学"这一学科的跨语言特性，在原典的引用上不局限于汉语译本，其还引用了大量的英文文本，让学生直面原典感受原典，在魅力的同时提升英语水平，更加有利于学生比较文学学科研究能力的提升。

曹顺庆教授主要参与编写的《中国古代文论史》《比较文学》《西方文化》《中华文化概论》，虽内容不同，但均以"原典"为其材料支撑，使学生在品悟经典的同时学习知识，将"理论"与"原典"紧密结合。此系列教材中的《文学理论基础》也以经典文本为基础论述了"文学本质论""文学作品论""文学创作论""文学接受论""文学阐释论""文学流变论"六个方面。《现代西方批评理论》《美学与艺术理论》两本教材同样做到了这一点。

《现代西方批评理论》教材将现代西方的批评理论分为了四个支柱体系（马克思主义、现象学/存在主义/阐释学、精神分析、形式论）和四个新生体系（后结构主义、后现代主义、性别研究、后殖民主义），外加一个体裁分论，共有九部分。每一部分都精心选取了与之相关的经典文本，如在"马克思主义"一章中就选取了卢卡奇的《现实主义辩》。在选取的同时，此教材还加上了一定的解读，旨在激发学生独立思考、更加牢固地掌握西方文论的相关知识。

《美学与艺术理论》教材中引用的经典文本也十分丰富。此教材共设"美学的独立与艺术理论""艺术美感的多样性""艺术与情感""文学与形式""当代艺术理论""从绘画到电影""作为艺术的建筑""日常生活美学""生活艺术与身体美学"九章，每一章下设小节，每一小节都选取了相应的经典文本，如鲍姆嘉通的《美学》、康德的《判断力批判》、伽达默尔的《美的现实性——作为游戏、象征和节日的艺术》。

　　除上述教材外，此系列教材中的《中国古代文学》《中国现当代文学》《外国文学》等文学类课程教材更是将原典阅读的宗旨贯彻到底。

　　《中国古代文学》（上下册）仅以四分之一的篇幅简明地概述了中国古代文学各个历史时期的文化思潮、各体文学的基本样态及消长演变等基础知识，将更多的笔墨付诸经典文本与相关解读，使学生既能从宏观上把握中国古代文学的历史发展与基本特点，又能从文本细节体悟中国古代文学的语言精妙。上册包括"先秦文学""两汉文学""魏晋南北朝文学""隋唐五代文学"五部分，下册包括"宋代文学""金元文学""明代文学""清代文学"四部分，每一部分都先设一总论，用以概述各时期文学的基本样貌，而后分章展现并解读具体作品，如"先秦文学"的第一章便是《诗经》。此教材引用原典丰富，旨在通过呈现经典文本来培养学生对中国古代文学的亲切感，使其体悟到中国古代文化的博大精深与源远流长。

　　《中国现当代文学》教材也在展现原典的同时，全面且系统地讲述了自1917年至21世纪的中国现当代文学基本概况。全书共设"运动中的新文学（1917—1927）""革命的文学（1927—1937）""战争格局中的文学（1937—1949）""当代文学的转折（1949—1976）""当代文学的启蒙时代（1977—1989）"五编，下设章节共二十一章。各章节由基础知识、经典阅读与知识延伸三个板块组成。在经典阅读板块选取了中国现当代文学中的经典作品的精彩篇章，并对篇章进行赏析与品评，再加之简明精当的文学史知识，旨在培养学生对文学作品的阅读能力与分析能力。

　　《外国文学》教材也很好地呈现了外国文学中的经典文

本，其以外国文学史为时间脉络，设"古代文学""近代文学""现代文学"三编，下设共计三十七章。每一章节多以外国文学经典作品为章节名，"古代文学"一编包括"希腊神话""荷马史诗""《俄狄浦斯王》""圣经文学""《摩诃婆罗多》""《贝奥武甫》""《源氏物语》""《神曲》"八章，"近代文学"一编包括"《巨人传》""《堂吉诃德》""《哈姆雷特》""《伪君子》""《浮士德》""《抒情歌谣集》""《艰难时世》""《德伯家的苔丝》""《红与黑》""《巴黎圣母院》""《高老头》""《包法利夫人》""《恶之花》""《叶甫盖尼·奥涅金》""《罪与罚》""《战争与和平》""《樱桃园》"十七章，"现代文学"一编包括"《荒原》""《尤利西斯》""《等待戈多》""《约翰·克利斯朵夫》""《变形记》""《静静的顿河》""《喧哗与骚动》""《洛丽塔》""《先知》""《吉檀迦利》""《雪国》""《百年孤独》"十二章。每一章会简单介绍每部作品，并且加入了与之相关的经典评论，让学生不仅仅只体悟到文学文本的精妙，更让其感受文学评论的独特魅力。

需要注意的是，部分学者认为在中国语言文学专业教材的编写中，古代汉语与现代汉语教材难以实现"原典"与"理论"的结合，而此系列中的《古代汉语》与《现代汉语》却依然做到了"以原典为支撑"。由俞理明教授与雷汉卿教授编写的《古代汉语》教材是国内首部以原典阅读为编写理念的古代汉语教材。在编排上，此教材由"文选"与"通论"两部分交叉排列组成。"文选"部分共有十个单元，选取了从先秦两汉到唐宋时期的文章诗词，全部采用古注（双行夹注），无标点，以呈现原典在古籍排版上的原貌。"通论"部分也分为

"文献常识""训诂常识""常用工具书""文字""词汇""语法（上）""语法（下）""语音常识""修辞""诗文韵律"十个部分，全面地体现了古代汉语相关研究的最新成果。在古代汉语的教学中加入原典阅读意在提高学生阅读古代文献的能力，从而使学生能真正进入中国传统文化世界，为今后的各项研究夯实基础。

除《古代汉语》教材之外，《现代汉语》教材的编写也创新性地纳入了原典阅读。此教材分为"绪论""语音""文字""词汇""语法""修辞"六章。每一章的每一节由"知识概述"与"原典阅读"两部分组成，前者对现代汉语的基础理论知识进行了概述，后者则选取了当代著名语言学家的相关权威论述，如第一章的第一节"语言符号"就选取了《语言在人文事实中的地位：符号学》《语言符号的任意性问题——语言哲学探索之一》《从现代常用字看汉字的符号性》作为原典阅读的材料。这些材料不仅包括语言学学科理论的名篇，如《世界语言的分类》，还包括经典的汉语语言研究，如《偏正两次间"之"字的用法》《论清浊与带音不带音的关系》《论普通话的音位系统》。原典阅读使学生在学习现代汉语学科知识的同时激发进一步研究的兴趣，从而培养学生学习的主动性与创造性。

除上述教材外，此系列教材还推出了汉语国际教育研究相关的教材——《汉语国际教育导论》与《跨文化交际》。这两本教材依然贯彻了"原典阅读"的编写原则。

《汉语国际教育导论》共有八章，第一章为"教育学、心理学及语言教学"，此章选取了夸美纽斯的《大教学论》、桑代克的《教育心理学》、哈德利的《在语境中教语言》等经典文本；第二章为"汉语国际教育教师素质与能力"，其选取了周小兵的《汉语第二语言教学语法的特点》、陆俭明的《汉语教员应有的意识》；第三章为"汉语国际教育课堂教学"，其选取了高本汉的《汉语的本质和历史》、陆俭明的《"对外汉语教学"中的语法教学》；第四章为"汉语国际教育教材"，此章节选了中国、美国、法国的汉语教材；第五章为"汉语作为第二语言的习得"，其选取了温晓虹的《主题突出与汉语存现句的习得》、崔希亮的《欧美学生汉语介词习得的特点及偏误分析》、陈绂的《日本学生书写汉语汉字的讹误及其产生原因》；第六章为"汉语国际教育的国别化概览"，其论述了美国、法国、意大利、韩国的汉语教育；第七章为"汉语国际教育水平测试与等级标准"，选取了刘珣的《试谈汉语水平测试》；第八章为"汉语国际教育的历史、现状与未来"，选取了吕必松的《对外汉语教学发展概要》、赵金铭的《国际汉语教育研究的现状与拓展》。

《跨文化交际》教材分为"概论""文化与交际""语言与文化""跨文化交际中的言语交际""非语言交际""全球化语境下的跨文化交际""跨文化交际的挑战""跨文化交际能力的培养"八章。每一章都加入了原典阅读，第一章选取了"Cross Cultural Communication: An Introduction to the Fundamentals"，第二章选取了《语境和意义》，第三章选取了《文化与语言》，第四章选取了"The Matrix of Face: An Updated Face-negotiation Theory""A Tentative Comparison of First Naming Between Chinese and American English"，第五章选取了"The Silent Language"，第六章选取了"Communication in a Global Village""The Challenge of the Future""The Culture Dimension of Globalization"，第七章选取了"Culture Shock: Adjustment to New Cultural Environments""Immigration, Acculturation, and Adaptation"，第八章选取了"Intercultural Communication Competence：A Synthesis""Recoming More Intercultural"等文献。这些原典大多都是英文文献，符合了这一课程的实际应用情况。

综上所述，"高等院校汉语言文学专业系列教材"以原典为支撑，使"理论"与"原典"结合，调动了学生的主动性与积极性，开拓了中国语言文学专业教育的新模式。

二、中国语言文学专业原典阅读系列教材

面对过去的文学教材编写大多以"概论""通论"为主，对具体的"原典阅读"关注较少①这一问题，曹顺庆教授着手组织编写一套适合 21 世纪人才培养需要的高质量原典阅读教材，在教学中增加学生接触、研读、探讨原典的机会，让学生在课堂上回归原典，品味原文。

2017 年，由曹顺庆教授任主编、北京师范大学出版社出版的"中国语言文学专业原典阅读系列教材"问世。该套教材坚持体现"回到原典"这一总体思路，并进一步讲解原典，并且要讲精华，讲得有趣味，让学生由衷地喜欢经典原文。在编写过程中特别强调用经典、选经典，尤其节选经典文献中的经典篇目和经典段落，在体例上基本遵循了概论和经典"一加一"的模式。这样做就是为了让更多的大学生走进经典，学习

---

① 曹顺庆:《中国语言文学专业原典阅读系列教材·总序》，北京:北京师范大学出版社，2017 年。

经典，理解经典。

"中国语言文学专业原典阅读系列教材"是针对中国语言文学专业的基础课程教材，以"回到原典"为整体思路，结合实际的课程安排，融通基本理论的讲授与经典文本的鉴赏，打破中国语言文学教学的固有模式，让学生在原典中品味语言艺术、掌握理论知识。除此之外，此系列教材作为课堂融合学习示范教材，同时建设了丰富的线上教学资源，使学生可在线上线下多种途径中，多维沉浸于原典学习情境，从中获取原典知识，提升综合文化素养，从而实现"原典、名家、课堂"三者的有机融合。

此系列教材涵盖了中国语言文学专业的主要课程，主要包括《文学概论》（曹顺庆主编）、《美学》（王杰主编）、《语言学引论》（董秀芳、张和友主编）、《现代汉语》（沈阳主编）、《中国现代文学史》（高旭东著）、《外国文学史》（蒋承勇著）、《比较文学》（李伟昉主编）、《古代汉语》（赵世举主编）、《中国古代文学史》（谭帆主编）、《当代西方文论》（高建平主编）、《中国古代文论》（汪涌豪主编）、《西方文论史》（朱国华主编）。教材涉及课程众多、引用原典众多。

曹顺庆教授主编的《文学概论》就特别强调选用经典。在编写思路上，此教材分为"概"和"论"两个方面。在"概"方面，既尽可能全面地论述文学理论体系的各个板块，又精心选取与知识点相关的经典文本对照阅读，为理论带来"源头活水"。在"论"方面，将经典理论作为"立论"的基础，强调从经典中抽绎观点，在观点中映照经典。在体例上，该教材分七章。第一章为"本质论"，主要围绕"文学是什么"这个问题展开，系统地梳理了东方传统文论与西方文论中的文学本质论内容，并总结提炼出本教材对文学本质的基本理解。此章选取了《道德经》《庄子》《文心雕龙》《与李生论诗书》《沧浪诗话》等中国古代文论中的经典文本，也选取了《诗学》《论浪漫主义和古典主义》《二十世纪西方文学理论》《林中路》等西方文论中的名作名篇。第二章为"价值论"，分为三个部分，分别论述文学的审美价值、认知价值和教育价值，选取了《审美价值的本质》《生活与美学》等文本。第三章为"文学作品论"，分别论述了文学作品的起源（即文学如何发生的问题）、文学作品的文本结构、文学作品的语言、文学作品的风格，选取了《原始文化》《金枝》《美学原理》等文本。第四章为"创作论"，探讨了文学创作的本质，即文学可以理解为一种艺术生产活动；也论述了文学创作的过程，将其划分为起兴、构思、物化三个情景交融、物我合一的阶段。此章还论述了文学创作的形式表达，并选取了《作为手法的艺术》《文心雕龙》《当代学术入门：文艺理论》等作品。第五章为"作家论"，探讨了作家的个性和心理特点、作家与天才的关系、作家与外部环境的关系，选取了《叔本华论说文集》《作家与白日梦》《传统与个人才能》。第六章为"文体论"，首先论述文体与文体学的基本问题，然后探讨了诗歌、小说、散文、剧本和报告文学等几种常见的文学文体，选取了《文赋》《人间词话》等文本。第七章为"接受论"，包括四个小节，前两节论述"文学接受"的相关问题，后两节讨论"文学批评"的相关问题，选取了《文学的幻想》《论诗的张力》等文本。

　　此系列教材中的《外国文学史》教材也坚持了"回到原典"的理念，并强调"贴近文本"，其简明扼要地梳理了外国文学的历史发展脉络，阐述了其发展的基本规律，有重点地分析了经典文本并选取了其中的精彩篇章，引导学生走进文学原典。在选取原文时，重视原文与分析的契合度以及译文的特色与水准。值得注意的是，由于诗歌在语言转换过程中的特殊性，此教材在选取诗歌时，采用了不同名家的译文，并且附有英文原文或英文翻译。此外，此教材在"附录"中向学生推荐了100部外国文学经典名著的名家译本、精选50部作家传记和16部文学思潮研究著述，以帮助学生真正走进原典。

此系列教材中的《比较文学》为国家精品资源共享课程《比较文学》的配套教材。教材主要由"理论知识"和"原典选读"两部分组成，共分五章：第一章为"比较文学学科基础知识"，第二章为"影响与变异研究"，第三章为"平行研究"，第四章为"跨学科研究"，第五章为"比较文学研究中值得注意的两个问题"。"理论知识"部分简明扼要，论述清晰；"原典选读"选取了比较文学学科相关的名篇，有助于学生切身体悟比较文学学科研究的路径与方法。同时，在编写相关章节与原典选读之间的衔接时，增加了导读性文字，使学生学习时更能循序渐进。

《中国现代文学史》教材在自觉追求学术的同时，为中国文学构建了一个更为完整的"现代"。作为中国现代文学史教材，《中国现代文学史》具有学术上的创新性：其不仅创造性地使用了"戊戌文学革命""拟古的现代性"与"一元超现代"等学术语汇，还在充分考虑社会与文学的关系的情况下，关注现代文学自身的历史发展，探究中国现代文学对外国文学的接受、对传统文学的继承。在"原典"的引用上，本教材选取了相当数量的作家作品，并对其进行价值重估，重新发现了一些常被忽视的作品。

《语言学引论》教材更是坚持体现"回到原典"这一总体思路，将其基本构架定为理论概述加经典作品选讲，在语言学基础理论概述之外，特别增加了中西方语言学经典文献的选读和讲评。在编写结构上，此教材不将知识体系的完整性定为唯一标准，而是注重与实际的课堂教学活动结合，根据课程时间与重点来进行编写。

此系列教材中，由沈阳主编的《现代汉语》也有其鲜明的特点：一是在结构框架上有特色。为了让学生更容易了解知识点的划分，全书分为 12 课，并在每节前增加"学习要点"板块，使学生能清晰迅速地了解本节重点。二是明白晓畅，通俗易懂。此教材加强了编写的专题性，将重点内容分解到各章节，保证脉络清楚；并在表述方面加强了可读性，将艰涩的内容讲解得更浅显；在举例时尽量体现时代性，将专业知识和生活联系起来。此外，作为教材的重要组成部分，本教材还摘录了 43 位著名学者的 60 篇文献片段。

除上述教材外，《美学》《古代汉语》《中国古代文学史》《当代西方文论》《中国古代文论》《西方文论史》也坚持"回到原典"的原则。总的来说，此系列教材将实际的课程安排作为教材编写的重要原则之一，并推出相应的线上课程，使得学生能多方位地、多形式地走进原典。

综上，原典教材的编写一直秉持"回到原典"的原则，根据中国文学专业课程的特色而有调整地选取不同的原典文献予以呈现。对于涉古的专业课程，如《古代汉语》教材，采用古注无标点的排版形式呈现原典；对于涉外的专业课程，如《比较文学》，有意识地引用英文文献。这不断拉近了原典与学生之间的距离，让学生能够自觉地、有方法地走进原典，从而培养其阅读经典、品评经典的能力。

在上述两套"原典阅读"教材的基础上，曹顺庆教授还设计了多层次、多范围的原典型教材，如针对四川大学文、理、工、医各学科本科生编写的文化素质必修课程教材《中华文化》（复旦大学出版社，2006），针对硕博研究生编著的《中华文化原典读本》（北京师范大学出版社，2011），该读本摘录《十三经》及历代著名典籍篇章，以此延展的"'十三经'原典阅读"课程获批教育部课程思政示范项目，在高等院校课程思政建设中形成示范引领效应。其中"溯源经典，文明互鉴"的案例课、微课和说课视频，上线"新华思政"教学服务平台，在全国范围内有效推广了"十三经"课程思政的经验和做法，为当今青年学子理解中华优秀传统文化思想、树立文化自信、推进文明互鉴起到了重要的价值引领作用①。

"原典阅读"教材的编写是有重要意义的，要培养真正具有深厚文化底蕴、有大智慧、有审美感受力和创新能力的人，最重要的一条路就是返回文化的根，重新审视原典阅读对于青年学子的价值，从而打下坚实的学术基础。

三、原典阅读系列教材影响

曹顺庆教授对原典阅读的着力之处，不仅在于课堂上对原典阅读理念的贯彻与践行，还在于原典阅读系列教材的编写。曹顺庆教授主编的两套系列教材以及围绕"中华文化"主编的单册教材，构成了其原典教学教材的主要方阵。这些教材的出

---

① 杨清：《以"学术传承、文明互鉴与话语构建"理念引领中文研究生培养》，《学位与研究生教育》，2024 年第 3 期，第 27 页。

版，是原典阅读理念的进一步延伸，成为原典教学不可或缺的重要一环。

原典阅读系列教材被全国各地高校广泛接受，在教学实践中显示出极强的实用性和适用性。重庆大学出版社出版的"高等院校汉语言文学专业系列教材"是教育部教学改革重点项目"文化原典导读与本科人才培养"的重要成果，以曹顺庆教授与李凯教授主编的《中国古代文论史》为例，该教材2015年首次出版，至今已经印刷3次，使用范围包括四川大学、云南大学、西北师范大学、成都大学、绵阳师范学院、四川音乐学院、合肥学院、西安工业大学北方信息工程学院、乐山师范学院、武汉传媒学院、西安翻译学院、桂林旅游学院、伊犁师范学院等全国各地高校。

而另一系列"中国语言文学专业原典阅读系列教材"由北京师范大学出版社出版，其中曹顺庆教授主编的《文学概论》于2017年出版、2020年第2次印刷，发行范围遍及四川、重庆、江苏、河南、云南、山西、福建、青海、广西等省市，被四川大学、四川农业大学、重庆大学、云南大学、云南财经大学、青海师范大学、盐城师范学院、许昌职业技术学院、楚雄师范学院、太原师范学院、福州外语外贸学院、广西艺术学院等多所高校选用。

再如，2011年北京师范大学出版社正式出版发行了《中华文化原典读本》，于2014年第2次印刷。该教材是"四川大学研究生精品课程教材"，主要发行范围包括四川、重庆、江西等省市，被四川大学、四川师范大学、重庆工商大学、重庆外语外事学院、宜春学院等多所高校选用。该教材长期被广大考生视为四川大学文学与新闻学院博士研究生入学考试的必备参考教材之一，得到了一致好评。

上述数据表明，原典教学系列教材使用人数众多，覆盖范围大，已经拥有了一定的影响力。在这样的影响力基础之上，系列教材还有着更加深远的影响，主要体现在突破教材编写定式、促进学术创新发展、提供教学参考范例三个方面。

首先是突破教材编写定式方面。前面提到，目前高校中国语言文学学科的教学往往存在着"多""空""旧""窄"的问题。实际上，存在问题的教材不仅限于文学史教材，存在的问题也不只是学风空疏的问题。比如国内众多文学概论的教材，往往"通篇大谈刘勰、黑格尔、伊格尔顿，但是既没有附文以参证，也没有明确标注具体的阅读范围，让学生难得一睹经典的真容"①。如果失去原典的支撑，教材所概括总结的内容就成了无源之水、无本之木，甚至容易出现偏狭之见或者错误观点，而另一方面，学生也无法根据教材追本溯源，得到深刻的领悟，只能停留于某些简单的主题词汇，进而阻碍了学生自我思考，形成新见。原典是中国语言文学学科教材的根，如果教材失去了这个根，学生的基础知识体系也就成了空中楼阁，和真正的文学之间始终存在着隔阂，"学生们面对着层出不穷、琳琅满目的文学概论教材读得不少，然而却没能形成对中国文学，尤其是对中国古代文学的良好的认知习惯"②，对待中国古代文学如此，对待外国文学与文学理论亦如此。

---

① 曹顺庆主编:《文学概论·前言》，北京：北京师范大学出版社，2017年，第1页。

② 曹顺庆:《重写文学概论——重建中国文论话语的基本路径》，《西南民族大学学报（人文社科版）》2007年第3期，第73页。

　　较为合理的做法即是把"教材搞简单一点"[①]，这种简化并非内容的省略和难度的降低，而是教材体系的更新，缩减"史""论"的篇幅，增加原典的比重，以此减少经典的流失，让学生摆脱间接的传授，直接面对原典，从原典中得到启发。比如《中华文化原典读本》，该教材选读了《周易》《尚书》《诗经》《春秋左传》《论语》《孟子》《礼记》《孝经》《尔雅》等儒家经典，《老子》《庄子》等道家典籍，《史记》《汉书》等史书，《楚辞》《子虚赋》等文学作品，《文赋》《文心雕龙》《诗品序》等文论著作，以及重要辞书《说文解字》，大致按时间顺序排列，每部原典仅以较小篇幅的引言进行简明扼要的介绍，之后便是大量的原典中重要篇章的选摘，仅附加必要的注释，不做全文今译。该教材便是典型的不追求面面俱到与详细阐述的"简单"教材。只看引言部分，学生无法得到足够完整的信息，必须认真阅读原典内容，比如学习《周易》，须从《四库全书总目周易正义十卷提要》《周易正义序》《周易正义卷首》开始，教材不提供其他捷径。可见，教材的"简单"并不代表学习的"简单"，反而是难度的提升。虽然全书并未明言"中华文化"所指何物，但是通过对该教材的学习，学生能够对"中华文化"产生直观的感受与深刻的理解，这种感受与理解来自于个人的体验，而非他人的灌输，为今后的学习产生持续性的推动力量。

　　回顾国内高校中国语言文学学科教材的编写，不难发现曹顺庆教授对原典阅读的倡导并非孤例。较早出版的还有复旦大

---

　　① 曹顺庆：《高校中文学科课程设置之我见》，《中国高等教育》2000年第21期，第42页。

学出版社出版的"汉语言文学原典精读系列"，也是针对汉语言文学学科特点与课程要求编写的系列教材。该丛书选择经典作品做精读，每种经典单册呈现，包括《庄子精读》《沈从文精读》《鲁迅精读》《史记精读》等，并以"精读"为名，书中的讲解与阐释十分详细。导读概述与原典选读的模式在当时大胆突破了教材编写的定式。这些教材对原典阅读的呼吁与探索，在众多教材中独树一帜。

其次是促进学术创新发展方面。曹顺庆教授思考学术前沿问题之时，常常关注到教材的编写；在编写原典教学系列教材时，并未停留在入门级的知识普及层面，而是始终将学术创新作为目标。他试图以自身的经验与思考沟通教学与研究，一方面使教材能够激发学生的创新潜力，另一方面将教材编写作为解决学术问题的途径之一。这两方面形成合力，最终推动学术创新发展。曹顺庆教授的教材编写与学术研究是互相关联的两条线索，同样，教材编写的创新与学术研究的创新也是融为一体的。

曹顺庆教授的多篇论文都涉及教材编写的问题。比如，他发现目前很多教材中都存在中国文论"失语症"现象。"中国传统文学讲究'气''韵''神'，而这些概念在当今的教材中已很难找到踪迹，而替代它们的是所谓'理念''逻各斯'等西方话语；'风骨''冲淡''空灵'等这些中国艺术的特质因为很难在西方文论体系中找到对应的观念，所以被一股脑扔进了'故纸堆'里"[①]，"我们回溯中国文学概论教材编写所走过

---

① 曹顺庆：《重写文学概论——重建中国文论话语的基本路径》，《西南民族大学学报（人文社科版）》2007年第3期，第73—74页。

的道路，不难发现这几十年来我们并没有实实在在地将中国富有生命力的话语方式真正写进当今的文学概论"①。他认为"当下文论学界与高校文学院的文学理论教材，不应当忽视对中国古代文论的编选与收录。例如，当下文学理论教材只讲西方文论文学起源论相关观点，不讲中国古代文论对文学起源论的观点，这代表中国古代文论没有涉及文学起源论吗？答案是否定的"②。

在发现了这些问题之后，曹顺庆教授早在 2007 年就明确指出重建中国文论话语的基本路径是重写文学概论。后来又提出重建中国文论话语的三条路径之一——让中国文论在当代中国成为主流话语。其中一项重要举措就是"让中国文论话语进入文学概论教材，从大学教育上解决问题，增强中国古代文论话语解读文学作品的能力，培养广大学生运用中国文论话语的能力"③，"改变固有的教育传承体制，从教材编写、课程设置等方面，推动传统话语系统的直接流传，从而推动中国文论在当下显示出其本身的直接有效性"④。至此，原典阅读教材建设成为扭转中国文论失语状态、重建中国文论话语的重要途径之一。在中国文论教材中显著增加原典的比重，推动了传统文论概念恢复应有的席位，激活中国文论话语的生命力，进而有力

---

① 曹顺庆：《重写文学概论——重建中国文论话语的基本路径》，《西南民族大学学报（人文社科版）》2007 年第 3 期，第 74 页。

② 曹顺庆、欧婧：《新时期四十年中国文论话语建构与转换的反思》，《文艺争鸣》2019 年第 1 期，第 86 页。

③ 曹顺庆、邱明丰：《重建中国文论话语的三条路径》，《思想战线》2009 年第 6 期，第 84 页。

④ 曹顺庆、时光：《当代中国文论的创新路径》，《中外文化与文论》2014 年第 2 期，第 18 页。

连接中国文学与中国文论，使中国文论得以真正发挥作用，最终完成中国话语的重建。简言之，就中国话语的重建而言，在教材中收录中国文化原典是最直接有效的途径。若想使中国文论摆脱"失语"、得以重建，就必须先回归原典。

因此，原典阅读系列教材的编写，其本身就关联着学术发展的前沿问题，与学术创新密不可分。同时，原典阅读系列教材也可以为学生提供良好的学术初始环境，使其在步入学术道路之初就能够得其门而入。曹顺庆教授一直对学生强调的"入门须正"，就是指从原典出发。回归原典与学术创新是一体两面。编写原典教学系列教材，可以有效促进学术创新，必然会对学术发展产生长久的影响。

最后是提供教学参考范例方面。2013 年，曹顺庆教授在编写《中华文化概论》时，曾感叹："根据多年的治学经验与教学经验，我认为要想体验到中华文化的精华，必须要读原文，所以主张编一部中华文化读本。但高等教育出版社依据多年来对国内高校教材市场的了解，认为编选读本暂时还不能被国内很多高校接受，学生难学，老师难教。这种现象是我们文化断层所致，也不能强求快速改变。"[①] 由此可以看出，虽然《中华文化》（2006 年）与《中华文化原典读本》（2011 年）等原典阅读教材已经先行问世数年，原典阅读也已经成为四川大学的课堂惯例，但是由于课程设计思路的长年积弊，老师和学生的畏难心理依然使原典教学的推广和原典教材的发行困难重重。

文化断层在短时间内难以弥补，这就更应该重视课堂教学

---

① 曹顺庆主编:《中华文化概论·后记》，北京: 高等教育出版社，2015 年。

的点滴之功。对于试图开始改变现有学习模式却又缺乏原典教学改革经验的高校课堂来说，一套成体系的原典阅读教材就成了必备的辅助。在这种情况下，曹顺庆教授担任总主编的"高等院校汉语言文学专业系列教材"和"中国语言文学专业原典阅读系列教材"就可以较好地满足高校课堂原典教学的需求。比如"高等院校汉语言文学专业系列教材"中的《中国古代文论史》与《中华文化概论》，延续了之前单册教材《中华文化》《中华文化原典读本》的风格，每一部分都由概述和原典选读组成。这样的编写体例，经过多年的实践，已经证明了自身的可复制性。这套教材第一批9册的编写人员均为四川大学的各学科带头人，第二批将此系列拓展为18册，西南交通大学、西南民族大学、四川师范大学、西南财经大学、成都理工大学、西南大学等其他院校的学者亦参与了编写工作，这在一定程度上说明了原典教学教材的可推广性。而另一系列"中国语言文学专业原典阅读系列教材"的各册主编如高旭东、董秀芳、蒋成勇、王杰、汪涌豪、李伟昉等更是全国范围的学界名家，这也进一步促进了该系列教材的推广。原典阅读系列教材所起到的范例性作用，不仅体现在为中国文学、中国文论和中华文化的教学提供了可资参考的路径之上，更在于这些教材真正形成了一个体系，将原典阅读与原典教学从"涉古"类学科，推广贯彻到高校中文院系开设的各个学科中去。

值得注意的是，原典阅读包含两项重要内容，即中国文化原典和西方经典。这是培养"博古通今、中西融通"创新性人才所必需的。曹顺庆教授曾一针见血地指出："我们今天的教育，既不博古，也不通今；既不通中，也不贯西。这并不是说我们不学古代的东西，不学西方的东西，而是学的方式不对。"① 西方语言的中译与古代汉语的今译，都无法完全准确地传达原意，直接阅读、学习原文才能避免陷入因翻译而产生的语言陷阱之中。因此对于西方的文学经典、学术经典，同样需要阅读原文，而国内大部分教材对西方原典的关注依然欠缺。针对这种情况，"高等院校汉语言文学专业系列教材"做了有益的补充。

比如《现代西方批评理论》就在原典选读部分为每部原典都增加了英文原文（原著非英文的则摘选经典英译本）的内容，并在附录中列出了"20世纪文学 / 文化理论术语与人名表"。艾略特（T. S. Eliot，1888—1965）的《传统与个人才能》（"Tradition and Individual"）、伍尔夫（Virginia Woolf，1882—1941）的《一间自己的房间》（*A Room of One's Own*）、萨义德（Edward W. Said，1935—2003）的《东方主义》（*Orientalism*）等西方理论关键段落的英文原文都被包括其中。《跨文化交际》选取了《无声的语言》（*The Silent Language*）、《跨文化交际：基本原理介绍》（"Cross Cultural Communication: An Introduction to the Fundamentals"）、《面子矩阵：面子协商理论》（"The Matrix of Face: An Updated Face-negotiation Theory"）等文献，以全面代表跨文化交际学最早的、具有标志性的和较新的重要著述。

有鉴于此，原典阅读系列教材贯通了中、西方经典，呈现出原典阅读与教学的完整思路，而且对多个学科的覆盖，既是对理念适用性的实践与证明，也为原典教学的推广做出了系统

---

① 曹顺庆：《"没有学术大师时代"的反思》，《湖南师范大学社会科学学报》2005年第3期，第90页。

的示范。原典阅读系列教材的出版，将原典教学从个性化的课堂教学风格，转变为可以复制的、有章可循的教学模式。

《文心雕龙》有言："矫讹翻浅，还宗经诰"。写文章需要以经为宗，方可改变讹乱浮浅之风。今人的学习研究也是如此，只有从原典出发，才能走上正途，"夫才由天资，学慎始习，斫梓染丝，功在初化，器成采定，难可翻移"，若入门不正，势必导致基础不稳，对今后的学术发展带来不良影响。因此，中国学人需要关注人才的培养教育，这对学术的传承至关重要，虽然不能要求所有人都达到学术大师的水平，但还是要努力做到兼有中华的情怀和世界的眼光。这一点"落实在高校文学素养教育上的具体举措，即为解决课程内容'空洞'的问题，减少大而泛化的'概论''通论'，将中国古典典籍和西方外文经典著作作为原典读本纳入教材，坚持'典'与'论'并重，踏实治学，以遏制'空疏'学风的蔓延"①。

而其中一个重要环节就是编写好的教材。"一位合格的学者，除了做好学术研究外，还负有传承文明、培养人才的神圣使命，一套优秀教材的影响力可能比学术专著的影响力还要大。目前，一些高校推行百本大学生必读经典书目的举措，立意甚好，但收效甚微，原因就在于学生课外不一定抽时间去读，所以必须将经典阅读和阅读评测放在课堂上进行，编写原典阅读教材，或许是课堂教学改革的有效举措。"②原典阅读系列教材，以切中时弊、引领风气之先的独特性突破了教材编

---

① 曹顺庆、李泉：《为什么中国人读不懂中国文论？——从黄侃先生的"风即文意，骨即文辞"谈起》，《山东社会科学》2013年第11期，第94页。

② 曹顺庆主编：《文学概论·总序》，北京：北京师范大学出版社，2017年，第2页。

写定式，以立足前沿、稳固学术根基的科学性促进了学术创新发展，以贯通中西、覆盖多个学科的系统性提供了教学参考范例。这些教材将继续在今后的教学中产生影响。

第二节　原典阅读教学模式的实施与效果

为解决既存课程设置存在"多""空""旧""窄"的问题，以曹顺庆教授为代表的当代学人，不仅在教材编写上重视"原典阅读"的问题，还从课堂教学入手，将"原典阅读"融入教学之中，使学生养成会读原典、爱读原典的好习惯；在指导学生完成科研课题时，因材施教，要求学生以扎实的原典阅读功底，足履实地完成课题研究。

一、原典阅读教学模式的实施

原典阅读教学模式的实施得益于曹顺庆教授对国内当前教学中的问题的思考，也成了学术传承的传统。曹顺庆教授为本科生开设了"中华文化原典阅读"课程，为研究生开设了"中外语言文学与文化专题研究:《十三经》""中国文学批评史研究"等课程。这是因为，"学界的空疏学风日盛，害了大批青年学生，造就了一个没有学术大师的时代，造成了中国文化与文论的严重失语，也造成了当代中国文化创新力的衰减"①。曹顺庆教授认为，过去学贯中西的大师，都是在古代经典的浸润下得以学成的。文学上的鲁迅、郭沫若、茅盾、巴金、老舍、曹禺等大家，学术研究上的王国维、刘师培、陈寅恪、范

---

① 《"原典"将成川大全校新生必修课》，《中华读书报》2006 年 1 月 25 日。

文澜，乃至自然科学上的三钱（钱学森、钱三强、钱伟长），他们的学习经历有两点共通之处：第一，从小读"四书""五经"长大的；第二，长大以后都出国留学，被西方文化浸泡过，或受过国外文化熏陶[①]。如鲁迅先生到日本去，钱锺书先生到到欧洲去，季羡林先生到德国去。

中国比较文学的先驱钱锺书先生，其古文功底非常深厚。作为比较文学的学生，要想入门，首先必须研读先生的《管锥编》《谈艺录》。《管锥编》第一章为"论易之三名"，如果不去读《易》，不了解"十三经"，如何理解先生所说的"一字多意"呢？并且这两本巨著均是先生用文言文写成，先生旁征博引，融古通今，书中引述四千位著作家的上万种著作中的数万条书证，如果没有深厚的古文功底和大量的经典积累，根本无法领略其中的真意。

因此，设置原典课程、引导学生溯源经典迫在眉睫。针对本科生的原典教学，曹顺庆教授主要以培养学生自主阅读原典的兴趣和习惯为主，带领学生诵读《周易》《尚书》《诗经》《论语》《孝经》《尔雅》《史记》等原典，主张学生对重点篇目和文段进行背诵，并针对性地为学生答疑解惑。针对中国语言文学专业的研究生，曹顺庆教授的原典教学课程为其学习和研究奠定了扎实的基础。在课程中，他主张直接使用上海古籍出版社出版、阮元主持校刻的《十三经注疏》为教材，该本为繁体竖排影印本，没有句读，也无今译今注。之所以选择这本古籍影印本，是受国学大师黄侃和杨明照先生的启发。黄侃先生有本《手批白文十三经》。他有个很特殊的习惯，每年冬天都

---

① 曹顺庆:《跨越异质文化》，济南：山东友谊出版社，2007年1月，第91页。

读一遍"十三经"。"十三经"是他的案头书、桌上书。杨明照先生同样如此，几十年来，《十三经注疏》就直放在他的书桌上，有空他就常常翻阅。曹顺庆教授现在讲授"十三经"，每讲一次，就重新将它翻阅一遍，这两本厚厚的"十三经"，纸张已经枯黄，濒临散架。

在"十三经"课堂上学生主要靠"自学"和老师"课堂点拨"。最主要的是让同学们自己读，要想理解经典原文，学生需要花费大量时间来预习，梳理字词，理解文意。课堂上老师再进行抽查，检查大家的学习效果。老师在抽查时从心所欲，不拘泥于点名册，他常常随机点名学生起来背诵一段，然后在任意位置打断，再抽下一位同学续接上。同时，曹顺庆教授会重点讲解一些大家读起来比较困难、比较难懂的和需要发挥的地方。遇到一些重大的文化问题、理论问题，他会从旁边给予必要的指导与点拨。如此下来，凡是来上课的学生，都必须严肃认真地对待"十三经"，丝毫不能投机取巧。老师的严格要求不无道理，他在课堂上曾以一些比较文学界的中国学者为反例，指出他们古文造诣不深，常犯一些常识性的错误。有的竟然把《古文尚书》当作先秦的资料来引用，全然不知道《古文尚书》是东晋梅赜所献，已被确证是伪作，至多只能当作秦汉以后的资料来用。[①] 曹顺庆教授认为，正是因为原典功底不扎实，阅读经典时囫囵吞枣才导致这样的基础性错误，只有回溯经典，枕典席文，才能奠定坚实的国学基础。

此外，背诵中国古代文论中的重点篇目也是曹顺庆教授对

---

　　① 付飞亮:《曹顺庆教授如何培养比较文学博士生》,《学位与研究生教育》2012年第 7 期。

中国语言文学专业学生的基本要求。或许，有人认为当前的文献检索技术已经十分发达，只要输入关键词，就可以在短短几秒钟内获取到充足的信息，自然也能检索到所需要的原文。花大量的时间去背诵原文，反而没有时间去做研究，似乎得不偿失。但曹顺庆教授以钱锺书先生、季羡林先生、杨明照先生等大师的案例证明，能读会背，才能将知识融会贯通，才能算作"养之有素"，正如他屡次提及恩师杨明照先生的治学经历那般。杨先生是著名的文献学家，毕生致力于中国古代文论及古代文献的研究，又因其《文心雕龙》研究广受赞誉，故有"龙学泰斗"的美名。在为学生正式讲解《文心雕龙》的具体篇目和文本之前，杨先生都要按照惯例在学生面前背诵一遍《文心雕龙》的全文，以身作则。据曹顺庆教授回忆，先生上课只带一个小笔记本，上课时先把《文心雕龙》原文背诵一遍，然后再逐字逐句地讲解。曹顺庆教授深情回忆杨先生卧病榻时，依然背诵《文心雕龙》舒心宁志的场景，在场学生无不动容，感慨经典之于心灵的治愈力量。事实上，杨先生对研究文本的熟悉甚至达到了倒背如流的程度。在《我是怎样研究〈文心雕龙〉的》①一文中，杨先生认为如何做好研究，第一步则是要熟悉文本。只有对文本熟悉到了然于胸、倒背如流的程度，才能融会贯通，才可能有较为全面、系统的理解，与此同时，亦助益于收集注释、校勘、考证诸方面的资料。曹顺庆教授曾询问杨明照先生为什么国学功底这么扎实。杨明照先生说："没什么，我是从小就学的。"曹顺庆教授问："您从小就学

---

① 杨明照：《我是怎样学习和研究〈文心雕龙〉的——在高等院校古籍整理研究规划会上的发言》，《四川大学学报》1983 年第 2 期。

经，如《三字经》《诗经》。您当时读'关关雎鸠，在河之洲，窈窕淑女，君子好逑'，尤其是后面的'求之不得，寤寐思服。悠哉悠哉，辗转反侧'，懂不懂啊？"杨明照先生笑着说："哪里知道呀，七八岁的小娃娃！"曹顺庆教授不解："您这样读不懂有什么用？"杨先生想了想说："不对，如果那时我没有读，就不能像今天这样了。"[①]

正所谓"君子多识前言往行，以畜其德"，有感于此，曹顺庆教授发现熟读、背诵原典能够扎实学生的研究功底，增强学生的古文底蕴和国学基础。他始终坚持以这种最朴实、最辛苦但却最有效的方式来培养自己的博士生，要求他们背诵古代文论的重要篇章，并针对文论各抒己见，展开论辩，形成自己独特的思考。据学生们回忆，他们曾在不同的时间和场所，或专心致志，或"一心二用"地背诵经典。寒来暑往，晨兢夕厉，四下无人的自习室，水流滴答的洗衣房，烟火气息弥漫的厨房，深夜寂静的宿舍门廊，与启明星做伴的校车……兴来至此，仿佛也跟着《诗大序》"手之舞之，足之蹈之"。这样的记诵方式，现已成为师门的一种传统，一届一届地传承了下来。

如今，曹顺庆教授已不再讲授"中国文学批评史研究"一课。但中国古代文论的背诵，被引入到每周一次的读书会上，由学生自发组织，以郭绍虞先生主编的《中国历代文论选》、杨明照先生《文心雕龙校注》为教材，按照篇目顺序，每周预先学习应该背诵的篇目，在读书会上互相检验背诵效果，并且广开议论，谈论各自的见解。"春风如醇酒，著物物不知"，曹顺庆教授的教诲正让阅读原典逐渐成为学生的日常习惯，并

---

① 曹顺庆：《跨越异质文化》，济南：山东友谊出版社，2007年1月，第92页。

为他们的学术研究打下坚实的根基。

对原典的重视逐渐成为四川大学文学与新闻学院中文系的一个传统。自 2004 年起，四川大学文学与新闻学院的博士生入学考试不论专业和研究方向，都将"中国文化原典"作为入学必考科目。同时也推向四川大学文学与新闻学院硕士研究生入学考试以及四川大学全校本科生教学。考试范围包括经史子集，题型多样，涵盖面极广。主观题和客观题并重，既有大量的填空、古文断句、翻译考察学生的识记状况，又有相当数量的简答、分析、论述考察学生的思辨能力。① 原典阅读成了踏入川大文新学院的第一道门槛，学生既要保证中国文学典籍阅读的广度，不求饱谙经史，但也要对常识性的知识熟记于心，并且要做到口诵心惟，深入理解原典，形成自己的理解，才能做到运斤成风。正是"酝酿胸中，久之自然悟人"，久读原典的学生，在参加学术会议、撰写研究论文时，对经典的运用往往得心应手，从而进窥中国文化与文学之堂奥。

此外，比较文学学科的特性对其研究者提出了更高的要求，即至少掌握两门以上的语言，对多国文化熟稔于心。因此，想要从事中西比较文学的研究，不仅要对中国传统文化和古代文论如数家珍，还要对西方文化、文学和理论了如指掌。然而，阅读翻译成中文的外文文献始终与原文本"隔着一层纱"，译本哪怕翻译得再精妙，也无法摆脱"创造性叛逆"。大多数人没去西方真正体验过，拿着西方的原文典籍很多人都不会看，很时髦的一些西方哲学理论，如现象学、阐释学、符

---

① 付飞亮:《曹顺庆教授如何培养比较文学博士生》,《学位与研究生教育》2012年第 7 期。

号学、后现代、后殖民、女性主义都是从二手货、三手货、四手货的翻译书上学习的。[①]曹顺庆教授在课堂上曾经提到，英美新批评主张的"close reading"就因为其中文翻译经常让读者产生误解。"close reading"本义是指一种"封闭式阅读"，即把作品的时代背景、作者等一切文本之外的元素都搁置起来，强调对文本本身及其所呈现的文本中的"世界"进行阅读和理解。[②]但其中文翻译——"文本细读"，却很容易让人误以为只需要仔细地阅读文本即可。因此，要想做好比较文学、比较诗学的研究，外语能力显得至关重要。于是，从1998年开始，曹顺庆教授选择了英国理论家特里·伊格尔顿（Terry Eagleton）的《二十世纪西方文学理论》（*Literary Theory: An Introduction*）作为研究生课程"文学研究方法论：当代西方文论导读"的指定教材，要求每位学生都能够直接阅读英文原文，并在课堂上抽查。这些尝试，都是为了让学生能够知古通今，在做学问上不凌空蹈虚。

二、"原典阅读"教学模式的成果

随着近40年"原典阅读"教学模式的实施，原典阅读课程逐渐成为四川大学的一大特色。选课的同学也从中文系扩大到所有专业的川大学子。川大学子抱着两本厚厚的阮元本《十三经注疏》穿梭于教学楼之间，俨然成了四川大学所特有的一道风景。

自2004年起，为增强学生的文化底蕴，四川大学充分发

---

① 曹顺庆：《跨越异质文化》，济南：山东友谊出版社，2007年1月，第91页。

② 伊格尔顿：《文学理论导论》（*Literary Theory: An Introduction*），北京：外语教学与研究出版社，2004年，第38页。

挥多学科交叉融合的优势，特别是发挥人文学科的传统优势，在全校范围内开设了文化素质必修课"中华文化"。2005年，"中华文化"成为全校学生的必修课，该课程为川大文、理、工、医各学科本科生量身打造。学生可以根据自己的兴趣爱好选择"文学""历史""哲学""艺术"任意一门。该课程的设置，体现了四川大学培养具有深厚人文底蕴的国家栋梁和社会精英的目标。

在这之前，川大学生的文化素质培养主要集中在文学与新闻学院、历史文化学院和公共管理学院，处于文、史、哲分立局面。为了增强川大学子的中华传统文化素养，四川大学决定为全校本科所有专业学生开设了具有文化素质课性质的"中华文化"必修课，课程主要采用专题讲座型课堂讲授与课堂研讨相结合的教学方式。到2005年下半年，川大根据实际的教学情况，考虑到文、史、哲的学科差异，将"中华文化"课程又分为现在的"中华文化（文学篇）""中华文化（历史篇）""中华文化（哲学篇）""中华文化（艺术篇）"，按照文学、历史、哲学和艺术四大板块来组织教学，做到内容经典、主题明确、思想分明、体系完善，以适应不同专业、不同爱好者的学习需要，从而使教学工作迎来了它的分篇阶段，同时也标志着"中华文化"课程由实践和摸索进入了系统化、规范化和成熟化的轨道。

"自孔子圣人，其学必始于观书。"有了规范化的课程，专业化的传统文化原典教材的编写便提上了日程。2006年10月，四川大学与复旦大学出版社联合召开了"中华文化暨大学生文化素质教育"专题研讨会。经过两校专家学者的讨论，大家一致表示加强原典教育是目前文化素质教育的重中之重。此后，在2007年4月召开的研讨会上，来自全国40多所高校的教学主管分享了开设文化素质课程的心得体会，并决定成立了《中华文化》教材编委会。西南民族大学、成都理工大学、重庆师范大学、成都电子科技大学、贵州师范大学等高校的教师就教材的进一步完善和修订建言献策，为人文素质教育课教材《中华文化》的出版奠定了基础。

如今，"中华文化"课程已然成为四川大学中华优秀传统文化教育的特色之一，由知名学者、学术带头人领衔授课，把川大深厚的人文底蕴优势刻印在了学生的心中，为学生的一言一行打上"川大气质"，使了川大学生"多一些人文知识，多一份人文精神，多一些人文素质，多一份人文境界"，更能体现出四川大学扎实严谨的学风。此外，四川大学中文系还建成多门国家级精品资源共享课程，促进了当代教学改革。其中，曹顺庆教授负责的国家级精品课程"中华文化"践行"原典"教学，是四川大学全校本科生的必修课程。最终建成精品"慕课"8门，总参加人数超过34万，社会影响广泛。中央电视台《新闻联播》推出时长两分钟的"慕课"专题报道，四川大学王红教授的优质慕课"中国诗歌艺术"在列，这也是原典教材与慕课建设丰硕成果的一个缩影。

三、原典阅读科研培育模式的实施与效果

"入门须正，立志须高。"[①]这是曹顺庆教授送给学生的第一条箴言。"入门须正"，就是在做学术的路上有冥冥之志，

---

① 出自宋代严羽的《沧浪诗话·诗辨》。参见郭绍虞编：《中国历代文论选》（第2册），上海：上海古籍出版社，2001年，第423页。

肯行惺惺之事。换言之，让学生养成良好的学习、研究习惯，遵守学术规范，脚踏实地地做真学问。此乃原典阅读教学模式开展的意义所在。"立志须高"则是要求学生在做学术时敢于独辟蹊径，做"天下第一"的论文，以具备较高的学术价值作为论文选题的第一原则。原典阅读科研的培育模式的具体开展不仅丰富了学生的知识储备，锻炼了其学术研究的能力，也为其开辟了新的研究领域，提供了多元的研究路径。

"纸上得来终觉浅，绝知此事要躬行。"自 1993 年开始带第一个博士以来，曹顺庆教授一直将原典阅读科研培育模式延续至今，并在实践中不断反思、改进和完善。谈及如何培养博士生，曹顺庆教授认为，不仅要带领学生精研原典，打下扎实的理论基础；还要开拓其视野，实现中西方观点的碰撞与融合；更要将理论与实践紧密结合，在具体的学术研究实践中反复磨练。[①] 在曹顺庆教授的原典阅读科研培育模式下，学生们在诵读、学习原典的过程中不知不觉地提高了自己的学术能力。具体而论，曹顺庆教授的原典阅读科研培育主要从以下三种路径实施。

第一，课堂以原典文本为中心，拓宽知识点，将当前学术研究中的疑点难点以及学术前沿问题引入探讨，培养学生发现问题、提出问题和解决问题的能力。

原典阅读不仅可以为学生提供知识积累和储备，改善"中国人不了解中国传统文化"和"中国人读不懂中国古代文论"的困境，更重要的是，将原典阅读的教学与科研培育相融

---

① 付飞亮：《曹顺庆教授如何培养比较文学博士生》，《学位与研究生教育》2012年第 7 期。

合，把培养和训练学生自主学习与独立研究的学术能力作为最终目的。在具体的教学实践中，曹顺庆教授把科研培育融入了教学中的每一个环节。

首先，在教学中重视学生问题意识的培养，引导学生自己发现问题。例如：在诵读《诗经》和《毛诗序》时，曹顺庆教授提出了诸如"在齐、鲁、韩、毛四家诗中，为何只有毛诗传了下来？""为什么汉人天天读诗，视诗为经典，他们自己却不怎么写诗？"等问题，引导学生进行发散性思考。

其次，结合实际案例透过学术前沿问题向学生传达"提出问题"的重要性。事实上，能发现问题并不代表能提出一个好的问题。发现问题乃基于对某种不正常、不合理现象的发觉，而提出问题则必须始于对某种现象以及导致此种现象的原因及其背后逻辑的洞察与推理。以《文心雕龙·原道篇》为例，曹顺庆教授在讲解此篇第一句"文之为德也，大矣"时，就率先提出了疑问——此句应当作何解释？事实上，学界至今众说纷纭，未有统一的见解。光是"德"的含义，就包括了性质说、功用说、规律说、文德说、意义说、综合说等。性质说将"德"视为具体事物的性质或属性，功用说认为这指的是文的功用，文德说则理解为文德功德（礼乐教化之用），规律说又将"德"作为"道"的具体化或特殊规律，意义说认为"德"是"文"的意义，表现说又把"德"视为"道"的外在具体表现，综合说则博采众家之长……① 曹顺庆教授鼓励学生以此为背景，提出问题，进行研究。于是，在曹顺庆教授的引导和鼓

---

① 曹顺庆、杨清：《比较诗学视野下〈文心雕龙〉"文之为德"新释》，《中山大学学报（社会科学版）》2018 年第 5 期。

励下，许多同学发现了有价值的研究问题，如《比较诗学视野下〈文心雕龙〉"文之为德"新释》《双重话语霸权遮蔽下的中国古代白话文学——反思残缺的中国古代文学史教材》《话语权与中国文学史研究》《史记不立"墨子列传"之缘由》《中国"意境"与现象学"the world"的比较研究》等论文选题都离不开曹顺庆教授在原典阅读课堂上的启发和指导。

　　最后，一篇好的论文要在"发现问题"和"提出问题"的基础之上，试图解决问题，最终得出结论。如何解决问题，任何老师都无法向学生提供一个统一的答案。事实上，这也不可能有一个固定的答案。但如何培养学生养成独立思考、解决问题的能力，曹顺庆教授却颇有心得。正如严沧浪云："工夫须从上做下，不可从下做上，先须熟读楚辞，朝夕风咏，以为之本；及读古诗十九首、乐府四篇；李陵、苏武、汉魏五言皆须熟读；即以李杜二集枕藉观之，如今人之治经。然后博取盛唐名家酝酿胸中，久之自然悟入。"[①] 换言之，不仅要博览群书，更要读好书，读经典。千里之行始于足下，滴水穿石绝非一日之功。自古以来，要想在学术上有所造诣，唯有持之以恒。此外，中国古人强调读书不仅是求知的不二法门，也是修身、明辨的重要途径。正可谓博学、慎思、明辨、笃行缺一不可。于是，曹顺庆教授主张要让学术研究与现实生活紧密相连，反对"关起门来做研究"。正因如此，他提出了"失语症""变异学""跨文明比较""重写文明史"等重要理论话语，走在学术前沿。

---

　　① 郭绍虞编：《中国历代文论选》（第2册），上海：上海古籍出版社，2001年，第423页。

第二，将原典作为学生学习论文写作的模板。

阅读原典不仅可以对中国传统文化有更深的理解，为未来的研究工作做好知识储备，还可以学习其写作技巧、语言表述和行文逻辑。换言之，诵读经典，对学生的论文写作颇有益处。正所谓："盖文章，经国之大业，不朽之盛事。年寿有时而尽，荣乐止乎其身，二者必至之常期，未若文章之无穷。"[①]古人造文，为情而造，为理而作，因无穷而为。故陆机曰："余每观才士之所作，窃有以得其用心。"[②]操斧伐柯，取则不远。要想写出好文章，首先应当了解什么是好文章。通过阅读和学习原典，博采众家之长，方能有所领悟。例如《文心雕龙·序志》就堪称典范。《序志》篇是《文心雕龙》一书中的最后一篇，也是此书的序言，起着总领全书的作用。文章以"夫文心者，言为文之用心也"[③]开头，在第一段中率先说明此书书名的来历与意涵。"形同草木之脆，名逾金石之坚，是以君子处世，树德建言，岂好辩哉？不得已也！"[④]则体现了作者刘勰立言以求不朽的思想。第二段作者进一步阐明了刘勰的写作意图，即为何要作《文心雕龙》："而去圣久远，文体解散，辞人爱奇，言贵浮诡，饰羽尚画，文绣鞶帨，离本弥甚，将遂

①　郭绍虞编:《中国历代文论选》(第1册)，上海：上海古籍出版社，2001年，第159页。

②　郭绍虞编:《中国历代文论选》(第1册)，上海：上海古籍出版社，2001年，第170页。

③　(南朝梁)刘勰著，黄叔琳注，李详补注，杨明照校注拾遗:《增订文心雕龙校注》，北京：中华书局，2012年，第618页。

④　(南朝梁)刘勰著，黄叔琳注，李详补注，杨明照校注拾遗:《增订文心雕龙校注》，北京：中华书局，2012年，第618页。

讹滥。"① 便写明了因"去圣久远",孔子及儒家经典所设立的文章规范逐渐被后人所摒弃,因此刘勰要重新为文章创作立范,以期继承夫子的思想。"于是挪笔和墨,乃始论文。"② 接着,刘勰在第三段比较和评论了前代论文的得失,强调了为文章创作立范的重要性和必要性,在此基础上凸显了《文心雕龙》此书的价值。这段相当于论文中的"文献综述"部分。刘勰认为,"详观近代之论文者多矣……各照隅隙,鲜观衢路,或臧否当世之才,或铨品前修之文,或泛举雅俗之旨,或撮题篇章之意"③,此乃前代论文之缺漏。为此,刘勰列举了一些较为出名的文章,并对其进行了点评:"魏典密而不周,陈书辩而无当,应论华而疏略,陆赋巧而碎乱,流别精而少巧,翰林浅而寡要。"④ 可见,本段不仅逻辑严密,包含了对前代论文的总体评价与代表性作品的一一点评;更重要的是,对历代论文的优点与不足了然于胸,其评价中肯且精准。在随后的第四段,刘勰介绍了《文心雕龙》的撰写纲目,对其结构、篇目等进行了总体的介绍,展现了其体系性。第五段刘勰又介绍了其"唯务折衷"的论文原则和立场:"及其品列成文,有同乎旧谈者,非雷同也,势自不可异也。有异乎前论者,非苟异也,理

---

① (南朝梁)刘勰著,黄叔琳注,李详补注,杨明照校注拾遗:《增订文心雕龙校注》,北京:中华书局,2012年,第618页。

② (南朝梁)刘勰著,黄叔琳注,李详补注,杨明照校注拾遗:《增订文心雕龙校注》,北京:中华书局,2012年,第618页。

③ (南朝梁)刘勰著,黄叔琳注,李详补注,杨明照校注拾遗:《增订文心雕龙校注》,北京:中华书局,2012年,第618—619页。

④ (南朝梁)刘勰著,黄叔琳注,李详补注,杨明照校注拾遗:《增订文心雕龙校注》,北京:中华书局,2012年,第619页。

自不可同也。同之与异，不屑古今，擘肌分理，唯务折衷。"①
寥寥数笔，便把论文写作的准则阐述清楚。最后，刘勰赞曰：
"生也有涯，无涯为智。逐物实难，凭性良易。傲岸泉石，咀
嚼文义。文果载心，余心有寄。"②尽管"文不逮意"的状况时
常发生，但勤加练习，钻研斟酌，以期最终达成"文果载心"
的境界。通过以上对《文心雕龙·序志》的回顾可以发现，此
文实为《文心雕龙》一书的总纲，分别对此书书名的含义、作
者写作此书的意图、魏晋以来文论的评述（文献综述）、整本
书的篇章结构安排、作者评论作家作品的立场及态度等方面进
行了充分的论述，言简意赅，条理清晰，文采出众，无疑为学
生提供了一个优秀论文的写作模版。

　　第三，鼓励学生将原典运用至自己的研究中，开辟新的研
究领域。

　　曹顺庆教授的原典课程不仅主张回溯中国传统文化的精
华，阅读"十三经"、中国古代文论等经典文献，还强调阅读
外国经典的一手原文文献。经过曹顺庆教授的原典教学培养，
学生一方面明白了一手文献的重要性，补充了相关的知识，另
一方面，也开拓了研究视野，学会在跨文化的比较视域下看待
和研究问题。尤其在论文选题与研究方向选择之时，曹顺庆教
授鼓励学生勇于创新，摆脱陈词滥调，将"原典阅读"融入其
中，开辟新的研究领域，敢于做"天下第一个吃螃蟹的人"。
在曹顺庆教授的引导下，学子学以致用，开拓了比较文学、比

　　① （南朝梁）刘勰著，黄叔琳注，李详补注，杨明照校注拾遗：《增订文心雕龙
校注》，北京：中华书局，2012年，第619页。
　　② （南朝梁）刘勰著，黄叔琳注，李详补注，杨明照校注拾遗：《增订文心雕龙
校注》，北京：中华书局，2012年，第619页。

较诗学、比较艺术学研究等新领域。其中，英语世界（或英美学界）的中国文学译介与研究、英语世界（或英美学界）的外国文学译介与研究则是其代表。这些选题不但要求学生既要对中国的文学原典熟稔于心，又必须要具备阅读一手外文文献的能力。在曹顺庆教授的高要求、严把控之下，许多高质量的博士学位论文得以接连不断地出现。例如：李伟昉的《英国哥特小说与中国六朝志怪小说比较研究》获得了全国第一篇比较文学领域的全国优秀博士学位论文，叶舒宪的《文学与人类学——知识全球化时代的文学研究》、尹锡南的《英语世界中的印度书写：以十九世纪以来的英国作家为例》等也获得了全国优秀博士学位论文提名。

师者，传道授业解惑也。在曹顺庆教授原典阅读的科研培育下，培养出了一大批优秀的学生，为国内学界输送了许多优秀的青年学者。古有孔子三千弟子撰《论语》，西有三杰苏格拉底、柏拉图、亚里士多德师脉相承，索绪尔学生代师整理编撰《普通语言学教程》。事实上，师承关系往往是学派得以诞生的重要动力，亦是学术理论话语得以形成的重要因素。在曹顺庆教授的带领与培育下，极具学术潜力的青年学者们接连出现，逐渐形成了他国语境下的中国文学译介、传播与研究，中国文学与外国文学的比较研究，中国诗学与外国诗学的比较研究等学术团队，并取得了丰硕成果。要想从事这些领域的研究，研究者不仅必须具备跨文化、跨文明的比较视野，还要对两国或多国的文化、文学艺术作品等十分熟悉。

在他国语境下的中国文学研究方面，最为典型的便是曹顺庆教授领衔的教育部哲学社会科学研究重大课题攻关项目——"英语世界中国文学译介与研究"。

该项目吸纳了一众硕博士生参加，系统接受学术训练。针对会多国语言的学生，曹顺庆教授建议他们要发挥自己的长处，将语言优势融入论文选题之中。例如：侯洪《中法近现代诗学生成比较研究》以中法近现代诗学生成作为切入点，在创建民族国家文学这一现代性目标的框架下，主要从两国诗学在近现代起始之首篇经典文本出发，再由互文性的阐释，由点带面，对两国诗学发展的起点，给予了较为系统和全面的揭示；进而又从发展比较的角度，概括地展开了两国现代诗学前期阶段发展的维度和理论成果，并指出两国近现代诗学在这历史的起步与发展阶段所具有的某种相似的结构性特征。在该博士学位论文的基础上，侯洪于2010年出版了《中法近现代诗学生成之道比较研究》，由光明日报出版社出版，是国内目前第一部对中法近现代诗学做整体性比较研究的学术性专著。泰国籍留学生林猷碧的《中国武侠小说在泰国的传播、译介与研究》对中国武侠小说的泰译本与原作在翻译上所采取的不同策略，从及翻译效果的呈现进行了研究，并以金庸、古龙两位世界级武侠小说作家为例，梳理了他们所创作的小说在泰国的流传状况。

在"英语世界中国文学译介与研究"的基础之上，曹顺庆教授又带领学生开开辟了"英语世界的外国文学研究"系列。该系列关注国外学界研究的新材料、新方法和新观点，并将它们引进国内学界，填补国内研究资料的空缺，在为研究奠定基础之余，提供研究视角和方法论的借鉴，进而扩宽研究思路和视野，推进国内研究的发展和创新。该系列的研究成果主要有杨清《英语世界的莎士比亚研究：新材料与新视阈》（中国社会科学出版社，2021），吕雪瑞《英语世界的弗吉尼亚·伍尔夫研究》（中国社会科学出版社，2021），韩周琨《英语世界的拜伦研究》，李瑞春《英语世界霍桑研究与中国的霍桑研究》，卢婕《英语世界的艾米莉·狄金森研究》，龙娟《英语世界的简·奥斯丁研究》，刘娜《英语世界的玛丽安·摩尔研究》，罗娜《近二十年英语世界的本·琼森戏剧研究（1998—2018）》，赵利娟《英语世界的赛珍珠研究》，董智元《英语世界的吉卜林研究》，等等。

《文心雕龙·序志》云："唯文章之用，实经典枝条，五礼资之以成，六典因之致用，君臣所以炳焕，军国所以昭明，详其本源，莫非经典。"①多年来，曹顺庆教授为推进教学改革沐风栉雨，撰写了一批极具启发性的论文，主持编写了一系列高质量的"原典阅读"教材，将"原典阅读"创新性地引入课堂教学。在科研培育上，曹顺庆教授因材施教，指导学生根据自己的长处选题，选择跨学科、跨语言、跨文化的课题，将"原典阅读"和学生的研究方向相结合，开辟了一系列原创性研究领域。在他春风化雨般的指导下，学生们确定了适合自己的科研课题，并在各自的科研道路上越走越远。

原典阅读对于人才培养的真正作用，是通过学术传承得以实现的。传承是人文学科人才培养的基础，传承是为了强根固本、守住基因。没有传承，文学、文化的发展就没有根基、没有源头。从某种意义上来说，拔尖人才培养的第一步就是学问的传承、学派的传承。"师承关系是学派形成的重要动力，进而为建构学术话语体系提供基础。人类文明的轴心时代，苏格拉底、柏拉图、亚里士多德师生三人的师承关系建立起西方最

---

① （南朝梁）刘勰著，黄叔琳注，李详补注，杨明照校注拾遗：《增订文心雕龙校注》，北京：中华书局，2012年，第618页。

伟大的学派，同一时期，孔子和他的弟子以及再传弟子创立了儒家学派。在当代，师生间的传承规律仍然被学术界的重要学派所证实，索绪尔及弟子共同开创了结构主义语言学派，胡塞尔、海德格尔与伽达默尔的师生传承形成了现象学、诠释学学派。"[①]柏拉图、亚里士多德、孟子、荀子以及海德格尔、伽达默尔这些历史上的著名学者，都是在各自学派中，师承自己的老师，批判性地继承学派的理论与观点，并结合自己领悟，有所创新之后，发扬光大。这些都是师承的绝佳例证，也是师承对于人才培养重要性的绝佳例证。

问题是，对于当今时代的新文科而言，到底传承什么？如何传承？这些问题均可在对原典的回溯中得到解答。香港中文大学黄维樑教授曾指出："一个国家民族的文化，是该国的特质；是其精神之所在；是其人民存在的整体环境，包括物质和非物质的；是其发展要顾及的重要因素。该国人民必须对其文化有相当的认识和理解，然后才能谈到如何承先启后有所发展。中华民族也如此。"[②]"原典"是包含了"经典"这一层含义的。与"经典"相比，"原典"更注重原始性、源初性、本己性。这些性质使得那些可以被称为"原典"的书籍，成为师生之间传承的重要桥梁。通过这个桥梁，一方面老师通过对原典的解读，对学者的研究旨趣产生重要引领作用；另一方面，绝大多数学者并没有拘泥于"师说"，而是做出变革，某种程度而言分歧的起点也是创新的起点，它是一门学科、一个学派

---

① 曹顺庆、张瑞瑶：《师承、学派及学术话语的生成——以古今中外学术传承为例》，《成都大学学报（社会科学版）》2021年第6期，第88页。

② 参见黄维樑、翟鹿：《原香港中文大学教授黄维樑访谈录，未出版，见本书附录二。

保有持久创新性的根本所在①。

人文社科领域的"原典"，包括文学作品、理论著作以及文化典籍。对于语言、文学、文化学科而言，加强典籍阅读对培养学生古文阅读能力、提高文献整理与研究水平、承袭传统文化并加以批判性继承及进行创新等方面重要意义。② 阅读原典可以充分发挥读者和学者的主观能动性，独立进行阅读理解，从而引发思考，提出自己的问题、自己的见解，而不是别人的问题、别人的见解。只有回归文本自身，才能有所创新。而以上这些能力恰恰是当今人文学科人才应该具备的能力。上文已经提到过，过分强调理论知识的框架建设，从而忽视对中外文化经典作品的研读是造成当今"无大师时代"的主要原因之一。如果能通过这种师承关系，利用好原典的作用，对于解决"无大师时代"、创新型拔尖人才培养都大有裨益。

---

① 曹顺庆、张瑞瑶：《师承、学派及学术话语的生成——以古今中外学术传承为例》，《成都大学学报（社会科学版）》2021 年第 6 期，第 96 页。

② 王丽玲：《基于原典阅读理念的古代汉语课程教学》，《绍兴文理学院学报（教育版）》，2021 年第 12 期，第 84 页。

第七章　原典阅读与比较文学拔尖人才培养成效

　　"原典阅读"对于比较文学拔尖人才培养的效果是明显的。在此以曹顺庆教授40年任教和人才培养经历为例。自1983年任教以来，曹顺庆教授秉持"学术传承、文明互鉴、话语构建"育人理念，先后培养了博士（已经获得博士学位者）250余人，硕士88人，博士后37人。一大批高素质的创新型研究人才茁壮成长，一些已经成为国内学界领军人物，成长为教授的有123名，副教授81名，博导59名。这些学生分布在国内外122所高校，其中包括中国社会科学院、四川大学、厦门大学、浙江大学、上海交通大学、北京师范大学、中央民族大学在内的119所国内大学，2所港澳台高校，2所国外高校。据此培养模式培养出来的学术人才在各自的大学继承、延续和推广这种研究生培养创新模式，并培养他们自己的优秀研究生，形成传承关系。多年实践证明，基于"原典阅读"的人才培养模式为我国哲学社会科学事业输送了一大批拔尖杰出人才，并推出了一大批优秀成果，在海内外影响广泛，具有重要的社会意义和现实价值。

　　曹顺庆教授慨叹于当下是一个"没有学术大师的时代"，痛感当下研究生培养的问题：中学与西学相分离，文化原典与学术前沿相隔阂，将中华原典仅限于传统文化语境而难以真正做到文明交流互鉴，限于理论体系建构而难以强化研究生学术传承与创新意识。其中，尤其缺乏原汁原味的"原典阅读"。"原典阅读"的缺乏不仅导致了学生既不博古亦无法通今，同时也是造成部分学者盲目崇拜西方理论而忽视本土话语的一大原因。

　　有鉴于此，曹顺庆教授围绕中文研究生优秀人才培养，通过全方位教学方式改革、开拓丰富培养资源、提供多领域学术研究实战平台，旨在培养基础厚实、博古通今、学贯中西的创新型学术杰出人才。

　　回首曹顺庆教授40年的拔尖人才培养之路，可以大致将其划分为三个阶段：第一阶段（1983—2003）是开拓与探索时期，主要特点是围绕"失语症"的提出与话语理论建设进行人才培养；第二阶段（2003—2013）是多元与全面时期，主要特点是围绕跨文明比较研究进行人才培养；第三阶段是（2013—2023）是集中与深入时期，主要特点是围绕比较文学新理论的开创进行人才培养。

第一节　"失语症"的提出与话语理论建设：
开拓与探索（1983—2003）

　　曹顺庆教授于1983年在四川大学留校任教，由此开启了他近40年的人才培养历程。1993年，曹顺庆教授被国务院学位委员会批准为博士生导师。次年，曹顺庆教授结束了美国哈佛大学、康奈尔大学的访学并回到四川大学任教，开始正式招收中国文学批评史专业比较文论方向的博士生。在1994—2003年的十年间，曹顺庆教授以"失语症"话题为契机，围绕中国话语建设，教学相长，以科研育人，先后培养了以博士生为主要学术力量的多名优秀拔尖人才。他们中的绝大多数现都已成为各自学术领域中的领军人物，形成了一批具有影响力的学术群体。

第一，从整体的研究方向上看，这一阶段中的大多数博士学位论文都致力于对传统文论话语的发掘、整理与批评。1994级博士李思屈的《中国诗学话语》从话语分析的角度切入中国传统诗学的研究，在借鉴西方当代话语分析成果基础上通过不同体系诗学话语的分析和比较来考察中国传统诗学话语的知识建构和精神内蕴；1994级博士李清良的《中国文论思辨思维》旨在匡正学术界流行的中国古代文论"零碎散乱""只注重直觉感悟而无系统思辨"等偏见，从而为目前中国文论界正在热烈关注的中国古代文论的现代转换与中国当代文论的建设等问题提供理论依据与方法论启示。此外，1996级博士王南的《中国诗性文化与诗概念》、1998级博士吴兴明的《中国传统文论的知识谱系》、1998级博士阎嘉的《多元文化与汉语文学批评新传统》、1999级博士李凯的《儒家原典与中国诗学》、1999级博士刘文勇的《价值理性与中国文论》等论文也从不同的角度诠释了当代视野下的中国传统文论话语建构。

第二，从跨文化的比较视域来分析和看待中国传统文论。1994级博士傅勇林的《诗性智慧的和弦——中外古代文论诗学语言学比较研究》旨在对中国与印欧文论的诗学语言学理论范式及其操作智慧进行比较研究；1995级博士王晓路的《中

西诗学对话———英语世界的中国古代文论研究》首次全面梳
理中国古代文论在以北美为中心的英语世界的接受情况，就其
对中国古代文论的认识、理解、阐释以及研究方法做出介绍，
并对其误读做出分析和评述。此外，这一类型的研究成果还包
括 1997 级博士熊沐清的《中西叙事话语比较研究》、1998 级
博士邓时忠的《大陆台港比较诗学研究》、1999 级博士张荣翼
的《冲突与重建———全球化视野中的中国文论境遇》、2000
级博士肖薇的《异质文化下的女性书写》、2000 级博士冯若春
的《"他者"的眼光——论北美汉学家关于"诗言志""言意
关系"的研究》等论文。基于曹顺庆教授在学术上取得的斐
然成绩以及他和学生们在学术探索历程中所积累的研究成果，
1998 年，曹顺庆教授以第一带头人成功申报"比较文学与世
界文学"博士点，并于 1999 年 3 月正式招收"比较诗学"与
"比较文学学科理论"方向博士生。

　　第三，对中国现当代文论话语与古代文论的当代转换的相
关研究。"古代文论现代转换"就是试图通过对古代文论与现
代范式展开思考，探究中国古代文论在现当代的生存之方。[①]
因此，关注中国古代文论的现代转换对接续传统文化血脉、重
建中国文论话语是有所裨益的。基于这一视阈下的研究也涌
现出诸多成果。1995 级博士代迅的博士学位论文《断裂与延
续——中国古代文论现代转换的历史回顾》探讨了中国古代文
论现代转换的内在逻辑、"失语"的发生过程及其原因，为当
前中国文论界正在着力思考的如何根治中国文论"失语症"、

---

① 曹顺庆、邱明丰：《重建中国文论话语的三条路径》，《思想战线》2009年第
6 期。

重建中国文论话语提供历史借鉴；1996级博士杨玉华的《文化转型与中国古代文论的嬗变》通过对中国古代史上五次文化转型的论述，探讨文化转型与中国古代文论的嬗变关系及其二者间的双边互动，从而为中国文学批评史的分期提供新的角度。其他相关的研究成果还包括1998级博士李天道的《〈老子〉美学思想的当代意义》、1999级博士晏红的《认同与悖离——中国现代文论话语的生成》、1999级博士向天渊的《现代汉语诗学话语（1917—1937）》等博士论文。

第四，对西方文学与外国文学的批评与研究，包括1999级博士支宇的《文学批评之批评：韦勒克诗学研究》、2000级博士罗婷的《克里斯特瓦的诗学研究》等。

第五，将文学与人类学研究进行结合，形成了具有学科交叉视野的研究方向。如1999级博士徐新建的《民歌与国学——民国时期"歌谣运动"的兴起与演变》、1999级博士彭兆荣的《文学与仪式：文学人类学的一个文化视野》以及2000级博士叶舒宪的《文学与人类学——知识全球化时代的文学研究》。

在曹顺庆教授的指导下，上述早期进入曹门学习的博士生现如今已在其各自的研究领域中绽放光彩，他们有的已是知名教授、博士生导师，如四川大学的侯洪、刘文勇、吴兴明、王晓路、阎嘉、支宇教授，西南民族大学中国语言文学学院李凯教授，四川师范大学李天道教授，首都师范大学文学院王南教授，厦门大学中文系代迅教授，等等。有的则成了各大院校的正副院长、系主任或学术带头人，如著名人类学研究专家、中国比较文学学会会长、上海交通大学资深教授叶舒宪，"新世纪百千万人才工程"国家级人选罗婷教授，中国文学人类学学

会会长、四川大学徐新建教授，原成都市副市长、西南交通大
学外国语学院院长傅勇林教授，重庆大学新闻学院院长董天策
教授，浙江大学传媒与国际文化学院副院长李思屈教授，成都
大学副校长杨玉华教授，湖南大学岳麓书院副院长李庆良教
授，厦门大学人类学研究所所长彭兆荣教授，等等。

第二节　跨文明比较研究：多元与全面 （2003—2013）

在 2003 年至 2013 年期间，曹顺庆教授主要围绕"跨文明
比较研究"，开创"比较文学变异学"等理论话语，并以此为
基础培育人才。10 年间，曹顺庆教授培养了近 145 名博士生。
从他们的研究方向上看，除了延续前一阶段博士生们的研究方
向之外，还开辟出多条新兴的研究路径。

第一，对中国传统文论、文化及话语体系的研究依然是博
士生选题的风向之一。2001 级博士刘朝谦在其博士学位论文
《中国古代的技术与诗——中国古人在世维度的天堂性与泥泞
性》中认为，中国古代曾经是世界上技术最先进的国家，在诗
意栖居方面同样可称为泱泱大国，诗与技之间，总的来说保持
和谐共处的关系。他以中国古代技术与诗的关系为研究对象，
讨论二者关系对中国人生存与存在的影响。2002 级博士马建
智在《中国古代文体分类理论研究》中精选出具有代表性的文
体论著，历时地勾勒中国古代文体分类理论的发展轨迹，挖掘
中国古代文体分类的方法，从而对其中的文学观念作出历史
的阐释。此外，这一方向下的研究还包括 2001 级博士段宗社
的《中国诗法论》、2005 级博士靳义增的《中国文法理论》、

2005 级博士方志红的《中国古代叙事理论研究》、2005 级博士刘占祥的《〈老子〉与中国诗学话语》、2008 级博士徐扬尚的《中国文论的意象话语谱系》、2009 级博士许劲松的《中华养生思想与古典文论范畴生成研究》等。与此同时，曹顺庆教授也善于将学生的兴趣爱好与学术科研相结合以激发他们的写作热情，如 2001 级博士何云波爱好下围棋，他的博士学位论文为《围棋与中国文艺精神》，2004 级博士曾小月喜爱武术，她的博士学位论文就写了《武术与中国文学精神》。[①]

第二，这一阶段也涌现出诸多中国现当代文学的研究成果，包括 2001 级博士唐小林的《现代汉语诗学与基督教》、2001 级博士张德明的《现代与反现代张力中的中国现代文学》、2001 级博士程丽蓉的《对话场景中的中国现代小说理论话语》。在曹顺庆教授看来，"对中国古代传统文论话语进行发掘整理，使之实现现代转化，这是重建中国文论话语的原动力"[②]。因此，他指导学生们立足于当代，以传统文论的纵向发展变化为视角研究中国古代文论的现代转型。该视阈下的研究成果包括 2002 级博士皇甫晓涛的《文化复兴与比较文学研究——中国文学的再阐释与现代文化的重构》、2002 级博士李卫涛的《中国新诗观念和中国古诗观念的变异性关联研究》、2005 级博士雷文学的《老庄与中国现代文学》以及 2008 级博士肖帅的《中国传统美学中的立象尽意与当代影视影像表意研究》等论文。

---

① 付飞亮：《曹顺庆教授如何培养比较文学博士生》，《学位与研究生教育》2012 年第 7 期。

② 曹顺庆、童真：《西方文论话语的"中国化"："移植"切换还是"嫁接"改良？》，《河北学刊》2004 年第 5 期。

第三，以西方文学、文论与文学家为研究对象。2001 级博士蒋承勇的论文《西方文学"人"的母题研究——从古希腊到 18 世纪》从原欲与理性去理解与把握古希腊—罗马文学与文化和希伯来—基督教文学与文化，揭示其相反相成的特点，并以此为线索，疏理从古希腊到 18 世纪西方文学在文化与文明的演进中"人"的母题的递进；2002 级博士胡志红的博士学位论文《西方生态批评研究》是曹顺庆教授鼓励他去参加全国生态学术会议后获得的构思。胡志红博士凭着他对西方生态批评的研究，后来又获得了中国社会科学基金项目。此外，与之相关的研究成果还包括 2002 级博士杜吉刚的《西方唯美主义诗学研究》、2002 级博士王钦峰的《福楼拜与现代思想》、2002 级博士王敬民的《乔纳森·卡勒诗学研究》、2004 级博士关熔珍的《斯皮瓦克研究》、2005 级博士欧阳灿灿的《当代西方身体研究批评》、2006 级博士王蕾的《佛克马研究》、2006 级博士于琦的《齐泽克文化批评研究》、2007 级博士周云芳的《利维斯研究》、2007 级博士颜青的《皮尔斯符号学研究》、2008 级博士郑宇的《"重复"之美：威廉·斯潘诺斯的诗学研究》、2009 级博士金永平的《艾布拉姆斯文艺思想研究》、2009 级博士王一平的《反乌托邦小说研究：欧美反乌托邦小说的开创与多元呈现》、2010 级博士付飞亮的《克林思·布鲁克斯研究》等论文。

第四，以跨文化的比较研究为视域。2001 级博士李伟昉的《英国哥特小说与中国六朝志怪小说比较研究》是全国第一篇比较文学领域的优秀博士学位论文。该文将英国哥特小说与中国六朝志怪小说纳入比较文学视野互为参照，相互印证，以彰显它们共同的审美特性及其各自的独特性与价值，从而实现

由浅层次的异同比较进入到深层次的跨文化探源；2001级博
士钟华的《思与诗的对话：海德格尔与庄子诗学思想比较》采
取"价值现象学"的立场，主要运用比较诗学中的"跨文化对
话"方法，对海德格尔诗学与庄子诗学思想之间的事实联系
和学理联系、一致性和差异性进行系统的清理和深入的比较；
2003级博士邹涛的《美国华人商文学：跨文明比较研究》聚
焦于美国华人文学中的华商形象，双向探讨他们与母族文化以
及美国文化的关系，追寻他们在中美异质文化的张力中的文化
变迁轨迹及其带给文明发展大趋势的启示。

　　值得注意的是，在这一阶段的人才培养中，曹顺庆教授进
一步拓展和深化了对中国文论的传统研究方法，开拓出具有
研究潜力和深度的研究方向——英语世界中国文学的译介与研
究。在他看来，英语世界中国文学的译介与研究在一定意义
上是中国文学研究的延伸，"考察英语世界中国文学的研究状
况，不仅拓展了中国文学的研究领域，使其具备了更广阔的国
际视野，而且也突破了中国文学的研究方法，即在保持文明异
质性的前提下，充分吸收英语世界的研究成果，从而在平等对
话与交流中审视中国文学"[1]。英语世界中国文学译介与研究可
以具体分为英语世界中国古典文学、现当代文学的译介与研
究、英语世界中国文学译介与研究的文献资料研究以及具体个
案研究四个方面。[2]曹顺庆教授以此为主攻领域指导学生的论
文选题，涌现出多部具有代表性的研究成果，包括2003级博

---

[1]　曹顺庆:《教育部社科基金重大投标项目特稿：英语世界中国文学译介与研究》,《中外文化与文论》2013年第3期。

[2]　曹顺庆:《教育部社科基金重大投标项目特稿：英语世界中国文学译介与研究》,《中外文化与文论》2013年第3期。

士吴结评的《英语世界里的〈诗经〉研究》、2003 级博士黄立的《英语世界唐宋词研究》、2003 级博士刘颖的《英语世界〈文心雕龙〉研究》、2004 级博士何敏的《英语世界的清代小说研究》、2005 级比较文学与世界文学博士李艳的《20 世纪〈老子〉的英语译介及其在美国文学中的接受变异研究》、2007 级博士何颖的《英语世界的〈庄子〉研究》、2007 级博士王鹏飞的《英语世界的〈红楼梦〉研究》、2007 级博士王凯凤的《英语世界中的唐诗研究》、2008 级博士杨一铎的《英语世界中的鲁迅研究》、2008 级博士杨颖育的《英语世界的〈孟子〉研究》、2008 级博士柳星的《英语世界的张爱玲研究》、2009 级博士王姝的《英美的戈尔丁小说研究》、2009 级博士续静的《英语世界的老舍研究》等。除开以英语世界为选题方向的论文，也有部分论文试图从国际视野和他者视角研究中国的文学、艺术等各个领域，包括 2008 级博士张金华的《文化软实力背景下的中国电影国际竞争力研究》、2009 级博士罗安平的《异域之镜：美国〈国家地理〉的中国西南表述研究》以及 2009 级博士孙太的《他者的视角：哈佛学者的中国文学史研究》等论文。

　　与此同时，曹顺庆教授也发挥了学生们的个人语言优势，开辟出除英语世界之外的其他语种的中国文学研究。如 2001 级博士陈蜀玉是学法语出身的，因此曹顺庆教授便鼓励她将《文心雕龙》译成法语，最终写成《〈文心雕龙〉法语全译及其研究》；靳明全日语好，先生便鼓励他做《中国现代文学运动、社团流派兴起和发展中的"日本影响"因素》的研究；解黎擅长德语，因此她便选取了《德语世界的〈论语〉研究》作为其博士学位论文的题目。

　　另一个具有创新性的研究领域是西方文学、文化对现当代中国文学的影响以及对其在中国的传播、接受的研究。曹顺庆教授认为，西方文论的中国化是实现"融汇中西""杂语共生"的必然路径，也是又一条具有可操作性的中国当代文论建构的有效途径。① 因此，他指导学生们在这一思路下进行西方文论的中国化研究。2003 级博士李夫生在《现代中国文论中的马克思主义话语（1919—1949）》一文中不仅追寻现代中国文艺理论中的马克思主义话语介入的因缘和路径，更探讨了它在形塑现代中国文论中的思想变异。作者选取了现代中国文艺思想史上具有代表性的几个文学理论家作为个案来剖析其具体的形变过程，试图从理论上深入阐释马克思主义文论中国化的可能性和现实性；2005 级博士付品晶的《格林童话在中国》透视了格林童话在中国一百多年的翻译、传播、接受、影响和变异，以期更深刻地把握中国文化变迁的历史轨迹以及文学发展的内部规律和外部因素，从而洞察中国儿童文学的发生和发展。此外，其他具有代表性的研究成果包括 2002 级博士曾利君的《魔幻现实主义与中国当代文学》、2006 级博士赵渭绒的《互文性理论及其对中国的影响》、2007 级博士罗俊容的《华兹华斯在中国的研究》、2008 级博士王涛的《埃德加·爱伦·坡在中国》、2008 级博士杨淳伟的《普罗普学术思想及其在中国的接受研究》、2010 级博士黄宗喜的《弗雷德里克·詹姆逊与中国》、2010 级博士乔艳的《华兹华斯在中国的影响与接受研究》、2010 级博士周仁成的《英美文学理论在现代中国

---

　　① 曹顺庆、谭佳：《重建中国文论的又一有效途径：西方文论的中国化》，《外国文学研究》2004 年第 5 期。

的传播与变异》以及 2010 级博士魏登攀的《美国爵士乐在中国的传播与接受》等论文。

除此之外，这一阶段的研究也跳出了中国文论和西方文论的范畴，把研究指向了更具开拓潜力的东方文论中。2002 级博士侯传文在《话语转型与诗学对话——泰戈尔诗学比较研究》中以比较诗学为主要方法，研究泰戈尔诗学的基本思想、体系特征及其与西方诗学和中国诗学的关联，并进一步探讨东方诗学的话语转型、东西方诗学的对话以及诗学的跨文明研究等方面的问题；2003 级博士尹锡南运用后殖民理论、文化人类学、女性主义、新历史主义等多种方法理论来系统地研究具有跨文明性质的英语世界的印度书写，撰写了题为《英语世界中的印度书写：以十九世纪以来的英国作家为例》的博士论文并获得全国优秀博士学位论文提名。相同类型的研究还包括 2003 级博士欧宗启的《印度佛教中国化与中国古代文论的建构》、2005 级博士罗坚的《加里·斯奈德与禅宗文化》、2007 级博士韩聃的《中国文化视域下的日本能乐论研究》以及 2008 级博士乔晓英的《镜中之像：中国电影中的日本人形象研究（1931—2010）》等论文。

在这一阶段的人才培养历程中，曹顺庆教授不仅延续了上一阶段的研究思路，还开拓出西方文论的中国化以及中国文论在西方的影响、接受与变异两个双向阐释的视角。其间，越来越多的拔尖人才加入了英语世界中国文学的译介与研究这一学术领域中。2012 年，由曹顺庆教授领衔的"英语世界中国文学的译介与研究"获批教育部哲学社会科学重大课题攻关项目，这使得英语世界视阈下的中国文学研究获得了项目依托和巨大的发展潜力。从博士生们精彩纷呈的研究选题中可以看到，英语世界对中国文学的研究，其无论在材料上还是方法上都具有新颖性，能够为研究者打开更为广阔的国际视野，在平等交流与文明互鉴中审视中国文学。这些博士生们的研究成果也不断丰富、更新着国内学界对中国文学研究的认知，为学者们提供了更多创新的研究观点和思路。

通过这一个十年的培养，越来越多的优秀拔尖人才从四川大学走向了广阔的学术舞台，在各自的学术领域中发挥着重要作用。突出的拔尖人才包括浙江省社科联主席、"万人计划"哲学社会科学领军人才、浙江工商大学原校长蒋承勇教授，"万人计划"哲学社会科学教学名师、河南大学文学院院长李伟昉教授，长江学者特聘教授、浙江师范大学高玉教授，四川师范大学文学院刘朝谦教授、钟华教授，四川大学南亚研究所尹锡南教授，以及年轻一代学者谭佳教授、邹涛教授、刘颖教授、赵渭绒教授、王一平教授等。他们传承师门学术，不断创新，并在各自领域创造新成果，成为比较文学中国学派的重要领军人物。

第三节　比较文学新话语的开创：集中与深入 （2013—2023）

上一阶段英语世界中国文学的译介与研究引领了该视域下的研究风向，在这一个十年的拔尖人才培养中，越来越多的博士生加入了英语世界中外文学与艺术研究的学术队伍中，并产生了丰硕的学术成果。与该项目相关的研究成果包括国家社科基金项目15项，教育部社科基金12项，以及各类科研获奖。在该项目的资助下，11部"英语世界中国文学的译介与研究丛书"由中国社会科学出版社相继出版,包括2007级博士孔许友的《中国文化软实力与中国文学对外传播的变迁》、2007级博士李伟荣的《英语世界的〈易经〉研究》、2007级博士王凯凤的《英语世界中的唐诗翻译——文本行旅与诗学再识》、2010级博士黄文虎的《美国的〈金瓶梅〉研究》、2010级博士郭晓春的《〈楚辞〉在英语世界的译介与研究》、2011级博士何嵩昱的《英语世界中国古代女诗人研究》、2011级博士万燚的《美国汉学界的苏轼研究》、2011级博士黄莉的《谢灵运诗歌在英语世界的译介及研究》、2011级博士谢春平的《英语世界的〈水浒传〉研究》、2012级博士周娇燕的《英语世界的茅盾研究》、2012级博士王苗苗的《英语世界的巴金研究》、2012级博士郭恒的《英语世界的中国神话研究》。同时,4部"英语世界中外文学与艺术研究丛书"(中国社会科学出版社,2021—2022年)也已于近期出版,包括2015级博士吕雪瑞的《英语世界的弗吉尼亚·伍尔夫研究》、2016级博士李嘉璐的《英语世界的中国山水画研究》、2016级博士欧婧的《英语世界的古代诗话译介与研究》以及2017级博士杨清的《英语世界的莎士比亚研究:新材料与新视域》。英语世界中外文学与艺术的研究突破了以往研究生自选题目的零散研究模式,结合曹顺庆教授提出的文论"失语症""跨文明比较"以及"比较文学变异学"等学术前沿理论,其带领学生不断提炼核心学术话语、创新理念观点。

第一,这一阶段的研究进一步拓展与深入了"英语世界中国文学的译介与研究",并主要围绕以下两个方面来展开研究。首先是以某一特定的文人、诗人或群体为对象的研究。2009级博士黄健平的《英语世界的韩愈研究》通过纵向梳理与横向比较，从英语世界韩愈的生平、散文、诗歌、思想等角度勾勒出韩愈研究在英语世界的发展演变；2011 级博士王树文的《中国"现代派"诗人在英语世界的接受研究》以戴望舒、卞之琳、何其芳等人为代表的中国"现代派"白话诗歌流派为研究对象，探讨国外对中国"现代派"诗歌的研究成果。相关研究还包括 2013 级博士林何的《英语世界的李白研究》以及 2014 级博士于桢桢的《英语世界中国新时期女性小说家研究》等论文。其次，以某一中国著名文学作品、文体类型为对象的研究。2012 级博士董首一的《英语世界"三言二拍"研究》尝试从考证研究、内容研究、创作策略研究等三个方面对晚明小说家冯梦龙编纂的"三言"(《喻世明言》《警世通言》《醒世恒言》)和凌濛初创作的"二拍"(《初刻拍案惊奇》《二刻拍案惊奇》)的海外研究资料做出系统梳理；2012 级博士聂韬的《英语世界的〈墨子〉译介与研究》从英语世界中的《墨子》译介、《墨子》历史问题的研究、《墨子》承载的墨家思想的阐释与研究三条线索分析了英语世界《墨子》译介和研究的内在规律与未来的发展方向。相似类型的研究还包括 2012 级博士李泉的《英语世界金庸武侠小说译介与研究》、2013 级博士杜萍的《英语世界〈西游记〉的译介与研究》、2013 级博士张莉莉的《英语世界的唐传奇研究》、2014 级博士常亮的《〈六祖坛经〉英译及其在美国的研究》、2014 级博士卢思宏的《英语世界的六朝小说研究》、2014 级博士周静的《论〈儒林外史〉在英语世界的传播与研究》、2015 级博士何蕾的《英语世界的晚清民国报刊研究》以及 2015 级博士时光的《英语世界的清代诗词译介与研究》等论文。据统计，经过多年的实践与积淀，在英语世界的中国文学研究方面，曹顺庆教授现已指导完成了 56 篇博士学位论文。

第二，将研究领域从文学拓展到艺术，涵盖了集音乐、绘画、书法、戏曲、电影等门类在内的中外艺术在英语世界中的研究。这一阶段具有代表性的成果包括 2011 级博士曾昂的《英语世界的古琴研究》、2012 级博士黄葵的《走向世界的贵州侗族艺术》、2012 级博士刘志超的《英语世界的中国书法研究》、2012 级博士叶天露的《英语世界的中国画研究》、2013 级博士韩晓清的《英语世界的曹禺话剧研究》、2013 级博士李金正的《英语世界的中国广告文化研究（1905—2015）》、2015 级博士皮欢的《美国的钢琴教学研究》、2015 级博士卢康的《美国的电影观众理论研究》、2015 级博士李斌的《英语世界的文学与传媒关系研究》以及 2017 级博士李采真的《英语世界中国民歌的传播与接受》等论文。

第三，在英语世界中国文学的译介与研究选题逐渐被挖掘殆尽时，曹顺庆教授又为博士生们开拓出英语世界的西方文学研究这一方向，并产生了许多优秀的研究成果，包括 2010 级博士龙娟的《英语世界的简·奥斯丁研究》、2012 级博士李瑞春的《英语世界霍桑研究与中国的霍桑研究》、2014 级博士杨希的《英语世界的颓废派文学研究》、2015 级博士卢婕的《英语世界的艾米莉·狄金森研究》、2015 级博士韩周琨的《英语世界的拜伦研究》、2016 级博士林家钊的《英语世界的马克·吐温研究》、2016 级博士石文婷的《英美学界的斯图亚特·霍尔研究》、2018 级博士张帅东的《英美学界的亨利·詹姆斯研究》、2018 级博士陈思宇的《21 世纪英美学界的海明威研究》以及 2018 级博士杜红艳的《21 世纪英美学界的约翰·弥尔顿研究》等论文。

　　第四，延续上一阶段中集合多种语种视阈下的中外文学研究，曹顺庆教授还将"英语世界"的研究范畴扩展至"法语／德语／西班牙语／日语／梵语世界"，具有代表性的研究成果包括 2013 级博士唐雪的《德语世界的〈道德经〉译介研究》、2016 级博士吴恚的《西班牙语学界的马里奥·巴尔加斯·略萨研究》以及 2016 级博士王惜美的《"包公"在泰国的传播、研究与影响》等论文。

　　第五，以英语世界的文学史、艺术史为对象的研究。2013 级博士庄佩娜的《论英语世界的中国古代文学史》以现今英语世界八本中国文学史为研究对象，由此勾勒出中国古代文学史在英语世界书写的轨迹，并同时采用比较文学方法，参照各个对应时期国内文学史编写的特点，以此来凸显两者的异同点，形成互补互证的态势。2016 级博士佘国秀的《20 世纪英语世界中国艺术史研究》以 20 世纪不同时期英语世界的多部中国艺术史为例展开讨论，认为汉学家与艺术史家构建了西方学术视野中偏离中国艺术本体的中国艺术史，由此体现了西方现代性知识话语对中国哲学性艺术本体的解构、重组与想象。2019 年，曹顺庆教授及其科研团队成功获批国家社科基金重大项目"东方古代文艺理论重要范畴、话语体系研究与资料整理"。该项目基于东方古代文艺理论研究资料整理，总结东方古代文艺理论的独特特征，梳理东方古代文艺理论的重要范畴，重建"东方"，以构建真正全球视野下的东方文论话语体系。值得注意的是，依托该国家级重大科研项目的博士学位论文选题正在成为当下学术研究中的前沿问题和新兴力量。这类型选题从中国学者的视野出发，梳理并审视英语世界对东方文学与艺术的研究成果，着眼于中国、西方和东方三个落脚点，跨越三重地域、汇集多元文化，开创了融比较文学、东方文学在内的多学科研究范式。

从40年拔尖人才培养的总体历程中可以看到，博士生们由第一阶段中对中国文学、西方文学以及中西文学比较等三个主要领域的研究，逐步走入第二、第三阶段的中西融合、中西互释，在他者眼光中审视自身，或是在本土语境中解读他者，在曹顺庆教授看来，都是"在探究世界文学与世界诗学等更高层次的问题的路上迈出了极其坚实的一步，具有重要的学术意义"①。

曹顺庆教授注重原典阅读的教学方法已经结出了累累硕果，在培养出众多学术拔尖人才的同时，也创造了一系列具有极高学术价值的学术成果。

2003级博士吴结评的博士学位论文《英语世界里的〈诗经〉研究》以英语世界里的诗经研究为对象，对西论中用的系列研究进行系统的梳理，考察并借鉴英语世界《诗经》研究的成果，从而促进中国诗学体系的现代化转型。在汉学中，《诗经》始终占据着重要地位，长久以来，汉学家们通过诸种视角对《诗经》展开研究，得出了丰富的研究成果，包括采用西论，或中西文论并用，或以中体修正西论，或以中体建设新论等方式，通过各类理论的移植，形成了庞大的西方《诗经》学。论文中对西方《诗经》研究的研究有三，首先为译介研究，除对译介情况进行梳理外，对译介过程中的流变及其原因，以及这些现象带来的启示都进行了分析；其次为对《诗

---

① 曹顺庆:《教育部社科基金重大投标项目特稿：英语世界中国文学译介与研究》,《中外文化与文论》2013年第3期。

经》翻译过程中的主体性与主体间性展开研究，英语世界对于《诗经》多个译本缺乏历时性的研究，常常忽视中西文化不同带来的文字、思维差异及这一前提下诗歌形态与表现的差异，论文针对这一点展开了具有创新价值的研究；最后为通过中西双重视角，对英语世界的《诗经》研究进行纵向、横向相结合的多角度系统研究，这也是针对学者们在《诗经》本体研究方面缺乏横向的综合性研究提出的创新点。通过研究《诗经》流传过程中发生的异变，并深入探讨其原因，对于翻译研究、西论中用及中国文论的现代转换都具有重要的价值。[①] 正是基于对于《诗经》原典的深入理解，方能完成论文的写作。

在曹顺庆教授原典阅读的培养模式下，将六经作为学位论文主题的不止一人。2004级博士张金梅的博士学位论文《"〈春秋〉笔法"与中国文论》以"《春秋》笔法"与中国文论的关系为论题，在把握"《春秋》笔法"思想内涵的基础上，从"《春秋》笔法"对中国文论的渗透以及中国文论对"《春秋》笔法"的接受两方面，对"《春秋》笔法"对中国文论的影响进行分析与总结，从而从文化资源中寻求中国文化与文论形成及发展的基本规律，并揭示其在现当代文学艺术中的普适性。这一论文选题从《春秋》原典出发，在推动经学、史学、文学等学科交叉研究的同时，为"古代文论的现代转换"提供了新的视角和背景。《春秋》作为六经，经过历代学者的阐释，对哲学、文学、史学等都产生了重要的影响。论文中指出，在很长一段时间内，"经""史""子""集"的划分并不明晰，"史"与"经"和"集"紧密关联。在中国历史上，史学

---

① 吴结评:《英语世界里的〈诗经〉研究》，四川大学博士学位论文，2007年。

家在中国文学批评的发展过程中也占据着重要的地位，如班固《汉书》、范晔《后汉书》中专为文学家列传；而不论在文学批评史还是史学批评史中，文论家论史、史论家论文都并不少见，如《文心雕龙》中将《史传》列为文学一体，以"集"为主的《文选》亦选录"史"中的"赞论"及"序述"。因此，经学话语、史学话语与文论话语在一定程度上相通，这使得《"〈春秋〉笔法"与中国文论》这一选题在学理上成立。①可见，只有在熟悉《春秋》及诸多经、史等文献原典的基础之上，方能完成这一选题的写作。

2007级博士李伟荣的《英语世界的〈易经〉研究》以《易经》在英语世界的译介和接受为切入点，通过变异学、历史学、学术史等研究方法，考察中国易学思想在英语世界的传播，在尊重文化交流双方异质性的基础上探讨异质文化间的互动和影响，在挖掘《易经》文化特质的同时，考察英语世界接受视野下产生的一系列影响以及促成《易经》思想在英语世界的重新建构，由此发现《易经》思想在中西之间因文化交流形成的文化变异现象。《易经》作为中国的重要典籍，早在16世纪便由利玛窦引介至西方，1876年由麦丽芝完成第一部英文全译本，理雅各、卫礼贤又分别推出了不同版本的全译本，卫礼贤的译本经由荣格的宣传，在西方出现了"易经热"，此后，《易经》的译本及有关易学的著作不断在英语世界中涌现，这些译本及著作的出版也极大地推动了英语世界的《易经》研究。论文中将英语学界的《易经》研究归为三类十五项，第一类偏重文献而以《易经》经传为主要研究对象，第二类研究易

---

① 张金梅：《"〈春秋〉笔法"与中国文论》，四川大学博士学位论文，2005年。

学理论体系及其相关问题，第三类研究易学史，包括历代各家各派易学理论。① 论文分六个章节，针对《易经》的译介史以及英语学界对《易经》的接受展开了详细的论述，具有极高的学术价值。

通过阅读中外原典，能够会通中外知识，从根源上了解中国传统典籍与西方文学文化，从而扎稳学术根基，为之后的学术生涯打下了良好的基础，使学生能够成为会通中西，并拥有独立思考创新能力的拔尖人才。从曹顺庆教授培养的博士生毕业论文选题中可以看到，许多博士生选择以具体作家、作品为切入点，透视中西文化交流中的诸种现象，或是中外文论本身的发展历程。这一类毕业论文选题，需要极深厚的文献功底，尤其是一部分以"六经"等传统典籍为研究对象的学位论文，须得有扎实的文献功底，充分理解文献内涵，并对作为背景的中外文学、文论系统有充分的认识，方能开展论文的写作。而要拥有这样的学术基础，除细心研读原典外，别无其他捷径可寻。

不论是中国典籍，还是西方经典，阅读原典都是最好的学习方法，在打好这一层基础之后，对于中西文化也能有更深的认识，从而在面对中西文学交流出现的诸种现象时，能够从多个角度进行剖析，得出具有创新性以及学术价值的学术成果。可以说，坚持阅读原典的教学模式，不仅托住了学术能力的下限，培养了良好的学术基础，同时也提高了学术能力的上限，为日后开展学术研究提供了无限的可能性。这一点从曹顺庆教授培养的拔尖人才在博士毕业后申请的科研项目、发表的学术

---

① 李伟荣：《英语世界的〈易经〉研究》，四川大学博士学位论文，2012年。

论文中都可以看出。经过沉淀并精雕细琢后写出的博士论文往往是毕业博士生科研生涯的起点，许多博士生在毕业后都以博士论文选题为出发点申请科研项目，并将进一步修缮后的论文作为著作出版。从阅读原典、打下基础，到完成博士毕业论文、申请相关科研项目。而在这之后，许多博士生也会从原典以及毕业论文的选题思路出发，开拓新的研究领域，这些研究方向也大都与原典解读、中西文化交流密切相关。正是阅读原典打下的良好基础，使得毕业生对中西文学与文论、中西文化有了深刻的认识，从而能够在这些研究方向上大展身手，不断从文本中发掘新的学术价值。正是阅读原典的教学模式，为曹顺庆教授培养的众多博士生提供了学术能力的保障，而众多学生们取得的累累硕果，也证明了原典阅读教学模式在拔尖人才培养方面的成效。

第八章　原典阅读的现代价值

　　尽管"现代"二字将原典阅读划分为"前现代"的产物，人为地将其与我们所处的现代割裂开来，然而在此强调原典阅读的"现代价值"，乃是为了探讨源自于中国经学传统和西方古典文献学中的原典，之于当前时代所面临的种种问题的价值与意义。"西学东渐"为我国输入了大量如王国维所言之学术"新学语"，但与此同时也造成了中国文论和批评的"消化不良"。长期以来，中国学者过于依赖西方理论知识体系，一味"以西律中"，借用西方学术话语对中国文论规律和文学现象进行强制阐释，多有谬误。一时间，学者只知西方"浪漫主义""现实主义""现代主义""后现代主义"，不晓中国"物感说""诗言志""文质论"等文论观。加之，信息时代和数字时代给我们带来了获取资料的便利，却也养成了"碎片化"阅读的习惯，过于依赖互联网查找数据的便利，而忽视了对文献的甄别、追踪和溯源，以致多有"人云亦云"、文献信息讹误等问题。原典阅读要求的恰恰是要回到文献所在时代，阅读一手文献，从文献中发掘新意，解决中国文论"失语症"，并构建起中国学术话语体系。20 世纪末，曹顺庆教授提出了"失语症"，认为整个 20 世纪中国的人文学科研究实际上都患上了失语症，离开西方理论话语似乎就无法言说了。因此，建构属于中国的话语体系迫在眉睫。

第一节　互联网时代中的原典阅读

随着数字时代的到来，以计算机、互联网、人工智能、云计算等为核心的数字信息技术不断发展变革，渗透到社会生活的方方面面，改变了人们本来的的生活秩序。2022 年 8 月 31 日，中国互联网络信息中心（CNNIC）在京发布第 50 次《中国互联网络发展状况统计报告》。数据显示，截至 2022 年 6 月，我国网民规模为 10.51 亿，互联网普及率达 74.4%，在网络接入环境方面，网民人均每周上网时长为 29.5 个小时，较 2021 年 12 月提升 1.0 个小时。网民使用手机上网的比例达 99.6%；使用台式电脑、笔记本电脑、电视和平板电脑上网的比例分别为 33.3%、32.6%、26.7% 和 27.6%。[①]

不可否认的是，互联网是一种强大的社会变革力量，深刻影响人们的生产方式、生活方式和思维方式。利奥塔在其《后现代状况——关于知识的报告》中指出："我们预知这些科技上的变革，必将迅猛地冲击着知识的领域。"[②] 在互联网兴起之前，人们在很长一段时间内通过书籍来获取知识，而在当下，知识从书籍走向网络泛在，我们的阅读方式也发生了剧变。1999 年，由新闻出版署主管，中国出版科学研究所发起了首次"全国国民阅读倾向抽样调查"，对全国 81 个城市及

---

① 《我国网民规模达 10.51 亿》，《人民日报》2022 年 9 月 2 日。

② 让-弗朗索瓦·利奥塔：《后现代状况：关于知识的报告》，岛子译，长沙：湖南美术出版社，1996 年，第 34 页。

所属农村的 3000 多名成年人进行了入户调研。调查结果显示，国民对电子出版物的认知度尚低，只有不到三成的国民进行数字阅读。^①2021 年 8 月，中国新闻出版研究院组织实施了"第十九次全国国民阅读调查"，在 162 个城市进行样本采集，覆盖我国 30 个省、自治区、直辖市，获得 42456 个有效样本量。根据数据结果，我国成年国民综合阅读率为 81.6%，数字化阅读接触率为 79.6%，18—59 周岁人群占成年数字化阅读方式接触者的 92.8%。^②

互联网把文化发展推动到一个新的历史节点，信息爆炸让知识变得唾手可得。我们不再受限于书本纸张中的信息，因为计算机能承载纸张无法比拟的丰富信息资源，网络的联通更是让资源轻松实现共享，"每假借于藏书之家，手自笔录，计日以还"的致书之道已然成为历史。计算机及网络技术还使得阅读突破了种种限制，我们可以在任何时间、任何地点通过数字化网络资源获取知识。同时，网络中无处不在的链接打破了学科间的壁垒，知识的交叉融合为人们开放了认识世界的一个又一个视窗，当代网民似乎都成了老子所言"不出户，知天下"的智者。

然而，互联网带来便捷之余，其负面影响也是显而易见的。我们在数据中寻求本质，在海量的信息中汲取知识，文本泛滥、信息过载自然而然地成为数字化时代读者普遍面对的情境。北京大学教授谢冕先生曾指出："今天我们面临的是一个

---

① 《全国国民阅读倾向抽样调查结束 获得了大量有重要参考价值的数据》，《出版参考》2000 年第 3 期。

② 国家图书馆研究院：《第十九次全国国民阅读调查结果发布》，《国家图书馆学刊》2022 年第 31 期。

匆忙、快速的消费时代，物质的丰富和精神的匮乏形成强烈的反差。一大批浅薄、不爱动脑筋的读者，完全没有耐心读经典……《红楼梦》中，林黛玉因知音不在，断肠焚稿，那些唯美的动人诗句，还有多少年轻人能够体会？我是主张文学要为人生负点责任的。但近年来，我以为这个观点要稍作调整。艺术标准是文学的第一标准。没有这个标准，再多的使命感也无从说起。艺术功能是铸造心灵的，文学经典培养的是一代有趣味、有诗意的中国人。但这一切在慢慢失去！"[1]曹顺庆教授亦指出，当代文化总体给人的感觉是物质和符号的泛滥，"内容在符号面前失语，灵魂在利益面前失语"[2]。数字化时代的信息快餐助长了文化"空心化"的趋向，让很多青年一代找不准自己的心灵家园在哪里，类似这般的精神空虚往往酿成大患。《礼记·大学》早已有言："物格而后知至，知至而后意诚，意诚而后心正，心正而后身修，身修而后家齐，家齐而后国治，国治而后天下平"[3]；《孝经》有言："在上不骄，高而不危；制节谨度，满而不溢……《诗》云：'战战兢兢，如临深渊，如履薄冰'"[4]；《礼记·中庸》论君子"莫见乎隐，莫显乎微，故君子慎其独也"[5]。诸如此类的金句都是千年文化积淀下的治国理政智慧，是古代仁人志士"一心为公"的践行法则。然而，

① 徐春萍：《图像时代，我们仍需要经典》，《文学报》2006年7月20日。
② 曹顺庆、李泉、孙婧：《中国当代文化的发展趋向——四川大学杰出教授、教育部"长江学者"曹顺庆访谈录》，《四川戏剧》2014年第2期，第6页。
③ （清）阮元校刻：《十三经注疏》，上海：上海古籍出版社，1997年，第1673页。
④ （清）阮元校刻：《十三经注疏》，上海：上海古籍出版社，1997年，第2547页。
⑤ （清）阮元校刻：《十三经注疏》，上海：上海古籍出版社，1997年，第1625页。

原典阅读的缺乏导致现代人缺少精神家园的文化熏陶。

在互联网时代，回归原典对做学术、搞学问益处繁多。依托于发达的科技手段，我们的阅读媒介基本从书本变成了手机和电脑。而数字化阅读能使我们拥有信息，却往往无法拥有知识。我们在碎片化信息中感知事物表象，在链接与链接之间来回穿梭，忽略了缜密的逻辑连贯性、深度以及来源。[①] 这种"浅阅读"易导致浮于表面的"浅思考"，削弱了科研工作的创新思维。并且，数字化阅读具有离散性的特征，使人很难长时间集中注意力，容易养成浮躁的心态，这对于做学问是十分不利的。而原典阅读为我们提供了一条路径，让我们有机会回到古人做学问的踏实作风上：一个字一个字研读斟酌，一个知识点一个知识点细思揣摩。同时，网络的日益发达还带来了自主记忆力的衰退，人类把记忆力了交给电脑，把所有的知识交给了数据库。北京大学教授陈平原先生指出："我们以前必须要记忆很多东西，所谓读书破万卷。北大中文系有很多传奇性的老学者，你说一句话，他能马上告诉你，这句话在哪本书的第几卷第几页，觉得特了不起。今天大家已经不再读书背书了，改为查书了，我们已经没有想拼命地记住某些东西的动力了——'没关系，我的电脑里有'，年轻人则是'我的手机里有'"[②]。然而，阅读始终无法被检索取代，因为检索技巧是很容易学会的，而阅读带给个人的独立思考能力和批判精神是无可替代的。我们回归原典也是如此，逐字逐句诵读的益处远远大于书到用时才检索，因为我们可以从原典之中汲取到知识之

① 参见仲明:《数字化阅读对学术研究的正负效应》,《图书馆工作与研究》2010年第 10 期，第 4—7 页。

② 陈平原:《当知识变得唾手可得之后》,《北京日报》2021 年 11 月 15 日。

外的"不依附于前人、古人，不盲从于社会"的力量。

学习中国古代原典和西方原典，最终目的在于创新而非其他。西方文化的强势进入，导致部分学者盲从西方理论，张口就是"浪漫主义""现实主义""现代主义"，整体性地成了西方的"大后方"，反而对中国文化历史和传统文论范畴感到陌生。这种与中国古代文化断代脱节的局面，便是长期追随西方文化，对传统文化的阐释及发展不够造成的。曹顺庆教授指出，中国的文学理论研究队伍是非常庞大的，但我们的文学理论研究成果却非常落后，目前基本上沿用了西方的文学理论体系模式。我们正在对西方的文学理论亦步亦趋地效颦，甚至令人痛心疾首地糟糕到了"言必称希腊"的地步。比如当代的古代文学史教学与研究，实际上都陷入了一个巨大的误区，即"基本上是用西方理论来指导中国古代文学史的写作、研究与教学"[①]。但其实中国古代文论自有一套成熟理论，能最为恰当地阐释中国古代文学。因此，曹顺庆教授提出通过《十三经》原典阅读课程，背诵《文心雕龙》《文赋》《诗品序》等原典作品，希冀大家能"振叶以寻根，观澜以索源"，扎实中国传统文化功底，领悟原典中的话语精华，重建具有中国特色的文论体系。[②]

同时，读经是一种文化涵养和文化修养的体现。网络让知识变得唾手可得后，读书原有的三个功能——阅读，求知，修养，均受到不同程度的影响。原来苦苦追寻、上下求索的状态

---

① 曹顺庆、邱明丰：《重建中国文论话语的三条路径》，《思想战线》2009年第6期，第80页。

② 参见曹顺庆、张金梅：《我们为什么要读〈十三经〉——四川大学博士生导师曹顺庆教授访谈》，《社会科学家》2006年第4期，第3—6页。

被互联网强大的检索功能代替，消除了阅读和修养之间同步增长的关系，以至于读书对人格、心灵、气质、外在形象的塑造都被切断了，出现了"有知识，没有修养"的割裂之态。[①] 曹顺庆教授认为，读经是一场漫长的旅途，虽然不能马上成为"出口成章""引经据典"的才子，但一个读过经、有很深文化积淀的人，一亮相便是"腹有诗书气自华"。因此，读经时不需要带有太多的功利性的目的，它终究会在涵养和修养方面给予正向反馈。正如曹顺庆教授所言："若想做个像毛泽东、像鲁迅那样出口成章、才华横溢、有文化、有气质、有风度、有修养的人，那就去读经吧！"[②]

强调读经绝不是为了"复古"，而是为了"纠偏"。我们应该以开放的、世界的眼光，吸取前人，包括东方的、西方的全世界人类的优秀成果，尤其是比较文学学者更是应秉持开阔的胸怀和视野，去拥抱全世界。

第二节 原典阅读与人文不朽文艺观的现代意义

中西原典蕴含丰富的人文主义思想，尽管各有所异，但均在"人文至上"达成共识。这对于我们今天热议的"数字时代"或"数智时代"中的人文何去何从，具有启发意义。儒家"立德、立功、立言"三不朽观，钱穆"新三不朽观"，刘勰"树德建言"观，莎士比亚"诗歌艺术不朽观"，无不强调"人

---

① 陈平原：《当知识变得唾手可得之后》，《北京日报》2021年11月15日。

② 曹顺庆、张金梅：《我们为什么要读〈十三经〉——四川大学博士生导师曹顺庆教授访谈》，《社会科学家》2006年第4期，第6页。

文"之于人类文明发展之作用，却又超越了"人类中心主义"，走向具有普遍意义的"人文不朽"文艺观。尽管以"数字智能"为中心的数智时代，在一定程度上冲击了以"人"为核心的传统思想体系，造成了普遍的"人文焦虑"，但反过来也引发了对"人"及"人文"的重新思考。而这些思考往往只能从原典中获得，因为人文传统是我们探究各种"新人类""新人文"话题的根本。

人类历史上出现多次革命，包括人的革命——文艺复兴，技术革命——工业时代，信息革命——信息时代。时至今日，人类面临着又一次革命，即智能时代下的数智革命。当前，包括物联网、生物科技等在内的智能化领域促进了医疗、教育、信息等各领域的飞速发展，给人类带来福音，同时给人文发展带来新的契机，比如 3D 绘画、3D 电影、VR 等，衍生出新的艺术形式；另一方面，微软小冰、AI 创作、ChatGPT 等人工智能的出现无一不冲击着传统人文传统。人之为人这一本体性问题再一次出现在公众讨论的视野。当智能运用至计算机、机器之上，人的复杂性、自然性、灵性便沦为了程序、代码、符号，智能的发展将人简化，甚至将人类异化。人们不禁思索，人的特性是什么？人的价值何在？机器真的能够像人一样拥有智能吗？未来，人类会被机器取代吗？加之，人类世这一概念的介入，包括"人""人文""文化""文明"等问题的探讨，成为学界思考当前文艺观的切入口。围绕"人"展开的思想碰撞在中西原典中可寻根溯源。中西原典中蕴含丰富的人文主义思想，至今具有价值。尤其在"人"与"后人类"甚至"非人"共存却冲突的时代，中西原典中的人文不朽观或可提供解答问题的方案。

一、中西人文不朽文艺观的基本内涵

中国古人早有追求生命的"死而不朽"，到先秦时期发展为忠国忠君的宗法制不朽观。有史可载的"不朽观"最早可追溯至先秦时期。检索北京大学中国语言学研究中心 CCL 语料库，"不朽"二字在中国先秦原典中共出现 8 次，7 次语出《春秋》，1 次出自《战国》，分别是《春秋·国语·晋语》《春秋·国语·楚语》《春秋左传·僖公三十三年》《春秋左传·成公三年》《春秋左传·成公十六年》《春秋左传·襄公二十四年》《春秋左传·昭公三十一年》《战国·管子》。

先秦时期所言"不朽"主要是指"死而不朽"，也即中国古人追求身死而人生价值永恒的生死观。其中，对中国文化影响深远的"三不朽"则出自《左传·襄公二十四年》范宣子同穆叔之间的那段对话："豹闻之：'大上有立德，其次有立功，其次有立言。'虽久不废，此之谓不朽。"[①]春秋时期鲁国大夫叔孙豹提出了中国思想史上著名的"三不朽"观，否定了"世禄不朽"，认为真正的不朽乃是"立德""立功"和"立言"。中国士大夫的不朽观最终指向的均为立德和立功，也就是"公天下"，而这也奠定了中国人文观的基本形态，甚至塑造了中华民族之精神。如杨建华所言："叔孙豹的这种'不朽论'价值观确实在一定程度上振兴了我们民族刚健有为的精神，一大批仁人志士，在这种价值思想的感召下，先天下之忧而忧，奔走于迷蒙的风尘之中，解百姓于倒悬，挽民族于狂

---

① （清）阮元：《十三经注疏》，上海：上海古籍出版社，1997年，第1979页。

澜，创垂世之文化，成了我们民族的脊梁。"[1]

今天我们理解的"三不朽"观多为"获取人生永恒价值"和"注重主体精神的永存"[2]，然其本初含义却有所不同。据南开大学刘畅教授的溯源性梳理，"三不朽"的思想内涵包含三层意思：第一，春秋时期的"死而不朽"主要是指为君尽忠效命，死于君命而不朽；第二，春秋鲁国大夫臧文仲的"立言"乃指为政之言，多依附于"立德"和"立公"，非我们现在所理解的著书立说；第三，"三不朽"观的产生语境有着浓厚的"公天下"的群体价值取向。[3]

到了魏晋南北朝，文学和人本主义意识萌发，带有浓厚宗法制的不朽观逐渐发展为文章之不朽、人文之不朽。曹丕从"三不朽"观中取其"立言"，在《典论·论文》中首次肯定文章之不朽：

> 盖文章，经国之大业，不朽之盛事。年寿有时而尽，荣乐止乎其身，二者必至之常期，未若文章之无穷。是以古之作者，寄身于翰墨，见意于篇籍，不假良史之辞，不托飞驰之势，而声名自传于后。故西伯幽而演易，周旦显而制礼，不以隐约而弗务，不以康乐而加思。夫然则，古人贱尺璧而重寸阴，惧乎时之过已。而人多不强力；贫贱则慑于饥寒，富贵则流于逸乐，遂营目前之务，而遗千载之功。日月逝于上，体貌衰于下，忽然与万物

---

① 杨建华：《论中国士大夫的不朽观》，《浙江社会科学》1995年第3期，第98页。

② 刘畅：《三不朽：回到先秦语境的思想梳理》，《文学遗产》2004年第5期，第16页。

③ 刘畅：《三不朽：回到先秦语境的思想梳理》，《文学遗产》2004年第5期，第24页。

迁化，斯志士之大痛也！①

鲁迅先生曾在《魏晋风度及文章与药及酒之关系》一文中高度肯定魏晋时期文学观，认为"用近代的文学眼光来看，曹丕的一个时代可说是'文学的自觉时代'，或如近代所说是为艺术而艺术（Art for Art's Sake）的一派"②。一个直接表现即为肯定文章的价值。与先秦时期的文人士大夫一样，曹丕同样也思索"死而不朽"这一问题。在曹丕看来，人的寿命有限，死后荣乐也就终结了，不如文章历经时间的考验而留存于世，熠熠生辉。因此，曹丕提出"盖文章，经国之大业，不朽之盛事"。所谓"文章"，即诗歌、散文等文学。曹丕列举周文王困于牢狱却推演出《周易》、周公旦显达而制作了《礼》等历史实例，力图证明文章才是能够流传千载的功业。曹丕的"不朽"观肯定了文学的独特价值，将其从传统经学中独立出来，并上升至建功立业的地位，如郭绍虞先生所言，曹丕"把文学提到与事功并立的地位，并鼓励作家们'不托飞驰之势'而去努力从事文学活动。这对魏、晋以后文学的发展，是有推动作用的"③。

到了南朝时期，刘勰进一步肯定了"立言"的重要性，其撰写《文心雕龙》的目的本身就是为了"立言"。刘勰在《文心雕龙·序志》中提出"树德建言"不朽观：

> 夫宇宙绵邈，黎献纷杂；拔萃出类，智术而已。岁月飘忽，性灵不居；腾声飞实，制作而已。夫有肖貌天

---

① 郭绍虞主编：《中国历代文论选1》，上海：上海：古籍出版社，2001年，第159页。

② 鲁迅：《汉文学史纲要》，南京：江苏凤凰文艺出版社，2017年，第143页。

③ 郭绍虞主编：《中国历代文论选1》，上海：古籍出版社，2001年，第163页。

地，禀性五才，拟耳目于日月，方声气乎风雷；其超出万物，亦已灵矣。形同草木之脆，名逾金石之坚，是以君子处世，树德建言。岂好辩哉？不得已也。①

此篇乃《文心雕龙》的序言，刘勰在此交代了写作《文心雕龙》的缘由和目的。在刘勰看来，人的肉体同草木一样脆弱，人的智慧随着时光流逝而消亡，唯有通过写作才能使声名和事业代代相传，唯有树立功德才能使流传久远的声名固若金石。刘勰的"树德建言"不朽观着重强调"立言"对于传承人类智慧的重要作用，拔高了文学艺术创作的地位，超越了先秦时期"立言"服务于"立德"和"立功"的局限性。

西方文化典籍同样蕴含丰富的人文不朽观，只不过最初是以灵魂不朽的形式萌发。古希腊历史学家希罗多德于公元前443年写就的《历史》一书中，就描述了埃及人的灵魂不朽观："埃及人还第一个教给人们说，人类的灵魂是不朽的，而在肉体死去的时候，人的灵魂便进到当时正在生下来的其他生物里面去；而在经过陆、海、空三界的一切生物之后，这灵魂便再一次投生在人体里面来。"②西方文化中的"灵魂不朽"观奠定了西方思想体系中有关不朽观念的基础，后经苏格拉底等古希腊哲学家的阐述，进而成为"一种哲学上的命题和价值理论"，如杨建华所言，"苏格拉底认为，人的生命一半是肉体，一半是灵魂。灵魂使人接近神性，使人纯粹，并是人的永恒不朽的精神和对永恒不朽的东西的把握……这种关于人类灵魂——一种脱离了个体的、血族的普遍性的精神是不朽的，或者说是能

---

① （南朝梁）刘勰：《文心雕龙注》，范文澜注，北京：人民文学出版社，2008年，第519页。

② 希罗多德：《历史》，王以铸译，北京：商务印书馆，1983年，第165页。

动的、无限的信仰，对西方传统价值体系的建构产生了巨大的影响"[1]。甚至有学者将"灵魂不朽"观视为西方文化中有关不朽信仰的全部，认为中国不朽观重人世、轻灵魂，西方不朽观重灵魂、轻人世。[2] 这未免以偏概全，忽视了"灵魂不朽"观的后续发展。实际上，西方文化史上不仅有"灵魂不朽"观，也有"诗歌艺术不朽"观。

尽管，西方经历了黑暗的中世纪，人的价值被神权碾得粉碎，但到了文艺复兴时期，人的价值随着人文主义作家和思想家要求复兴在中世界淹没的希腊和罗马古典时代的文艺而崛起。莎士比亚即是这一时期的代表人物，堪称人文主义大师，不仅在戏剧中描绘人性的觉醒和复杂性，更是在 154 首十四行诗中极尽所能肯定人的价值以及对真善美的追求。比如 *Sonnet105* 就直白地歌颂人性的真善美：

> Let not my love be called idolatry,
>
> Nor my beloved as an idol show,
>
> Since all alike my songs and praises be
>
> To one, of one, still such, and ever so.
>
> Kind is my love to-day, to-morrow kind,
>
> Still constant in a wondrous excellence;
>
> Therefore my verse to constancy confined,
>
> One thing expressing, leaves out difference.
>
> "Fair, kind and true," is all my argument,

① 杨建华：《论中国士大夫的不朽观》，《浙江社会科学》1995 年第 3 期，第 98 页。

② 邱维平、陈振文：《中国现代思想史上的不朽论——从胡适到钱穆》，《湖北社会科学》2017 年第 6 期，第 100 页。

"Fair, kind, and true," varying to other words;

And in this change is my invention spent,

Three themes in one, which wondrous scope affords.

"Fair, kind, and true," have often lived alone,

Which three till now never kept seat in one.[①]

　　莎士比亚运用"重复"这一叙事手法，三次重复"Fair, kind and true"，即"真善美"，极力突出歌颂人所具的真善美崇高品格。但值得注意的是，莎士比亚并未为了歌颂人的价值而歌颂，而是从人类所创造的艺术作品切入，提出"艺术不朽"这一核心观点，并贯穿其创作思想始终。*Sonnet18* 即是这样一首诗歌：

Shall I compare thee to a summer's day?

Thou art more lovely and more temperate,

Rough winds do shake the darling buds of May,

And summer's lease hath all too short a date,

Sometime too hot the eye of heaven shines,

And often is his gold complexion dimmed,

And every fair from fair sometime declines,

By chance or nature's changing course untrimmed,

But thy eternal summer shall not fade,

Nor lose possession of that fair thou ow'st.

Nor shall Death brag thou wand'rest in his shade,

When in eternal lines to time thou growest.

---

　　① Jonathan Bate and Eric Rasmussen, *William Shakespeare: Complete Works,* Beijing: Foreign Language Teaching and Research Press, 2008, p. 2458.

So long as men can breathe or eyes can see,

So long lives this and this gives life to thee.[①]

　　这首诗歌之所以可称得上莎士比亚154首十四行诗中最有名的一首，其原因就在于其蕴含深刻的人文精神。莎士比亚将"你"比作夏天，但又觉得"你"比夏天更可爱更温柔，因为夏天气候多变，有时狂风暴雨摧落娇柔的花朵，有时酷暑难耐，有时转瞬即云遮雾障。但随后莎士比亚笔锋一转，认为热情的夏天即便有变化多端的美丽但终究会消逝，唯有夏季不会消亡，只因四季轮回；唯有诗歌长存，只因诗歌作为文学艺术只要有人阅读、有人吟诵，就会使艺术中构思的形象万世流芳。关键就在于这首诗歌的最后两句："So long as men can breathe or eyes can see, So long lives this and this gives life to thee."（只要人眼能看，人口能呼吸，我诗必长存，使你万世流芳。）文学艺术兼具当下性和永恒性。说它是当下的，这是因为文学艺术往往描绘当下、反映当下；说它是永恒的，这是因为文学是人学，往往探讨的是人类亘古不变的命题，如爱情、友情、亲情、正义、和平、冒险等。这就与曹丕所言之"盖文章，经国之大业，不朽之盛事"如出一辙。无论是中国文人士大夫的三不朽观，还是钱穆的"新三不朽观"，抑或是西方文艺复兴时期的文学艺术不朽观，均在人文永恒性之上达成共识。

---

　　① Jonathan Bate and Eric Rasmussen, *William Shakespeare: Complete Works*, Beijing: Foreign Language Teaching and Research Press, 2008, p. 2438.

二、应对数智时代中的人文焦虑：人文不朽文艺观的当代价值

当下，我们在面对新兴技术带来的便捷和冲击时，难免产生这样的疑问，即当今数智时代中的人文究竟将何去何从？这是当前人文社科面对飞速发展的信息技术所产生的焦虑。

我们为什么要探讨人文不朽文艺观的当代价值？这一问题与文学理论界时常讨论的"中国古代文论的当代价值"十分相似。而产生这类问题的缘由就在于著名的"古今之争"，即深感古人留下的丰厚文化遗产在现代社会的不适用、无法解决当下的实际问题。于是，一切与"古"有关的书籍被视为博物馆中的"秦砖汉瓦"，案头上的"故纸堆"。然而，事实真是如此吗？部分学者往往还未对"古"进行充分的理解就开始盲目批"古"。不可否认的是，的确一些古代文论术语在现代化的今天似乎"水土不服"，势必要根据时代的特征进行更新，但这并不是说一切"古"就无法在现代存活了。以曹顺庆为代表的当代中国人文大家提出"原典阅读"，就是主张回到原典历史现场，原汁原味地品味原典、理解原典、阐释原典，以探讨其当代价值，进而促进原典中丰厚的文化思想创新性更新。

当艺术与艺术审美从前现代迈向现代，其媒介形式和审美体验均在发生变化，这是不可阻挡的。问题就在于，诸多变化与传统相去甚远，产生了一种普遍的人文焦虑。本雅明甚至认为，当代科学技术的发展，比如摄影、照相、电影等媒介的出现，对艺术作品那"独一无二"、只能在"一定距离之外但感

觉上如此贴近"[①]的"光韵"造成冲击，甚至导致"光韵"的消亡。其原因就在于，当艺术作品被复制，艺术作品的"即时即地性，即它在问世地点的独一无二性"[②]将会缺失；与此同时，被复制物，也即原作的"原真性"（echtheit）是技术、复制所达不到的，因此，艺术作品的"权威性"荡然无存。

本雅明实际上是在对资本主义飞速发展以及工业时代对艺术、社会、人的审美心理所带来的变化进行反思。他以电影为例，批判了技术对艺术品的原真性、膜拜价值的副作用。在本雅明看来，艺术作品的"光韵"从未与它的仪式功能分离。而这种仪式功能不仅具有象征性特征，还与社会、社会成员之间存在着相互作用的关系。

本雅明的担忧并非杞人忧天。不可否认的是，技术时代中的艺术复制的确有可能会使艺术沦为消费品，导致其本真性、权威性、光韵最终消失。结果，艺术品充其量也只是商品，谈不上是艺术。然而，技术革命给艺术带来冲击的同时，同样也带来了机遇，为艺术的继承与保存带来福音。正是因为印刷术的普及，文字传播媒介才会出现，有助于艺术的广泛普及与保存。问题的关键在于，如何在艺术品的艺术性与技术革命带来的艺术展演之间寻求平衡关系，或相互作用。

当以新兴技术为依托的艺术媒介出现，比如 VR、AI，人们不禁思索，数智时代中的艺术何为？ VR 综合了人类的视觉、听觉、触觉，甚至是嗅觉和味觉，企图模糊虚拟与现实之

[①]　瓦尔特·本雅明：《机械复制时代的艺术作品》，王才勇译，北京：中国城市出版社，2001 年，第 13 页。

[②]　瓦尔特·本雅明：《机械复制时代的艺术作品》，王才勇译，北京：中国城市出版社，2001 年，第 8 页。

间的界限。与此同时，AI 似乎变得无所不能，AI 图像、AI 艺术、AI 展演，更是进一步弱化了人的主体性，甚至一度取消作为主体的人的在场。与传统文学、艺术相比，VR 和 AI 在艺术表现与传播媒介方面到底扮演了何种角色？

以 VR（Vertical Reality）为例，其实就是利用计算机形成了一个模拟现实世界的仿真环境，人类甚至可以在这个虚拟环境中实现人的触觉、听觉、视觉。实质上，虚拟现实是"人类在探索自然、认识自然过程中创造产生，逐步形成的一种用于认识自然、模拟自然，进而更好地适应和利用自然的科学方法和科学技术"[1]。但当虚拟技术超越技术本身，技术就不再是工具，比如玛丽－劳瑞·瑞恩认为是一种叙事[2]，王妍、姜楠认为虚拟现实技术与艺术相通[3]，还有学者直接研究虚拟现实中的美学与审美[4]；甚至早在1998年，在斯洛文尼亚召开的第14届国际美学大会就分设"虚拟美学"（Aesthetics of Virtuality）讨论会，"对诸如电子人（cyborgs，或叫半机械人）、电子人空间、模拟等虚拟现实和现象的出现作哲学、美学和艺术的推论，还讨论了新技术如何改变我们感受现实和艺术的方式"[5]。

因此，VR 不仅仅是一门技术，尤其当 VR 与艺术审美相联系，VR 不仅是艺术媒介，也成为艺术本身。而这种艺术性、审美特征与媒介特征则通过虚拟性实现现实体验，通过"构造

---

① 赵沁平：《虚拟现实综述》，《中国科学》2009 年第 1 期，第 2 页。

② 玛丽－劳瑞·瑞恩：《作为叙事的虚拟现实》，徐亚萍译，《北京电影学院学报》2016 年第 3 期。

③ 王妍、姜楠：《虚拟现实：从工具理性走向审美理性》，《学术交流》2007 年第 12 期。

④ 杨建生、吕在：《论虚拟审美》，《学术论坛》2012 年第 1 期。

⑤ 王小明：《第十四届国际美学大会综述》，《文史哲》1999 年第 2 期，第 122 页。

近似现实世界的虚拟世界，用户通过与虚拟世界的交互，体验相对应的现实世界，甚至影响现实世界"[1]，将虚拟与现实置于同一时空，打破了虚拟与现实之间的界限。比如，VR可以使人与虚拟环境产生交互行为，如不发生实质交互行为的场景漫游、四维影院等，以及通过设备与虚拟环境进行交互，而虚拟环境中的景物对交互行为做出实时响应，使用户能感受到虚拟环境的变化，从而产生对相应现实世界的体验，如飞行模拟器等。[2]

那么 VR 究竟能够带给我们什么样的体验呢？这种体验与我们在对文学和艺术进行审美的体验有什么区别呢？梅里迪斯·布里肯有一段话是这样描绘 VR 体验的：

　　在屏幕上观看 3D 图像，仿佛透过玻璃船底窥入海洋。

　　我们透过平面的窗户看向动态的环境；我们获得身处船上的体验。

　　用立体影像屏幕来进入虚拟世界正如浮潜一般。我们处于三维世界的边界，在其边缘窥入深海；我们于海洋表面体验介乎之间的感受。

　　使用立体影像 HMD "头戴式显示器"就像戴上了潜水器潜入深海。浸身于虚拟环境中，在礁石中穿行，聆听鲸鱼的歌唱，随手捡起贝壳来看，与其他潜水者谈笑风生，我们彻底领悟了视野中的水下世界。我们身即在此。[3]

VR 的这种体验是否似曾相识？难道不是我们在阅读文

---

[1]　赵沁平：《虚拟现实综述》，《中国科学》2009 年第 1 期，第 4 页。

[2]　赵沁平：《虚拟现实综述》，《中国科学》2009 年第 1 期，第 4 页。

[3]　玛丽-劳瑞·瑞恩：《作为叙事的虚拟现实》，徐亚萍译，《北京电影学院学报》2016 年第 3 期，第 28 页。

学作品或欣赏艺术作品所产生的审美体验吗？在一定程度上，VR 实际上实现了以文字或线条为主要载体的文学与艺术形式的想象性的现实化。换言之，以文字或线条为载体的文学艺术形式中的想象性以及其中建构的虚构场景，如今通过虚拟技术，竟活生生地出现在我们眼前。我们甚至可以"身临其境"，通过触觉、视觉、听觉，甚至是嗅觉、味觉，"真切"体验到艺术品的艺术性与审美特征。可见，VR 并非比传统传播媒介神秘多少，实际上回到了原始岩画时期那种在场和不可复制的艺术性阶段。

媒介的发展带动了社会革命。麦克卢汉认为："我们对所有媒介的传统反应是，如何使用媒介才至关重要。这就是技术白痴的麻木态度。因为媒介的'内容'好比是一片滋味鲜美的肉，破门而入的窃贼用它来涣散思想看门狗的注意力。"① 也就是说，重要的不是媒介传递了什么，而是媒介本身。这是因为媒介本身制约或者影响了人类的思维方式，甚至影响了整个社会，在人类传播进程了起着举足轻重的作用，正如郭庆光所言：

> 媒介作为信息传递、交流的工具和手段，在人类传播中起着极为重要的作用。没有语言和文字的中介，人类传播就不能摆脱原始的动物传播状态；没有机械印刷和电子传输等大量复制信息的科技手段的出现，就不可能有近现代的大众传播，也不可能有今天的信息社会。媒介的发展和社会的演化变革密切结合在一起，同时它

---

① 马歇尔·麦克卢汉：《理解媒介——论人的延伸》，何道宽译，北京：商务印书馆，2000 年，第 46 页。

在社会发展中的意义又是复杂的和多方面的。[①]

因此，媒介的变更实际上促进了人类传播新方式的出现，甚至改变了人类的思维模式。比如，微信作为一种新媒介，以大量的表情包作为语言的替代品流行，极大地突出了人的视觉模式。图示化的表达逐渐占据了人们的阅读和理解场景，以致碎片化的阅读方式影响了人们的思维模式。比如，虚拟现实使数字界面与艺术界面之间的界限变得模糊，改变了传统文学艺术的界面，比如文本、画框、舞台、相册和投影屏等[②]。随着虚拟技术的不断更新，将来我们的文学作品也许不再以文字为载体，而是直接将文学作品呈现在虚拟世界中，让读者更加直观地对文学艺术进行审美：当读到"两只黄鹂鸣翠柳，一行白鹭上青天"，人们通过 VR 便可以实现听觉、视觉上的审美体验；当《巴黎圣母院》里的钟声阵阵响起，人们同样可以通过 VR 出现在现场；当读者读到《白鲸》中的亚哈船长与白鲸莫比·迪克殊死搏斗的场景时，读者通过 VR 身临其境；当人们欣赏《清明上河图》时，VR 将我们带到北宋时期的东京，成为画中人。也就是说，VR 使得原本建立在从外界接收而产生的感觉、知觉甚至是表象和概念基础之上的人内传播（intra-personal communication）[③]转化成了虚拟性的现实空间。这是一个从抽象的思维、概念转化为具体而形象的画面的过程。其局限就在于，原本丰富多样的思维和心理活动最终只能以 VR 提

---

① 郭庆光：《传播学教程》，北京：中国人民大学出版社，1999年，第147页。

② 秦兰珺：《数字界面：虚拟现实与虚拟化的现实》，《文艺研究》2014年第10期，第96页。

③ 有关"人内传播"概念可参见郭庆光：《传播学教程》，北京：中国人民大学出版社，1999年，第76页。

供的一种方式得以呈现，作为主体的人仿佛并没有占据多少选择权。

那么，为什么会出现新的媒介技术？只有从本质上理解新兴技术出现的原因，我们才会明晰新媒介技术下的艺术与技术、艺术审美与人的关系。

美国学者依曼努尔·梅塞尼在《技术与社会变迁》中指出，新技术的出现是源于追逐利益与权力或实现首选目标。[①]可见，新技术的涌现是人与社会需求使然，正如郭庆光指出："媒介技术发展的动因，来自人类社会驾驭信息传播、不断提高信息生产和传播效率的基本需求和不懈努力，是社会精神生产力的构成要素，同时也是一个社会或时代的精神生产力发展水平的标志。"[②] 这个解释暗含着一个内在逻辑，即人始终处于主体性地位。也就是说，无论是何种技术均是人与社会需求与发展的结果。

那么，当今的人工智能技术、虚拟技术又当如何呢？所谓新媒体、VR、依托高科技发展起来的 AI（人工智能）实际上是时代现实需求的产物。目前，"虚拟现实技术正广泛地应用于军事、建筑、工业仿真、考古、医学、文化教育、农业和计算机技术等方面，改变了传统的人机交换模式"[③]。而在人文领域，虚拟现实打破了现实与虚拟之间的严格界限，欲最大化再

---

① J. A. Raffaele, "Emmanuel G. Mesthene. Technological Change: Its Impact on Man and Society," *Annals of the American Academy of Political & Social Science*, 1971, 393 (1), p. 181.

② 郭庆光：《传播学教程》（第二版），北京：中国人民大学出版社，2011年，第 116 页。

③ 陈浩磊、邹湘军、陈燕等：《虚拟现实技术的最新发展与展望》，《中国科技论文在线》2011 年第 1 期，第 4 页。

现现实，将现实生活场景带入虚拟世界中，又将虚拟世界的场景生活化，体现的依然是人对于生命在现实世界与虚拟世界的体验呈现或互换以期达到某种需求。这样的改变必然影响社会以及人类的思维模式。但是，媒介与艺术的主体始终是人，同原始岩画一样，新媒介承载的依然是人对于世界的感知的反映，依然是一种不断认识自然、感知超自然的体现，"任何一种新的发明和技术都是新的媒介，都是人的肢体或中枢神经系统的延伸，都将反过来影响人的生活、思维和历史进程"[①]。

面对智能时代这一把双刃剑，人文究竟应该如何自处？既然人文包含人类文明以及人的个性双重含义，智能时代的出现是人在推动，目的是更好地服务人，因此也是一种人文，即智能时代下的文明。但这意味着我们要对智能时代全盘肯定吗？其实不然。问题的关键在于，人的文明应以人为主体和核心，而不是被技术控制、支配甚至奴役的人，更非以技术为中心。

这一人文焦虑引发了诸多媒介学家的关注，如何重建人的主体性地位成为有关人文思考的首要问题，"从麦克卢汉关于艺术对人的救赎，到尼尔·波兹曼的'爱心斗士'，海德格尔的'诗与思'，福柯后期从知识考古学转向主体的系谱学建构，基特勒晚年返回到古希腊时期的神话中寻获意义"[②]，种种例子均是人们在技术至上时代寻求人文的回归和出路。如今，我们

[①] 何道宽：《中译者第二版序：麦克卢汉的遗产》，载马歇尔·麦克卢汉著：《理解媒介：论人的延伸》（增订评注本），何道宽译，南京：译林出版社，2011年，第13页。

[②] 唐海江：《走向"新人文"》，《新闻与传播评论》2022年第5期，第1页。

探讨中西原典中的人文不朽文艺观也是在为解决"人文焦虑"寻找出路。

中西文化原典中的"人文不朽"文艺观强调人文的永恒性，肯定人的主体性价值。在智能时代下，人文的发展在警惕唯技术至上的发展对人的异化和简化的同时，应倚靠传统人文观念，在具体的历史语境中汲取新观念、新形式。比如，传统意义上的文学以纸张为载体的文字为主，而随着互联网的普及和发展，网络文学作为文学新兴力量方兴未艾。艺术、人文披上智能的外衣或干脆以智能为内核出现在公众视域当中，由此形成新人文。如华中科技大学新闻与信息传播学院教授唐海江所提"新人文"，"反对人成为技术的牢笼，也非排斥新技术如算法、虚拟现实等新技术，而是在认知其原理和基本偏向的基础上，协调人和新媒介之间的关系，使技术为全面而健全的人的形成发挥积极的助益"①。

第三节　原典阅读与创新型学术人才培养

创新的重要性自不用赘述。然而，何为创新？这直接关乎如何创新这一难题。严绍璗曾就创新的内涵进行探讨，认为能够被称为"创新性"的研究有几种类型：一是有价值的"颠覆"当然是重大的"创新"；二是课题的重要材料的发现、整理与阐述；三是在相关文本细读的基础上，就课题的基础性立论或局部性立论发前人之所未发；四是以"原典实证"为基础，在课题的阐述与论辩中构建起属于理论形态的表述或可

---

① 唐海江:《走向"新人文"》,《新闻与传播评论》2022 年第 5 期, 第 1 页。

以被提纯为理论的表述等。①那么，如何进行创新？严绍璗指出了具体的过程：对研究对象的学科史有足够量的汇集与分析、对相应的文本经历了足够的细读、积累足够的人文理论底蕴、具备超越课题本身的文化知识的积累、具有多层面的文化语境感受。换言之，创新必须是在具备了综合的学术素养的情况下才可能得以实现。而严绍璗尤其强调"原典性细读"对于学术创新的重要性，认为"这是一个认真辛苦的读书和思辨的过程，它是一个丰富自己学术基础、矫正自己知识错乱、提升自己在文本使用和处理上的基本能力，从而形成学术观念的过程"②。

　　细数中国现当代学术大师的养成，均是在原典阅读的基础之上进行创新。上节梳理中外文化原典中的人文不朽观，以观原典阅读、人文精神在当代的价值。实际上，一代国学大师钱穆也曾通过疏理中西人文不朽观，进而提出"新三不朽观"，即"人文的不朽论"。钱穆对比了西方"灵魂不灭"说、柏拉图"观念不朽"论、基督教无条件大爱凡世的"理性不朽"论、佛教"观照不朽"论，认为欧洲的不朽观并非"人人尽可得此一份人生不朽之经验"，佛教不朽观虽可使人人获得人生不朽经验，但具有排他性，而唯有儒家不朽观"在自然生命中教人获得精神生命，而复由此精神生命走上文化生命的悠久前程"，认为"孔子这一种不朽论，我们可以称之为'人文的不朽论'，亦可称之为'性情的不朽论'。孔子讲爱，即在自然生命的性情上讲，即就自然生命中之性情上建立精神生命与文

---

　　① 严绍璗:《关于比较文学博士养成的浅见》,《中国比较文学》2005年第2期,第5页。
　　② 严绍璗:《关于比较文学博士养成的浅见》,《中国比较文学》2005年第2期,第5页。

化生命"①。

实际上，钱穆的"新三不朽"观立足的是中国当下历史文化语境，挖掘中国传统文化中的重要观念，以提出适应于当下文化语境的论点。这与钱穆所持"中国传统文化创造性阐释和更新"②的主张一脉相承。这在当下同样具有价值。意欲创新，首先就是要回到原典，深挖其中的核心概念，阐释其当代价值，在对话中转化，在互鉴中更新。

钱穆本人即是一个典型的通过原典阅读成长为创新性人才的例子。钱穆曾在《宋明理学概论》的自序中详细讲述了其为学的经过。③钱穆先是读唐宋八家的文学作品，后"因文见道"，又读王明阳等人作品，后"因其文，渐入其说"，阅读《传习录》《近思录》《学案》，往上溯源，研究《五经》、先秦诸子学说，往下考证训诂，进入史学。而细读钱穆作品的读者会发现，钱穆常常穿梭在古今中西之间。在钱穆那里，文学、经学、训诂学、史学、西学融会贯通。究其原因，还是在于钱穆熟读中西文化原典，对儒家思想、理学等中国古代思想，以及柏拉图、康德等西方哲学思想信手拈来，因此既博古，又通今，既遵"古"，又革"新"。

随着知识经济时代的到来，经济全球化和国际化进程日渐深入，国际之间的竞争和合作趋势也愈发明显，国力之间的竞争归根到底仍是教育与人才之间的竞争，因此人才强国战略的地位愈加突出。教育是培养创新人才的根本途径，如今我国高

---

① 钱穆:《历史与文化论丛》，北京：九州出版社，2011 年，第 133 页。

② 邱维平、陈振文:《中国现代思想史上的不朽论——从胡适到钱穆》，《湖北社会科学》2017 年第 6 期，第 103 页。

③ 参见钱穆:《宋明理学概述·序》，台北：台湾学生书局，1977 年。

等教育的发展方向正面临着从"数量"到"质量"的转变，拔尖人才的培养愈发重要。2009 年"基础学科拔尖人才培养计划"正式启动，2010 年，中共中央国务院印发《国家中长期教育改革和发展规划纲要（2010—2020 年）》，明确指出：我国创新型、实用型、复合型人才紧缺，要着力提高学生的创新能力，要进行拔尖创新人才培养改革试点，要造就一大批拔尖创新人才。2018 年教育部等六部门联合出台了《关于实施基础学科拔尖学生培养计划 2.0 的意见》，拔尖计划直面"钱学森之问"，意在培养今天的学术大师，培养民族复兴的战略力量。

继拔尖人才培养计划后，新文科建设计划也全面启动。2020 年教育部在山东大学威海校区召开新文科建设工作会议，会上发布《新文科建设宣言》，认为"面对世界百年未有之大变局，要在大国博弈竞争中赢得优势与主动，实现中华民族复兴大业，关键在人。高等文科教育作为培养青年人自信心、自豪感、自主性的主战场、主阵地、主渠道，坚持以文化人、以文培元，大力培养具有国际视野和国际竞争力的时代新人，新文科建设任重道远"[①]。同时明确了新文科建设的任务是：构建世界水平、中国特色的文科人才培养体系。2021 年教育部又发布《教育部办公厅关于推荐新文科研究与改革实践项目的通知》（教高厅函〔2021〕10 号）和《新文科研究与改革实践项目指南》，指南设新文科建设发展理念、专业优化、人才培养模式改革、重点领域分类推进、师资队伍建设、特色质量文化

[①] 全国新文科教育研究中心编：《新文科建设年度发展报告（2020）》，济南：山东大学出版社，2021 年，第 3 页。

建设研究与实践 6 个选题领域和 22 个选题方向。时任教育部高教司司长的吴岩这样概括新文科的"四大任务"和"四大担当"："新文科要培养知中国、爱中国、堪当民族复兴大任的新时代文科人才；培育优秀的新时代社会科学家；构建哲学社会科学中国学派；创造光耀时代、光耀世界的中华文化。"①

知识创新和科技创新的新时代对拔尖人才的培养提出了新要求，而中华优秀传统文化是中华民族的精神命脉，亦是中华民族五千年来的文明结晶，镌刻着中华民族最深沉的精神追求。它涵养着历代国人之心志，激荡其精神血脉，丰厚其文化内涵，是中华民族屹立于世界民族之林的坚实根基，亦是全人类共同价值基本内涵的文化之源。

因此，对于创新型人才的培养不能脱离对中华优秀传统文化的体认与挖掘，创新能力培养的基本前提即是对自身的文化有足够深刻的认识与自信，否则所谓的创新就是无源之水、无本之木，是"建在沙滩上的创新"，甚至是错误的"创新"。如此前学界一直有关于《文心雕龙》究竟属于儒家还是道家的争论，马宏山先生在《中国社会科学》发表论文，认为《文心雕龙》的纲是"本乎道，师乎圣，体乎经，酌乎纬，变乎骚"，其中一以贯之的是作为佛家思想的道，刘勰的指导思想是以佛统儒，佛儒合一，并根据《文心雕龙》中"玄圣创典，素王述训"一句，认为"玄圣"即为佛，"素王"为孔子，佛创立典籍而后孔子跟着说。②此文一出，在学界引起强烈反响。然而，

---

① 全国新文科教育研究中心编：《新文科建设年度发展报告（2020）》，济南：山东大学出版社，2021 年，第 9 页。

② 马宏山：《论〈文心雕龙〉的纲》，《中国社会科学》1980 年第 4 期，第 177—195 页。

在一次"文心雕龙大会"上，杨明照先生针对马宏山先生的论断指出，从《原道》"庖牺画其始，仲尼翼其终""爰自风姓，暨于孔氏，玄圣创典，素王述训"上下文来看，明明白白，毫无歧义，"玄圣"就是伏羲，根本不是佛。[①]马宏山的这个"创新"是根本没有读懂原典的创新，是错误的创新。因此，马宏山的"创新"理论轰然倒塌。

令人深思的是，在杨明照先生指出讹误以前，这样令人啼笑皆非的"创新"理论居然在古代文论学界大行其道。而杨明照先生之所以能迅速意识到这一理论的错误所在，就在于杨先生扎实的原典阅读基础和深厚的古典文化涵养。杨先生自小便打下了扎实的国学基础，六岁不到就已接受了家庭的启蒙教育，既教私塾又行中医的父亲是他第一位老师，带领他习读了"四书五经"、《龙文鞭影》《古文观止》《声律启蒙》《四书题窍汇参》等古文典籍著作，以及《伤寒论》《金匮要略》等各类医书。父亲对他的管教甚严、期望甚殷，书中许多内容除了阅览、熟读外，还要求背诵原文、练习学作诗文的基本功。广泛的阅读为先生储备了大量文献典籍的知识，为研究古代文献典籍奠定了初步的基础。在《我是怎样研究〈文心雕龙〉的》一文中他曾这样说过："我在私塾呆过多年，能读会背，是养之有素的。"[②]香港中文大学著名学者饶宗颐教授为杨明照先生的《抱朴子外篇校笺》撰写长评时曾提及："笺释方面，他对古籍经史子书的滚瓜烂熟，引证词句出典，可说是原原本本，殚见洽闻，印证史事，不惜穿穴各书，追寻到底，令读者心悦

①　参见曹顺庆、李采真：《纪念杨明照先生110周年诞辰谈录》，《中外文化与文论》，2020年第4期，第2页。

②　杨明照：《我是如何研究〈文心雕龙〉的》，《四川大学学报》1983年第2期。

诚服。"①曹顺庆教授在回忆恩师时也曾谈道："杨先生做学问的功夫十分深厚，这是我们现在很少有人能够做到的。还记得我刚来四川大学读书的时候，杨先生给 1977 级的同学们上《文心雕龙》的课程，我给杨先生擦黑板。一上课，杨先生就说："今天我们来讲《文心雕龙》的第一篇《原道》，我先给大家背一遍。"然后，杨先生就摸着胡子、踱着方步，把《原道》从头到尾一字不差地背完了，同学们听完目瞪口呆，无不感叹杨先生功夫了得。"②

　　除去自身治学的功底深厚，杨明照先生也是如此培养和要求学生的。"杨先生宽严有度，既严格要求自己，也严格要求自己的学生，同时又充分培养学生的自主性。他要求我们阅读"十三经"等古代典籍，最好能够熟读背诵，为我们讲授"文献学""古籍校读法"，我的古文功底就是这样被先生训练出来的。先生还十分注重培养学生独立治学的能力，他让学生主动去思考、自己去钻研，我读硕士和博士的时候，先生就要求我们自己选题、自己拟定论文提纲。先生还要求学生重视学术规范，要求我们论文写作引用材料必须注明文献出处，要注重原始资料的收集，最好是第一手资料，以保证引用文献的准确性，避免以讹传讹。"③正是在杨先生这样对古典文献的原典研读精神与严谨治学态度的影响与教诲下，曹顺庆教授打下了扎实的学术根基，并在此基础上开阔思路，大胆创新，走上了

---

　　①　饶宗颐：《审慎、精细、博洽——评杨明照〈抱朴子外篇校笺〉》，《中外文化与文论》2001 年第 1 期，第 37 页。

　　②　曹顺庆、李采真：《纪念杨明照先生 110 周年诞辰访谈录》，《中外文化与文论》2020 年第 4 期。

　　③　曹顺庆、李采真：《纪念杨明照先生 110 周年诞辰访谈录》，《中外文化与文论》2020 年第 4 期。

中西文论比较研究之路。其博士学位论文《中西比较诗学》被认为是我国第一部中西比较诗学专著，是中西文论比较领域"开风气之先"和"填补空白"的著作。此后，曹顺庆教授提出的"比较文学变异学"作为一种新的比较文学研究视角，成了具有世界影响的"中国话语"。这一理论正是曹顺庆教授在古代文论原典文献深入研读的基础上不断扩宽、延伸、创新而来。

　　除秉承杨明照先生的治学传统之外，曹顺庆教授也承继了杨先生的教育思想和教学理念，其中最为重要的一环便是原典阅读。这既与曹顺庆教授自身的治学之路相吻合，也是其在40余年的教学经验中深刻意识到当前拔尖创新型人才的培养诉求与文科教育原典阅读的缺失之间存在着巨大矛盾。因此，以曹顺庆教授为代表的新时期比较文学学者在教学与科研两个方面突出原典阅读的重要性，并提倡启发式教育，培养学生的自主性，使其主动阅读原典并进行独立思索，以此培养学生的创新能力。

第四节　原典阅读与中国学术话语建设

　　近年来，"中国学术话语体系"的建构已经成为学术研究的重要议题，文化强国亦是当今中国的文化战略目标，其中最为艰难但也尤为重要的一环便是中国话语建设。2022年，习近平总书记在讲话中指出："加快构建中国特色哲学社会科学，归根结底是建构中国自主的知识体系。要以中国为观照、以时代为观照，立足中国实际，解决中国问题，不断推动中华优秀传统文化创造性转化、创新性发展，不断推进知识创新、理论创新、方法创新，使中国特色哲学社会科学真正屹立于世界学术之林。"①

　　何谓"话语"？话语是指在特定文化传统、社会历史和民族文化心理下所形成的思辨、阐述和表达等方面的基本规则；它直接作用于理论的运思方式、意义生成和语言的表达，并集中鲜明地体现在哲学、美学、文学理论等话语规则和言说方式上。② 因此，中国话语建设首先必须扎根于中国的文学经验，直面中国的现实问题，并以我国的学术规则为根自主自为地进行话语体系的创新与建设。学术规则是深层、潜在于文化之根，并贯穿于历史长河之中的，它不同于具体的话语、范畴具有时代的局限性，而是一旦生成便内化于文化之中的根本性存在。要意识到学术规则，原典阅读是必不可少的重要一环。需要指出的是，此时的原典阅读并不仅仅是指博览文学典籍、夯实文学素养这样的浅层要求，其更为重要的一点是需要通过阅读原典而吸收内化本国的学术规则于己心，并自觉将其运用于学术研究之中，以建设具有中国特色的学术话语为己任。如若仅仅只是博览群书，但是并未深刻意识到本国的学术规则，这样的学术研究是存在问题的。

　　以 1975 年刘若愚出版的《中国的文学理论》（*Chinese Theories of Literature*）一书为例。刘若愚在此书中以美国学者 M.H. 艾布拉姆斯（M.H.Abrams）在《镜与灯》（*The Mirror*

---

① 参见高培勇：《归根结底是建构中国自主的知识体系》，《光明日报》2022年6 月 8 日 06 版。

② 曹顺庆、王熙靓：《文学他国化与"变文格义"：隋唐佛学中的变异思想》，《暨南学报（哲学社会科学版）》，2020 年第 5 期，第 1 页。

and Lamp: Romantic Theory and the Critical Tradition，1953）
中所提出的文学四要素即世界、读者、作者、作品为框架，将
中国的古代文论切割置换为形而上的理论、决定的理论、表现
的理论、技巧的理论、审美的理论和实用的理论这六类，并以
西方文论为范对中国古代文论进行解析和阐释，其中多有牵强
附会、以西释中的痕迹，也因此引起了一些学者的批评。法国
学者佛朗索瓦·于连（Francois Jullien）就曾在一次访谈中指
出："我认为他出发点错了，他试图用一种典型的西方模式考
察中国诗学，这种方法得出的结果没有什么价值。"①曹顺庆教
授在论及此书时也曾评价道："《中国的文学理论》一书尽管论
述的主要内容是中国古代文论，但由于采用了西方的诗学构
架，加之作者又有意识地倡导中西诗学比较，遂使这本书成为
海外中西比较诗学的里程碑式的著作。当然该书也存在一些明
显的缺点：由于运用阿布拉姆斯之论将中国文论加以切割、牵
强之处似乎无法避免，全书为迁就架构而寻找证据的味道非常
浓。有一些论证也还不够准确，例如该书说刘勰《文心雕龙》
没有"决定论"，事实上《文心雕龙·时序》通篇都论述决定
论。"②

　　与刘若愚相对，钱锺书先生之所以被认为是比较文学中国
学派的杰出代表，根本原因就在于他仍然运用着中国传统的话
语方式，而非西方的话语方式进行学术研究。正如钱锺书自己
所说："余雅喜谈艺，与并世才彦之有同好者，稍得上下其议
论。二十八年夏。自滇归沪小住。友人冒景，吾党言诗有癖者

　　① 秦海鹰：《"关于中西诗学的对话——弗朗索瓦·于连访谈录"》,《中国比较
文学》1996 年第 2 期。

　　② 饶芃子：《思想文综》第二辑，广州：暨南大学出版社，1996 年。

也，督余撰诗话。曰：'咳唾随风抛掷可惜也。'余颇技痒。因思年来论诗文专篇，既多刊布，将汇成一集。即以诗话为外篇，与之表里经纬可也。"①

近年来，中国学者积极投身于话语体系建设，立足本土，放眼全球，相继提出创新性理论话语。曹顺庆教授提出的"变异学"理论之所以成为具有世界影响的"中国话语"也正是在于其对于中国学术规则的内化与吸收。比较文学是一门舶来的新兴学科，中国比较文学的传统虽然深远，但学科意识于那时而言相对淡薄。学科起步阶段一直照搬西方理论，未能挖掘本土的比较学科资源。在相当长的时期内，中国比较文学一直处于法国学派与美国学派的影响下。这两种学派对东西方文学的比较持怀疑态度，选择忽视了包括中国在内的东方文学与文化。与此同时，忽略不同文学之间的"异质性"问题，认为"异"不可比，这是西方比较文学学科的重大理论缺陷。有感于此，曹顺庆教授始终关注东西文化间的"异质性"问题，指出跨越东西异质文化是比较文学中国学派的立身之本，并明确把以"跨文明研究"为特点的中国比较文学阶段正式命名为比较文学学科理论的第三个发展阶段。

在此基础上，曹顺庆教授在2004年召开的四川省比较文学学会第六届年会上，首次提出比较文学的"变异学'研究问题，并在2005年出版的《比较文学学》一书中，完整地提出"变异学"概念。2006年，其《比较文学学科中的文学变异学研究》一文中为"变异学"进行了明确的定义，分析了文学变异学提出的理论基础，以及它与比较文学跨越性和文学性

---

① 钱锺书：《谈艺录》，北京：中华书局，1984年，第1页。

两个学科特征的关联，并辨析了变异学所包括的研究对象和范围。① 在此后的十余年中，曹顺庆教授与他的历届硕博士研究生团队发表了不少关于变异学的中英文学术论文，着力于对这一理论进行深度化、概念化发展，完善变异学的理论体系建构，持续提出如"他国化""跨文明研究"等具有创见性的理论命题，并运用这一理论进行了许多创新性案例解读，促使理论与实践紧密结合，有力推动了中国比较文学的发展。

2013 年，曹顺庆教授的英文专著《比较文学变异学》由全球著名出版社之一，德国的施普林格（Springer）出版社出版发行。该专著系统梳理了比较文学法国学派与美国学派研究范式的特点及局限和缺憾，首次以全球通用的英语提出了中国比较文学学科理论话语——比较文学变异学，并受到了国际学界的广泛关注与高度评价。国际比较文学学会前任主席（2005—2008）、荷兰乌特勒支大学比较文学荣休教授杜威·佛克马（Douwe W.Fokkema）亲自为《比较文学变异学》（英文版）作序，其中写道："《比较文学变异学》（英文版）的出版，是打破长期以来困扰现在中国比较文学学者的语言障碍的一次有益尝试，并由此力图与来自欧洲、美国、印度、俄国、南非以及阿拉伯世界的各国学者展开对话。中国比较文学学者正是发现了之前比较文学研究的局限，完全有资格完善这些不足。"② 美国科学院院士苏源熙（Haun Saussy）、欧洲科学院院士多明哥（Cesar Dominguez）等学者合著的比较文学

---

① 曹顺庆、李卫涛：《比较文学学科中的文学变异学研究》，《复旦学报》2006年第 2 期。

② Douwe Fokkewa, "Foreword," in *The Varation Theory of Comparative Literature*, Shunqing Cao, Heidelberg: Springer, 2013, p. V.

专著《比较文学的新动向与新方法》(*Introducing Comparative Literature: New Trends and Applications*)，高度评价了比较文学变异学。在该专著中，作者还引用了《比较文学变异学》(英文版) 中的部分内容，阐明比较文学变异学是十分重要的研究成果 [①]。同时，《比较文学变异学》(英文版) 还得到了美国哈佛大学比较文学系主任、美国科学院院士达姆罗什 (David Damrosch)，鲁汶大学教授、欧洲科学院院士西奥·德汉 (Theo D'haen) 等诸多国际著名学者的关注、评介和探讨。2019 年在澳门举办的第二十二届国际比较文学大会中，鲁汶大学教授、欧洲科学院院士西奥·德汉，法国索邦大学教授、欧洲科学院院士佛朗哥 (Bernard Franco) 等欧美学者在大会报告及分论坛研讨中多次向世界各国学者推介变异学理论。这意味着变异学作为比较文学的中国话语之一，逐步在国际比较文学界产生越来越大的影响。

　　比较文学变异学自提出以后，其影响力超越了比较文学学科和文学一级学科的领域，对其他学科亦具备借鉴意义。国内学界将这一理论运用在了如跨文化传播研究领域 [②]、电影研究领域 [③]、音乐研究领域 [④]、舞蹈研究领域 [⑤] 等方面，其中成果最

---

① 参见 César Domínguez, Haun Sanssy, Darío Villanueva, *Introducing Comparative Literature: New Trends And Applications*, New York: Routledge, 2015.

② 杨恬、蒋晓丽：《从变异学视角审视我国跨文化传播研究——以 2000 年—2014 年五本 CSSCI 新闻传播类学术期刊为例》，《当代文坛》2015 年第 6 期。

③ 卢康：《变异学视域下中国电影理论体系建构路径探析》，《电影文学》2022 年第 9 期，第 18—24 页。

④ 魏登攀：《变异学视阈下的艺术创意产业研究——以爵士乐在其它领域的运用为例》，《中国民族博览》2017 年第 5 期。

⑤ 刘芝、刘诗诗：《"歌时无舞，舞时无歌"——变异学视域下的卡尔乐舞研究》，《中外文化与文论》2021 年第 3 期。

为卓著的是将变异学理论运用在了中国文学国际传播这一领域之中。因为在文学的传播与接受这条"经过路线"中，作为流传对象的文学本身并不是始终如一的，它往往伴随着诸多变异。① 因此，对中国文学的国际传播研究不能缺乏变异学的视野，应从多方面对传播中产生的变异现象进行深入剖析，并探析隐藏在变异现象后不同的文明机制和文化肌理。中国古代文论方面，曹顺庆教授指导其博士生芦思宏发表论文《变异学与东西方诗话的比较研究》②，从东方诗话的影响与变异及东西方诗话的阐释变异两方面进行了详细论述。中国现当代文学方面，他与博士生王苗苗发表论文《从比较文学变异学视角浅析巴金〈寒夜〉翻译中的创造性叛逆》③，从比较文学变异学语言变异的视角出发，以巴金小说中英对照版本为例，用文学翻译创造性叛逆突出表现的几个具体分析手段——译者的个性化翻译，译者的误译与漏译，译者的节译、编译、转译与改编等，对《寒夜》文学翻译的变异现象进行了深入挖掘和剖析，并进一步探究了其背后更深层次的社会、历史以及文化根源。世界文学经典亦是文学交流变异的结果，他与博士生杜红艳发表的论文《文学交流的变异与世界文学经典的形成》④ 指出比较文学变异学以中国传统文学经典发展的"通变"思想为基础，立

① 曹顺庆：《教育部社科基金重大投标项目特稿：英语世界中国文学译介与研究》，《中外文化与文论》，2013 年第 3 期，第 6 页。

② 曹顺庆、芦思宏：《变异学与东西方诗话的比较研究》，《安徽师范大学学报（人文社会科学版）》2016 年第 1 期。

③ 曹顺庆、王苗苗：《从比较文学变异学视角浅析巴金〈寒夜〉翻译中的创造性叛逆》，《当代文坛》2013 年第 6 期。

④ 曹顺庆、杜红艳：《文学交流的变异与世界文学经典的形成》，《中外文化与文论》2020 年第 4 期。

足各国文学间的对话和互补，以比较文学界普遍忽视的异质性为突破口，坚持跨语际、跨国、跨文化、跨文明变异研究以及文学的他国化研究，打破了传统以民族和区域为中心的世界文学经典观的局限，推动了当代"新世界文学经典"的建构。民族文学必须跨越异质文化的阻隔才能成为世界文学经典，以异质性和变异性为研究重点的比较文学变异学为民族文学成长为世界文学经典指明了道路。

在中国文学国际传播的研究中加入变异学的方法论，助力于促进中国文学"走出去"，进一步推动中国文化"走出去"战略目标的实现。异质文明之间之所以能建立对话，二者之间的共同点自然提供了一些可能性，然而这些共同点是比较有限的。从异质文明的交流与对话而言，变异起着桥梁作用，甚至可以说，没有变异，异质文明之间很难实现沟通。因此，变异学理论保证了异质文明对话的可能性，是推进中国文学，乃至中国文化"走出去"战略的一条切实可行的途径。

2021 年，曹顺庆教授在专著《比较文学变异学》①中以 10章内容，包括变异学国内外研究现状、比较文学变异学的中国哲学基础、变异学与当代西方哲学、变异学与当代国际比较文学、跨学科与普遍变异学、影响研究与流传变异学、变异研究与文学他国化、形象研究与形象变异学、译介研究与译介变异学等在阐明变异学的学科理论基础上，论述了变异学的实践方法路径，并强化了变异学的案例解读，进一步思索构建既有中国特色的比较文学学科理论话语，又具有普遍意义的世界性比较文学学科理论话语。

---

① 曹顺庆、王超等著：《比较文学变异学》，北京：商务印书馆，2021 年。

　　"变异学"理论从 2005 年正式提出，经过十多年的总结和发展，确定了文学他国化研究、跨国变异研究、跨语际变异研究、跨文化、跨文明变异研究为主的五大研究范围，强调异质性的理论内涵，保证了学理上的科学性和合理性，又扩大了比较文学学科研究范围[①]，是中国学者对西方比较文学理论的弥补与超越，也为中国学者如何在世界学术体系中发出自己的声音做出了示范性解答。

---

　　① 曹顺庆、倪逸之：《广义变异学视域下的新文科建设探索》，《新文科教育研究》，2022 年第 1 期，第 113—114 页。

附录一　欧洲科学院院士、比利时鲁汶大学德汉教授对谈录

　　周姝： 德汉教授您好！非常高兴能有这个机会与您进行对谈和交流。

　　西奥·德汉： 周姝你好！

　　周姝： 在此次的对谈中，我想就比较文学人才培养的方式与路径、曹顺庆教授的教学改革与人才培养模式等话题与您展开对话。

　　西奥·德汉： 好的！

　　周姝： 首先，您能否以您所在的鲁汶大学的比较文学人才培养方式为例，谈谈培养国际化比较文学人才的一些新思路、新方法呢？

　　西奥·德汉： 实际上，我所在的鲁汶大学几乎没有"真正的"比较文学教学。在我的大学里，大部分可以粗略地称为比较文学的学科都贴上了诸如"欧洲文学""文化研究"或"文学理论"之类的标签。这其中的原因与自 20 世纪 90 年代以来欧洲学术界一直在进行的无情缩减有关。许多政府积极劝阻学生不要选择人文学科，而是选择科学或一些实用的研究课程，

例如人力资源管理、应用经济科学等。结果是（人文学科）学生人数不断减少，尤其是在更传统的语言学领域，包括对民族语言和文学的研究。在鲁汶，传统语言学学科的学生人数已大幅减少，甚至在荷兰，语言和文学研究正被逐步淘汰！随着学生人数减少，许多学院不得不进行调整，不再单纯地教授民族文学，而是建立了我之前提到的那种组合，将学习不同语言的学生放在更笼统的标签下，例如"欧洲文学"等。在欧盟赞助的所谓"伊拉斯谟"交流计划下，过去二十多年来欧洲学生的流动性大大增加，这主要体现为，在我们课堂上，许多使用不同语言的学生坐在一起学习。因此，老师们不得不采用大多数学生都通晓的语言——英语进行授课。我们开设了诸如"现代主义"之类的课程，涵盖了一系列的欧洲文学。在语言允许的情况下，学生可以阅读原著，或阅读英文翻译。最近，"世界文学"加入了我之前提到的那些复合标签。同时，在鲁汶大学里也可以研究非欧洲或非西方的作品。我承认，这仍然非常有限。我们也试图鼓励对比较文学特别感兴趣的学生参加该学科的相关研讨会、专题讨论会、研究学校和暑期学校等，也包括去到欧洲以外的地区。

周姝：据您所知，当前国际比较文学研究有哪些新理论、新趋势、新热点？

西奥·德汉：我最熟悉的趋势是"世界文学"，但气候、环境、动物、残疾、海洋和岛屿研究也越来越受欢迎。最长的时间——我想说从 20 世纪 60 年代左右到 21 世纪初，即所谓的"理论时代"——美国（韦勒克、华伦、萨义德、詹姆森、希利斯·米勒、布鲁姆、哈特曼、德曼）一直在引领文学、比较文学、文化研究等领域，尽管通常来源于法国（普莱特、德里达、福柯、拉康、鲍德里亚、吉拉德、巴迪欧、列维纳斯和朗西埃）或德国（伊塞尔、姚斯和更早的奥尔巴赫、斯皮策和库尔修斯）。美国仍然是当下起源于其他国家、地区的理论、方法的主要交流中心，因为英语是全球唯一共享的语言，这使得通过美国、英国学术界的翻译、接受和诠释、阐述几乎成为"世界"传播的先决条件。目前，在我看来，世界文学的研究显现出了更多的多样性，中国、印度、拉丁美洲的某些地区（尤其是巴西）和欧洲变得更加强大，但目前还没有打破美国对这一学科的控制。

周姝：在指导比较文学专业的学生时，曹顺庆教授不仅要求学生们学习并背诵中国古代文学经典，如曹丕的《典论·论文》、陆机的《文赋》以及刘勰的《文心雕龙》等，同时也让学生们阅读并学习当代西方文学理论，如特里·伊格尔顿的《文学理论导论》，与此同时，曹顺庆教授也为学生们开设东方文学课程。我想知道，国外的比较文学教学中是否还存在西方中心主义的倾向？在目前"差异"和"亚文化"兴起的时代，东方文学研究是否会成为比较文学、文化研究中的创新视野？

西奥·德汉：不可否认，直到2000年，欧洲或西方中心主义一直是比较文学研究的常态，自20世纪80年代和90年代以来，后殖民主义和多元文化主义的兴起已经大大拓宽了比较文学研究的领域。在大多数西方国家，尤其是在美国，这些较新的研究课程并没有成为比较文学研究的标签，也没有在比较文学系开设，而是在英语系开设。然而，自21世纪初以来，世界文学研究的出现也推动了非西方文学的纳入，在此之前，非西方文学大多仅由特定的"东方"语言和文学专家进行研究。

周姝：您能否对曹顺庆教授指导比较文学专业学生的教学方法进行评价？

西奥·德汉：我只是在会议或研讨会期间聆听过曹顺庆教授给学生，主要是研究生的讲课。他在学生中引起的反应给我留下了深刻的印象。在我看来，他成功地将自己对文学、文学理论的学识与热情传递给了一代又一代的中国比较文学学生。

周姝：您认为中国比较文学学者的研究优势和劣势是什么？他们如何在比较文学的研究中发挥自己的优势？

西奥·德汉：我认为中国的比较文学学者在比较文学研究领域取得了长足的进步，除了一些较早的例子——20世纪八九十年代的乐黛云和孟华，从那时起还有张隆溪、王宁和曹顺庆教授。在我看来，中国比较文学学者的优势在于，他们可以接触到一种古老而非常复杂的文化与文学，同时，他们也接受了西方理论的教育。我看到的主要弱点是他们经常过度依赖原本以其他语言出版的西方作品的英文翻译，这就意味着他们通常只熟悉由英语翻译的此类原创作品。在实践中，最常见的是美国学者的翻译。与此同时，尽管有诸如刘若愚、宇文所安、伊维德、苏源熙和张隆溪等著名学者的贡献，中国作品的翻译，尤其是对文学理论和批评方面的翻译，在西方仍然相当罕见。对于不熟悉汉语、中国文学体系及其历史的西方读者来说，理解中国文学理论和批评经典是困难的。其原因在于，在翻译成英文（或者偶尔也翻译成法文或德文）的过程中，通常需要将中文术语改编为西方文学英语术语中更普遍使用的词汇。翻译的结果往往是西方学者认为中国的文学理论和批评是脱节的，基本上是"非"或"反"理论，无论如何，这在西方人眼中都是"不系统的"。因此，所需要的不仅仅是某些中西术语使用中的异同整合，更需要对整个文学体系之间进行解释、阐释和异同勾勒。在我看来，这对当代和未来几代中国比较文学学者来说，都是一项艰巨的任务。

周姝：您能否以您自己为例，谈谈您在学习比较文学时的一些印象深刻或有趣的经历？

西奥·德汉：我来自安特卫普市一个非常简单的工人阶级家庭。安特卫普是法兰德斯的一个主要港口，位于欧洲西部，在法国、德国和荷兰之间，是比利时这个小国最北端的一个说荷兰语的地区。就学习而言，我首先学习了各种欧洲国家的语言，然后是他们的文学，最后在20世纪70年代初到美国学习比较文学，这让我的视野变得无限开阔。比较文学让我接触到了有着三千年悠久历史的文学、文化，并且让我能够深入了解到许多不同的社会，使我不仅成了我自己国家的公民、欧洲的公民，甚至成了世界的公民。它也让我能有幸与来自世界各地的学者一起工作，包括著名的大卫·达姆罗什、杰拉尔·卡迪尔、王宁、曹顺庆、张隆溪、苏珊·巴斯奈特、汉斯·伯腾斯、斯文德·埃里克·拉森、海伦娜·布埃斯库以及何成洲等人，向他们学习，与他们交流并成为朋友。同时，通过参与比较文学的研究与活动，我的世界发生了变化。我在比较文学研究和活动的各个层面上都很活跃，无论是学科本身还是它的专业组织，例如国际比较文学学会，我积极参加了这个学会组织的近三十年的活动。因此，从地理上相对有限的空间（在我的例子中主要是西欧和美国），进入了一个真正全球化、行星化的维度。除此以外，我还拥有许多大会、会议、专题讨论会、研讨会的最好纪念品，并有机会结识了几代的比较文学学者。在这方面特别令人愉快的经历是 2019 年在中国澳门参加的国际比较文学会议，以及世界文学研究所的各种会议，包括 2014 年其在中国香港举办的会议。

周姝：曹顺庆教授的英文专著《比较文学变异学》于 2013 年由施普林格出版社出版。您能否对曹顺庆教授的变异学理论发表一些评论？您能谈一谈运用变异学理论阐释文学现象的一些具体案例吗？

西奥·德汉：曹顺庆教授的专著是中国比较文学学者积极推动比较文学学科从完全以西方理论为中心的视角转变为更加开放地看待西方以外的文学理论的一个很好的例子。我认为，曹顺庆教授的方法适用于阐释中国文学（或其他非西方文学）与西方文学、理论之间的差异，也适用于接收从一个文学体系到另一个文学体系的特定作品，通过对其的翻译、改编和阐释，每一步都被曹顺庆教授指出的"变异学"标记为文学演变和发展的动力。我本人对某位荷兰作家如何通过其他西方语言作为翻译中介来"翻译"各种中国诗歌经典感兴趣——结果是一种非常独特的荷兰诗歌，其中国起源仍然清晰可辨，但最终所传达的感觉是很不一样的。

周姝：2020 年 11 月，您以"世界定位的欧洲比较文学"为主题在四川大学进行了讲座。您能否谈谈您在四川大学讲座时的一些感受？比如这里的学习氛围，听众对您讲座的反应，并结合谈谈四川大学比较文学专业的特点？

西奥·德汉：我非常喜欢并享受这次讲座，因为它让我有机会向听众发表我的观点，尽管听众可能对我当时发表的一些想法很熟悉，但就文化背景、文学体系、历史和母语而言，他们仍然足够"不同"。因此，听众们形成一个非常有趣和相关的"测试用例"。讲座是在网上进行的,所以大家的反应有些受限,但讲座之后的问答环节非常活跃。听众们提出了很多问题,其中一些问题出乎我的意料,在之前给西方听众做同样的讲座时未曾遇到过。对于作为西方人的我和中国听众而言,我认为这样的"跨文化"活动非常值得,有利于增进双方的知识。总而言之,我认为四川大学学生的知识渊博,他们能够很好地提出相关的问题,这给我留下了深刻的印象。友好但也具有批判性,最重要的是探索欲,力求寻找问题真正的答案。显然,四川大学在比较文学教学方面做得非常好!

周姝: 非常感谢您,德汉教授!希望今后能有机会再次聆听您的讲座。同时,也非常感谢您能抽出宝贵的时间与我进行这次对谈!

西奥·德汉: 谢谢!

附录二　原香港中文大学教授黄维樑 访谈录

　　翟鹿：黄教授好，请问您认为中国大学里的中华文化典籍学习内容应该包含哪些？

　　黄维樑：一个国家民族的文化，是该国的特质，是其精神之所在；是其人民存在的整体环境，包括物质和非物质的；是其发展要顾及的重要因素。该国人民必须对其文化有相当的认识和理解，然后才能谈到如何承先启后有所发展。中华民族也如此。

　　中华数千年的文明演化为中华文化，其内涵如天之高明，如地之博厚。文字是文化的主要载体。中华文化丰厚，文字记载的繁浩，或者说相关文化书册的繁富，不言而喻。特别重要的书册，我们谓之文化典籍，或称为经典。《文心雕龙》有"经典"一词，其《宗经》篇解释"经"，说是"恒久之至道，不刊之鸿教"，用语体来说，即"经是永恒的至高无上的道理，不可改易的伟大教训"。这些经典，或者说道理、教训、文化要义，是要一代一代地传承下去的。通过典籍认识到中华文化的优秀精华，民族的自信心自会加强。

西文的 classics 一词，中文翻译为经典。查 classic 一词源出拉丁文的 classicus，意思是属于罗马人的最高等级，因此有尊贵之意；引申之，意为是最高等级，是一种典范，是卓越的，是标准、具权威性、属建制的。classics 据 classic 而来，指的是有上述 classic 品质的著作。中文的经典和西文的 classics，意义相当。

凡是中国人，对中华文化都有或深或浅的认识，对中华文化典籍多少总有所涉猎。事实上，中国幼儿从读书识字开始，哪怕只读了"人之初，性本善"六个字，可说已接触过经典了。此经典是《三字经》，是中国古代易读易懂的一个启蒙文本。小学和中学的语文课本，精选了古代著名的诗词和文章，由浅入深，学童接触的经典渐渐多起来了，王维、李白、苏东坡、范仲淹这些人名，《诗经》《论语》这些书名渐渐熟悉了。中小学语文课本的经典篇章，有侧重语文性的，也有侧重思想性的，涵盖的中华文化元素渐见增加。经过时光老人祝福的古代经典篇章之外，中小学语文课本也有现代的作品，而且比例上多于古代的经典篇章。这类现代篇章中，有若干作品或可称为"准经典"。然则从幼儿到青少年，中华的学子已接触了、认识了一批文化典籍。

知识是累积的，学问是渐进的，中国历史悠久，文化高明博厚，到了大学，学生自然要继续学习中华文化典籍，而且应该加快节奏、加紧密度地学习。文学、历史、哲学系的学生，尤其是以中国文学、中国历史、中国哲学为专业的，深化、优化、强化相关的中华文化典籍学习，自不必说。非以此等学科为专业的，也应该加强学习和认识。他们必修的"通识课程"或"素质教育课程"中，都应该含有中华文化典籍的篇章。中国的大学要求学生学习中华文化典籍，正如世界其他国家的大学要求其学生学习该国的文化典籍，是天经地义的事。

大学生应该读哪些中华文化典籍，向来议论纷纭。一百年前，北京的报章邀请当时名人开出"青年必读书"书目。林语堂、徐志摩等人所开各不相同，梁启超和胡适所开的中华典籍书目各有二三十种，数量之多，是一般大学生绝对不可能完成的阅读任务。有一点特别值得注意：一百年前的中国，积贫积弱，备受西方欺凌，在很多知识分子，包括梁启超和胡适，都提倡引进西方文化以促进中国现代化的时候，梁、胡所选"古书"却多达二三十种，可见他们对传统中华文化的重视。今天，我们应该怎样为大学生选择、设计这样一份中华文化典籍的书单或篇目呢？真是费煞思量。

有一点可以先指出，我们不敢存有梁、胡那样的宏图心。炎黄青年要读中华文化典籍，也要相当程度地认识世界其他国家的文化，应读相关的一些典籍。大学生本身修读的专业，因为世界文明的"日新又新"，其可阅读的材料必不断增加，他们有多少时间精力学习非专业的知识呢？因此，文化典籍的阅读和学习，数量一定得适中。

另一个问题是：大学生直接阅读典籍本身，还是通过介绍和导读去认识典籍？文化典籍的学习，上面略为提过，通常包含在"通识课程"之内。中外的大学，如何设计通识课程，也是个大题目。我在这方面缺乏基本的调研，只能凭着极简陋的认识，略陈管见。

我在20世纪90年代担任过香港中文大学新亚书院的通识课程主任，当时整个香港中文大学的通识课程设置，以学科或论题来分，如逻辑学、思考方法、文学欣赏、艺术欣赏、社会学导论、环境保护、生命科学等；这些课程纳入人文学、社会科学、自然科学几个大范畴。目前香港中文大学的通识课程设置，好像变化不大。

同为 20 世纪 90 年代，因为有小辈在斯坦福大学读本科，所以对斯坦福大学的 CIV 课程（相当于通识课程）也略有知识。CIV 是 "Civilizations, Ideas and Values" 的简写，意为 "文明、理念、价值"。CIV 课程分为 "文学及艺术" "欧洲及美洲" 等七大学程。斯坦福大学采用学季（quarter）制，每学年分为秋季、冬季、春季三个学季（加上 "额外" 的较短的夏季，则共有四个学季）。CIV 课程的七个学程每学年秋、冬、春三个学季都开设，不同学季有不同内容。每个学程每个学季各开设十余个科目，每个科目基本上学习的都是一本一本的典籍，一个学季可供全校本科学生选修的典籍多达百种。

举个例子，某学年冬学季的某科目，选读的典籍是：1. 毕恩《欧鲁诺克》；2. 狄福《摩尔·弗兰德丝》；3. 马丁路德著作选读；4. 马基雅维利《君王论》；5. 弥尔顿《失乐园》；6. 蒙田《散文选》；7. 摩尔《乌托邦》；8. 卢梭《契约论》及《论人类不平等之起源》；9. 莎士比亚《哈姆雷特》及《暴风雨》；10. 斯威夫特《格列佛游记》；11.《艺术史》及《诗集》选读；12. 洛克、休姆、潘恩、杰弗逊的作品。按该学季共开设十二个科目，换言之，其所涉及的典籍有一百多本。补充说明：七大学程选读的典籍颇有重叠的，如亚里士多德和莎士比亚作品就在不同学程中出现。七大学程一个学年三个学季选读的典籍，也时有重复者。

我所得资料不全，又没有好好做个统计；笼统的印象是：

斯坦福大学 CIV 课程包含的文化典籍数量庞大，或有数百种。典籍以西方文化为主，东方的中国、印度和日本聊备一格，大概不到十分之一。我猜想校方的用意是，文化典籍浩如烟海，读之不尽，学生凭其兴趣选读几种，尝尝经典的滋味，满足若干个学分的要求，这样总比大学生什么典籍都不读好得多。

芝加哥大学在 20 世纪 30 年代开展其西方经典编纂计划，至 1952 年出版一大套轰动学术界的《西方伟大书籍》(*Great Books of the Western World*)，含 74 个作者的 443 种书。斯坦福大学 CIV 课程包含的文化典籍，和芝加哥大学这套书所列，颇多重叠，斯坦福大学课程的编订很可能受到芝加哥大学这套书的影响。典籍浩如烟海，他们采"书海"战术，认为应选就选，选之不尽。

耶鲁大学布洛牧（Harold Bloom）教授的《西方正典》(*The Western Canon: The Books and School of the Ages*) 1994 年出版，在布氏所处"多元化文化"的时代，他坚守西方希腊经典沿袭下来的传统，坚持阅读西方经典（他所用的 canon 一词，有解释作"经典中的经典"）。本书解读但丁、莎士比亚以至卡夫卡等 26 位西方作家的数十部文学作品。正典数量如此，布氏仍感遗珠太多，书末附录罗列的正典竟逾千本，包括他所在"混乱时代"的数百本"准正典"（他的用词是"The Chaotic Age：A Canonical Prophecy"）。

西方的文化典籍可以如此繁多，中国历史悠久文化博大，中华的文化典籍，究竟有多少呢？清朝乾隆年间编成的《四库全书》，共收书 3462 种；如果百中选一，就有 35 种典籍。然而，《四库全书》所收，并非应收尽收；何况可称得上典籍的著作如《红楼梦》乃在《四库全书》成书（1782 年）后才流传，其后 240 年间，中国又产生了多少典籍？中华的文化典籍，数目必然是海量。

关于"对中国大学里的中华文化典籍学习应该包含哪些内容"，这里有个现成例子可做参考。四川大学文学与新闻学院院长曹顺庆教授，任博士生导师至今约三十年，对其门下诸生一向要求严格，要求他们系统地学习"十三经"，而且采用的教材是繁体字版本。他反对使用白话译本，强调直接阅读古代典籍原著，以为今后的学术研究打下深厚的古文基础。在文学理论的教学方面，他更规定诸博士生背诵《文心雕龙》原文十来篇。严师出高徒，悉心栽培出来的桃李，无疑花艳果硕，在教与研都发出中华文化典籍的芬芳，与西方的玫瑰和百合争春竞夏。

这里说的是对博士生的要求，对硕士生和本科生，要求自然要相对地降低。至于非中国文史哲专业的大学本科生，应该不应该都学习中华文化典籍呢？要的话，应该读多少？应该读哪些？可以提供多少种经典让学生选修？这真要周密慎重地讨论，集思广益，然后设定课程内容。刍荛之见如下。

可设立"中国文化导论"科目，上下学期共一学年，学分4 个或 6 个，在大一或大二必修。此科的教材，除了导论之外，应选录有关典籍的篇章约十篇，内容包括文史哲以至科技各个范畴。去年播映的央视大型文化系列影片《典籍里的中国》，共十一集，即包含了几个不同范畴：文学的有《楚辞》，历史的有《尚书》《史记》，哲学伦理的有《周易》《道德经》《论语》《传习录》，地理的有《徐霞客游记》，军事的有《孙子兵法》，科技的有《天工开物》，医学的有《本草纲目》。我十分欣赏这系列对不同范畴的包纳，因为中华文化正是如此博大深厚，"中国文化导论"的内容（包括其选篇）也应这样广博。当然可以更广博，正如《典籍里的中国》如果继续制作的话，必会加添典籍，扩阔内容。

可另设立"中国文化典籍选读（甲）"（供人文学院学生修读）和"中国文化典籍选读（乙）"（供理工学院学生修读），是2—3个学分的学期课程。"科目甲"和"科目乙"各提供若干种典籍（比如甲10种、乙5种吧）给学生选择。这个科目也是必修，目的在加强对中华文化典籍"原汁原味"的学习；当然，原典之外，适量的导读是必需的。如此这般，加上应该有的"世界文化导论"科目和"世界文化典籍选读"（甲、乙），中外兼顾，希望做到中外兼通（应说"初通"或"粗通"才对）；作为本科生的"通识课程"，夸张地说一句：亦已备矣！

不过，还有不备之处，即刚才自我提出的问题：本科生学习中华文化典籍，应该选读哪些呢？选读多少册或多少篇呢？"导论"又怎样编写呢？即使当今有硕学大儒给出答案，选了书定了篇，学界不一定都认同。选书定篇、编写教材，应由集体决定，各个大学自行成立小组来处理。如果是编写全国性教材，则更要成立跨大学的教授小组来成事。集体编写或编修，古今中外向来常见。"诺顿"版的多种文学选集，"剑桥"版的多国文学史，上面提到的芝加哥大学《西方伟大书籍》，其编纂都是集体脑力劳动的成果；中国古代唐玄奘带领众人翻译佛经，《永乐大典》《四库全书》之成书，莫非集体智慧的结晶。

钱锺书有名言"东海西海，心理攸同"，改用此语，我们可说：东海西海，典籍如海数量攸同。芝加哥大学"伟大书籍"和斯坦福大学的CIV课程，显示典籍的浩瀚，布洛牧《西方正典》所列数量更如大洋。典籍如海，大学本科生得以非常自由地"海选"其所好，但是，如此这般，你有你的，我有我的，好学敏求的学生，如想和同窗对同一典籍讨论切磋，机会却因为彼此所选不同而少了。而且，可供选读的典籍多至数百成千，似乎也就没有什么所谓"正典"了。爱尔兰诗人叶慈"事物分崩离析，中心难以维系"（Things fall apart, the center cannot hold）之叹，或可借来做鉴戒。（顺此指出，斯坦福大学的CIV课程资料不再在其官网出现，可能有替代的课程了。）

我倾向于精选典籍，忽然想起《红楼梦》的两父女林如海、林黛玉——典籍量多如海，我们应该选其精金美玉，让本科生学习。而《红楼梦》这本小说自然是重要的中华文化典籍，和诗歌中的杜甫诗、文学评论中的《文心雕龙》都可备选。不过，典籍书目如何拟定，上面说过，应该交由集体智慧。

翟鹿：您怎样看待当今大学开设中华文化典籍课程的情况？有哪些特点、优点与不足？

黄维樑：一般具规模的大学，都有本科生、硕士生、博士生，甚至有博士后，以中国文史哲为专业的各级学生，自然都要学习中华文化典籍；非中国文史哲专业的本科生，也应该有所涉猎。对本科生学习中华文化典籍的建议，我在回答上面的问题时，已有所表述。

当今大学开设中华文化典籍课程的情况，我没有调研，了解不足，没有资格多言，以下仅略述若干所知所见。这方面四川大学曹顺庆教授的做法，我是支持的、"点赞"的。前面我略为讲过他对博士生的要求，对此肯定之余，我认为有点过于严格。汉代的五经博士，是每经置一博士，即通一经者即有资格成为博士。如今川大的曹教授要博士生读"十三经"，且是原典，且是繁体字，虽然只要求"通读"，而没有规定要"读通"，更没有规定要"都通"，对学生的考验还是很大的，诸生非焚膏继晷不可。

至于曹教授规定博士生背诵《文心雕龙》十来篇，也值得肯定。我可以想象：诸生大概只能一边读着韩文公的《进学解》，一边背诵刘彦和的《文心》书；大家迎难而上，吃苦后成为真正博闻强记之士。顺便一提：据说数十年前德国大学的文科博士生，要考背诵，背一些文学名篇；不知道目前仍有此要求否。

从前我在香港中文大学中文系教书，有古典要籍的几个选修课。前辈同事苏文擢教授，讲授陶渊明诗、杜甫诗等科目；常见他的办公室（研究室）门口有学生排队，手执书卷念念有词，原来是等着"传呼"入室，背诵老师指定的诗篇。背诵，自然是深入学习典籍的极好方式。20 世纪 90 年代起，香港的大学盛行"教学问卷调查"，如果教授对学生要求严苛，不少学生会在问卷上表示抗议甚或"报复"，即在评价教授的表现时打个低分数。如果学生变成顾客，教授要处处逢迎讨好，自然就严格不起来了。

翟鹿：您认为当今什么样的人才可以算作创新型学术人才？或者说，创新型学术人才应当具备哪些素质？

黄维樑：古人已提供了极好的参考意见。萧子显《南齐书·文学传论》说"若无新变，不能代雄"，极言创新的重要。另一方面，成为"英雄"了，领风骚了，但江山代有才人出，现在的"英雄"一定要能不断创新，自我突破，才可续领风骚。不过，创新不应只为创新，而应该为经邦济世而创新，为国人甚至为世人的福祉而创新。经邦济世可以作广义的解释，科技之外，文化学术的创新，种种非物质的"发明"，一样可以有经邦济世的作用。

举个例子，在"西风压倒东风"、西化崇洋之风劲吹的时候，在很多人认为中华文化的这样那样不如西方的时候，你皓首穷经，发现中国的一个理论、中国的一个文艺作品，不比西洋的同类逊色，甚至比西洋的高明；你充分举例、精到说理，获得文化学术界同行信服，这样的发现与评价也是一种创新。夏志清《中国现代小说史》不顺时代潮流，而给予钱锺书和张爱玲小说极高的评价，就是例子。这类文化学术的创新多了，对提高国民的自信心肯定有帮助。这就是我所说的经邦济世的作用。

对创新的强调，可见于众多现象，例如学校的命名。香港有个小学名为"某某创新小学"，犬子在该校读了四年。为人父亲，本身又是个教师，自然好奇地观察、体会该校如何创新地教学。结论是除了天天背着笔记本电脑上学之外，这些小学生似乎得不到什么所谓创新性的教学。当今是资讯科技时代，各行各业都离不开各种智能工具；然而，说到"创新型学术人才"，我们的要求还是相当"传统"的。

如何培养这类人才呢？中国"古有明训"：要求博学之，审问之，慎思之，明辨之，然后笃行之。"博学"包括具备博识古今相关学问——古代文化典籍的认识，十分重要，上面强调过了；还应具备中外广阔视野；如此这般，聪明加上勤奋，钻研学问锲而不舍，触角敏锐，具批判精神，而又坚守正道，则天道酬勤，自有学术上创新的成果。

翟鹿：您怎样看待直接阅读古代原典对于人才培养的作用

与价值?

黄维樑:"培养人才"有个"养"字,这就是营养的养、修养的养。古代原典是正宗的、"原汁原味"的文化美食。对于原典,例如《周易》,向来有种种诠释、种种导读;诠释和导读,可能对原典有误解,或解释有偏颇,或穿凿附会。学术人才的培养,讲究打好地基,然后建设大楼。建基于某个原典的学术研究,如果对原典意义的理解有偏差,那就是基础不稳,跟着的建筑,就会比比萨斜塔还要倾斜;如果是建筑在浮沙上面,顷刻间就会倒塌。当然,对古代原典的解读,向来难定于一尊;我们怀着慎思明辨的态度,常常要参考各种诠释和导读,以求"读懂",光靠原典往往是不足的。无论如何,直接阅读原典,以原典为主体,而非仅凭二手资料,且不人云亦云,才是正道。守正,然后谈创新;否则"培养"出来的人才,就可能误入邪途,走火入魔。

翟鹿:您觉得中华文化典籍学习与培养创新型学术人才之间有怎样的关系?学习中华文化典籍对于创新型学术人才的培养是重要的吗?

黄维樑:我们常说推陈出新,新的事物、新的作品,都从旧的东西演变、孵化、发展出来。在西方,荷马的《伊利亚特》引生出维吉尔的《伊尼德》等作品,莎士比亚的《罗密欧与朱丽叶》成为后世多少爱情故事的原型;正如在中国,《诗经》和《楚辞》,衣披了后世多少诗人。文化典籍都是经过时间老人千百年的祝福而后形成的,具有贵重而恒久的价值。文化典籍包含可贵的经验、深刻的思想;但不同的人、不同的时代,对事物的看法,向来难以齐一,所谓"物论难齐"。我们不能视某典籍的内容思想为绝对,不能视之为唯一的真理,我们对文化典籍与对一般书籍，阅读时都必须有审问、慎思的态度。"尽信书不如无书"是个座右铭。

不过，名为经典，名为典籍，必有可以启发我们的地方。上面所举的东西方经典，都启发后人，衣披后人。《文心雕龙》的《通变》篇说："名理有常，体必资于故实"，借用其意，我们可说创新一定要取资于"故实"的典籍；《孟子》说"资之深，则取之左右逢其源"，更见"资之深"的好处。20世纪西方著名诗人艾略特的文章《传统与个人才华》，说的也是这个道理：认识传统，方能凭着个人才华推陈出新。杜甫"读书破万卷，下笔如有神"提示我们，取资于典籍多，下笔如有神助，也就会新意迭出了。真正的创作，当然离不开某些方面的创新。《石头记》（《红楼梦》）是部石破天惊的小说，是一大创造，你看看书里面作者融合了多少中华文化典籍。学术研究亦然。

学者从古代的刘勰、朱熹，到近世的胡适、钱锺书，到当代的许多人文学者，其创新之见，莫不从典籍演化出来。西方从古希腊罗马到当代学者，其创见也莫不从典籍演化出来。我们可以说：创新端从典籍来。在西方国家出生长大的人，如要成为人文学者，大可只读西方典籍以为将来学术创新的基础。然而，如果是中国人，且是尊重、爱护中国文化的人，要讲好中国故事的人，对中国文化怀有自信心的人，如想在学术上有所创新，就必须先学习中华文化典籍，其理自明。

翟鹿： 从学术研究的角度，您认为如何在中华传统文化中找寻学术创新点？

黄维樑： 先说学术研究的态度。《中庸》说的"博学之，审问之，慎思之，明辨之，笃行之"是千古不易之理。广州的中山大学，高雄的中山大学，都以之为校训，也是西安理工大学的校训。上网查阅资料，更发现国内大学校训中含有"博学笃行"四个字的，有河南科技大学、广州大学、北京外国语大学、长沙民政学院、安徽大学、对外经济贸易大学、华南理工大学、湘潭大学、郑州科技学院、淮南师范学院、山东理工大学等校。综合性大学如此，非综合型大学也如此；大学如此，学院也如此；《中庸》的"五之"可说放诸大江南北而皆准，以至放诸天下而皆准。

博学，当然包括广泛学习文化典籍。我举自己的一些研究做例子。作为形容词的博学（erudite）一词，我称不上，我只能说自己喜爱学习（王蒙先生曾说学习是他一生的硬骨头）。中学时读过中华文化典籍《孟子》的片段，大学读的是中文系（副修英文），读过《孟子》的好几个篇章；我对《孟子》中《齐人有一妻一妾》的故事印象深刻。继续读书，到美国深造，接触的中西古今典籍越来越多，很多文学的问题引起我的兴趣，乃努力探索。关于中国小说的起源，论说不一，多认为起源于魏晋南北朝。我审问，阅读，慎思，阅读，明辨……细读《孟子》，特别是关于"齐人"的片段，广读先秦时期的一些经书和子书，又细读《汉书·艺文志·诸子略》；总之，是尽量找寻（search）再找寻（re-search）我认为有关的书来读。结论是其起源应该早于此期。

我在俄亥俄州立大学读博，在东亚系、英文系和古典系（Department of classics）修课，对中西文学的经典都有涉猎，对"新批评"（The New Criticism）文论兴趣浓郁。通过一番细读明辨，我认为"齐人"的故事具备人物、情节、思想等小说要素，结构统一而完整，字字珠玑，最能符合现代的"有机体"（organic unity）要求。它的反讽（irony）技巧，如"良人"一词的正言若反，悲喜场面的巧妙经营等，尤其令人拍案叫绝。而"齐人"的故事以现实生活中的小人物为题材，在中西文学发展史上，更具有超时代的意义。

《汉书·艺文志·诸子略》论及"小说家者流"，一般学者认为其所谓"小说"和现代我们所称的小说（fiction）并没有关系。经过反复阅读推敲相关典籍，我认为《汉志》那段关于小说家的记载，正道出了小说的特点：是虚构出来的，有娱人和诲人的功用。"齐人"的故事、《汉志》记述加上其他证据，使我认为中国的小说在战国时代已开始有了。可是儒家不语怪力乱神，又有"立言"的传统，以致小说家的书籍早就散失，小说的发展也受到限制。这里记述的研究经过和结论，充分说明"学术创新点"（英文所谓的 discovery，或谓 finding），是通过大量阅读文化典籍后，加上审问慎思明辨才发现的，其中《孟子》和《汉志》自然是"重典"中的重点。

我在 1974 年把该发现写成《中国最早的短篇小说》长文，分别在香港的《明报月刊》和台北的《幼狮月刊》发表。业师潘重规教授在香港退休后，到台北继续教书，读到拙作，曾在文章里给我鼓励；台湾师范大学的王熙元教授同意拙作的观点，且曾为文推介这篇拙作；香港的饶宗颐教授曾在他的一篇文章中说到中国小说起源问题，有和我相近的说法。现在年逾古稀了，倚老卖老说一句，我对此文所含的"创见"，仍颇自珍。

拙作《"情采通变"：以〈文心雕龙〉为基础建构中西合璧的文学理论体系》一文初稿成于 2014 年，距离《中国最早的短篇小说》成篇正好四十年。四十年里，我累积阅读的典籍自然愈来愈多，更为"博学"（用作动词）了。不过，治学所需的审问慎思明辨，所需的从文化典籍中找"点子"，或谓需要具有"问题意识"，以及具有广阔视野，与研撰《中国最早的短篇小说》那个时期相较，殊无二致。

这两篇文章一样涉及中西比较，而其题材已广阔到令我处理时深感力有不逮；如果我把印度、埃及、伊朗、日本、韩国等国的文论也纳入比较的视野，那自然更理想，更能说明从《文心雕龙》引发出来的这个合璧式体系，可能具有更为普遍的意义。我的语言能力非常有限，不能把握英文之外的其他外文，其他外文的原典读不了，求其次，好的翻译对我研究的视野、对我推陈出新的尝试，都应有帮助。

翟鹿：您对希望成长为像您一样的学术人才的青年学者们有哪些建议？

黄维樑：成长为学者需要"3+"。一是才华，二是勤奋，三是专注，外加机缘运气。才华和勤奋不用多说，机缘运气说来复杂，不讲。说专注。夏志清先生2013年末仙逝，我写了一副挽联："志业在批评大师小说判优劣，清辉照学苑博识鸿文论古今。"略说"志业"。多年前在与夏公的书信往来中，我曾开玩笑说："如果您下海从商，以其聪明才智，一定成为大富翁。"20世纪40年代夏志清在北大当助教，以一篇文学论文的优异表现压倒北大多个年轻教师，夺得奖学金赴美深造。他辛勤力学，在耶鲁大学以优异成绩毕业，获博士学位（他曾说耶鲁同窗的才智不过尔尔），可见其聪颖与勤奋。夏志清专注于学术，特别是小说的评论，中年时出版其《中国现代小说史》专著，创见迭出，深受好评，而成为著名学者。之后出版《中国古典小说》，他文学评论的正业之外，兼写散文，是充满情趣学问的散文。他始终最专注于学术，专注于小说。

另一位业有专精、有所不为的学者是黄国彬教授。约十年前，有晚辈撰毕一本西洋文学导读的书稿，请他写序，他婉拒；原来他定下规矩，不花时间为他人写序，这样才能专注于自己的治学与创作。学贯中西、通晓多种外语的黄国彬，数十年中出版了多种中英文学术专著，发表过大量的诗和散文，还有众多的翻译作品。又像王蒙先生，他说自己九成的时间精力用于写小说，而我们看到他出版的书，散文有之，文学评论有之，连中国古代思想家也在他撰研的范畴之内，其著作字数已逾两千万。已故的余光中，写诗是他的专注，写散文、评论和翻译，又何尝不是。

可见专注与否，不能只有一个标准；不同学者有不同性质不同程度的专注。我这里要说的是，两个才华、勤奋程度相若的学者，其一皓首只穷某"经"，另一专注文学，撰研范围广阔，则前者所穷的"经"，由于唯精唯一而极可能有大发现、大创见。

说到自己，我才华普通；自问读书、教书、研究、写作，一向不敢偷懒。没有琴棋书画的多方面才艺，文学研究的兴趣则相当广泛。然而，因为知道泛滥无际必有害于学术专精，所以也对自己加以约束。数十年来在香港文学、余光中作品、龙学（《文心雕龙》研究）等领域产出了一些研究成果，蒙多位学界同行不弃，美称黄维樑此人为香港文学研究奠基、为"余学"奠基、为"新龙学"奠基。相识或不相识的很多同行，乐道我"善"；我则乐道人善，写了很多当代文学评论，为人写序言或书评更几乎如"黄大仙有求必应"——但近年已学会打太极，婉拒了好多篇序言和书评。大半生中，散文集也出版了好几本；出版的各类著作共约有三十种，获"著作等身"之称。慷慨的文友甚至说黄某"渊博"，但这当然是过当的谬许，听来只有使这个怕热的我——所谓"唯凉主义者"——汗颜更甚。以上我略述文学生涯的一些经历，对当今青年学者的成长，或许可供参考。

才华乃天赋，或可经过培养锻炼而略为增高；勤奋是不能少的；专注呢？应该皓首穷一"经"而希冀有大成，还是凭着性情和兴趣而做个学术的泛爱主义者，则应根据个人的价值观来决定，有时机缘也是抉择的一个重要因素。《红楼梦》和莎士比亚专家，有颇多是只穷此一"经"的；他们几乎从一而终，而心安理得。韩国汉学家许世旭在世时曾对我说："维樑啊，如果一生就研究一个杜甫或苏东坡，你说多单调乏味！"文化多元，治学的取态也多元；无论如何，要勤奋，包括勤奋读书治学，打好文化典籍知识的基础，却是放诸四海而皆准的。我已是"老生"了，所说对青年学者们的种种建议，"常谈"而已。

翟鹿：好的，谢谢您的回答！

附录三 "全国高等学校教学名师"
曹顺庆教授访谈录

杨洴伟：曹老师您好！我们都知道，您在《高校中文学科课程设置之我见》(《中国高等教育》2000 年第 21 期)、《"没有学术大师时代"的反思》(《湖南师范大学学报》2005 年第 3 期)、《中外打通 培养高素质学生》(《中国大学教学》2006 年第 11 期)等文章以及多种场合的演讲中倡导"原典教学"，请问您为何提出这一理念，并如此重视？

曹顺庆：你好。我很愿意和你们谈谈原典教学的重要性和学习方法，对于当前的中国教育来讲，这是一个应该给予高度重视的问题，所以我一有机会就要宣扬原典教学的理念，并通过开设课程、鼓励研究生选择和原典研究相关的题目等来推进原典教学的实践。但实事求是地说，加强原典教学并不是我一开始就认识到的，而是在对比世界各国教育状况、回顾中国传统教育的特点、反思当前教育现状的基础上总结出来的。

中国在逐渐走向经济和政治大国的同时，文化教育也得到极大重视，高、精、尖人才的培养更成为重中之重。鉴于此，国家投入大量人力、物力、财力来建设教育工程，如今在校大学生超过 2300 万，毛入学率超过 21%。就四川大学来说，教职工一万多人，教授逾千人，每年我们招收本科生、硕士生、博士生几万人；而我读大学时，即 20 世纪七八十年代，中国大学生的毛入学率只有 5% 左右。再看抗日战争和解放战争时期，很多学校多方迁徙，办学条件异常艰苦，如北京大学、南京大学都曾经经历过这样的磨难，但很多学术大师和诺贝尔奖获得者，如杨振宁、李政道、钱学森、钱锺书、季羡林等恰恰是那个时期培养出来的。当今，办学规模的扩大和教育投资的增长却没有造就哪怕一小撮这样非常优秀的人才，所以我常说："当今时代是一个没有大师的时代。"

我说这个时代没有学术大师，可能很多人不同意，但这绝不是一个武断的观点。从横向比较来看，国际上取得突出成就和创新成果的专家很多，查看每届诺贝尔奖获奖名单就可知；纵向来讲，不要远说，如今的专家有哪个能与钱锺书、季羡林、钱学森等这些人比肩？钱锺书 28 岁被清华大学破例聘为教授，并开始了《谈艺录》的写作；36 岁的钱学森已成为麻省理工学院最年轻的终身教授；刘师培 36 岁去世后，经南桂馨、钱玄同等搜集整理的主要著作计有 74 种之多，称为《刘申叔先生遗书》。这些人在非常年轻的时候已经修成了正果，而当代中青年学者中有谁能与之争锋？我想，季羡林称得上是中国人文社会科学的最后一位大师，他的离去，标志着中国一个没有学术大师时代的来临。中国人在纪念季羡林先生的同时更应该反思，当代的教育哪里出了问题。

例如，当代教育改革对高校和院系做了大幅度调整。如燕京大学等一些著名学府消失了，四川大学、复旦大学中的一些重点学院又被分割出去成立单独大学，清华大学、四川大学、浙江大学等著名学府又将一些科技大学拉入综合大学范围内，这类合并组建带来了很多隐患。在多次拆分、整合后，现在的综合大学只分为文、理两科，而国外的综合大学分为文、理、工三科，这在很大程度上削弱而不是增强了著名学府的教育实力。据相关数据显示，美国3亿人拥有3000多所大学，中国13亿人仅拥有1000余所大学。大学数量的减少，校际竞争的减弱，是大学丧失创新发展动力的根本原因之一。中国的确呼唤建设一流大学，希冀教育强国，但这样的拆、合就能建成一流大学吗？

再如，中国当代教育对古代原典和传统教学理念的摒弃，是造成现代教育失败的关键因素之一。我读书期间，常写信向钱锺书、季羡林等前辈请教问题，久而久之发现，这些学术大师对中国古代文化原典和西方文化典籍都很熟悉。大家都知道钱学森是导弹专家，但他也很关心文学典籍的研究，我曾经写过一篇关于《文心雕龙》中灵感论的文章，他对此很感兴趣，专门和我写信交流。我的恩师杨明照先生更因其著作《文心雕龙校注》而成为学界泰斗，让我记忆深刻的是，先生上课前，总会将课上要讲的文章先完整地背诵一遍给我们听，惊得学生目瞪口呆。20世纪以来，在学校中学生接受的西方知识多，而古代原典知识偏少，忽略了对学生基本功的培养，造成了当今教育的失误。

同处一个大环境中，为什么成就了这些大师而损害了当代学子？国人困惑，我也困惑，当然其中的原因非常复杂，但与丢弃原典教学、割裂当代知识与古代文化的联系、片面强调吸纳欧美文化有着必然的关联。我重视和呼吁原典教学，既是为纠正教育偏差做点事，更是因为原典教学对于打牢当代学生的知识基础有着不可或缺的作用。

杨渟伟: 您说的问题的确应该引起重视,教育不应该成为顺其自然和盲目发展的事业。记得 2005 年时,钱学森先生就向温家宝总理坦诚相告,认为"现在中国没有完全发展起来,一个重要的原因是没有一所大学能够按照培养科学技术发明创造人才的模式去办学,没有自己独特的、创新的东西,老是冒不出杰出人才,这是很大的问题。"他说,想到中国长远发展的事情,最让他忧虑的就是这一点。您是如何看待钱老的这些话的?又是如何践行您的原典教学理念的?

曹顺庆: 钱老的话已经为我们敲响了警钟,但是却没有得到广泛的重视。中国当前的教育状况必须清楚认识治标和治本的问题,要改变当前的教学质量,必须从根部抓起,而传承文明、使其创新和发展是培养大师的关键。现代社会的快餐文化导致人们在选择应该传承的东西时,将那些艰深的东西忽略掉了,但学术一定是艰深的、坐冷板凳的事情,我们今天的学者缺乏的就是敢于坐冷板凳的精神。季老研究梵文、吐火罗文,这些东西在中国没有几个人能看懂,他搞这些东西有什么意义?但这些恰恰是文化积淀的精华。所以,重视原典教学不是现代某个人思想火花的迸发,也不是当代教育的创新,古往今来一概如此。西方自柏拉图时代直至现在的世界著名学府牛津、哈佛都非常注重古代典籍的学习;我国古代教育更是这样,学生必须将"四书""五经"等古代经典倒背如流。解决现代教育的问题,要从打好基础开始,要从学好中国古代原典和西方原典开始,这是我近年来一直倡导原典教学的根本所在,争取在这个问题上对当今教育有所补充。正因为此,我首先在四川大学给本科生和研究生开设了原典教学平台课,希望通过这个试点，能将原典教学的观念持续推广。

　　原典教学方法、课程设置、教材编写的失当，也是应该引起当前高度重视的。我跟随杨明照先生学习期间，看见先生的案头时刻摆放着两本厚厚的《十三经注疏》，每天雷打不动地要翻阅一下。先生是《文心雕龙》研究专家、学界泰斗，他校注的《文心雕龙》超越前人，这些都缘于他将《文心雕龙》烂熟于心，以至于他读其他任何一本著作时都有一本《文心雕龙》做对照，这样他就知道《文心雕龙》中重要章句的出处，所以校勘过程中遇到疑难杂症，他就能迅速找到别人不易发现的问题，变被动接受为主动思考。如《文心雕龙》第四十四章《总术》中有"动用挥扇，何必穷初终之韵"的句子，这句话历来的校勘家如黄叔林、范文澜等均没有校注清楚，而杨先生在翻阅《说苑·修文》时，发现文中有"徐动宫徵，微挥角羽"的说法，立即对照《文心雕龙》，发现"用"和"扇"其实不过是"角"和"羽"的别字，这样解释起来就非常通畅了。换句话说，先生能将学问做到如此精深，校勘如此细致，都源于他对原典的熟悉。回过头看，当代的大学生不读"四书""五经"是常态，青年教师也数不出"十三经"为几何，更难说得上学术功底深厚。

　　当前教育要培养出非常优秀的人才，必须改变教学理念、研究教学方法，将原典教学贯穿到教育过程的每个学科、每个步骤之中。也许还有人存有疑问，认为原典学习是古典文学和古典文献学专业该重视的事情，其他专业尤其是理工科的学生只要学好各自专业知识已足够了。其实不然，知识到了高的层次是一个相互贯通的整体，历史上中西方很多著名专家、学者都是全才，如前面我们说的钱学森，如当代的郭沫若，再如亚里士多德。而加强原典的学习对于文学院的学生来讲就更为迫切和重要，有些现当代的学生不愿意学习原典，和我说理解了郭沫若、鲁迅、张爱玲就可以了，其实有所不知，这些人的国学功底是非常深厚的，不学好原典，读郭沫若、鲁迅的作品过程中就会出现这样那样的问题。

原典是文化的源头，是民族精神的支柱，是民族凝聚力之所在，是各学科最基本的东西。作为一个中国人、一个文化人、一个研究文学的人，起码的文化修养是应该具备的，所以各专业的学生都应该学好古代原典。经过近些年的大力宣传和不断摸索，越来越多的学校和学生慢慢认识到了原典学习的重要性，一些学校还模仿开设了原典教学课程，甚至政府部门也开始在行政培训中增加了原典学习内容，这是好的现象。

杨洚伟：既然原典是文化的源头，是各学科的基础，就应该是每个学生必须牢牢掌握的知识。但由于当前学生的学习主动性普遍较差，加之浮躁社会风气的影响，学生基本功多不扎实，质量参差不齐的状况十分常见。在这样的条件下，您认为大学生应该怎样学习原典才能有效地改变教育现状呢？

曹顺庆：你说的状况是存在的，但是也不完全如此。现在有些学生很喜欢国学，我新招收的一个研究生就能背诵《文心雕龙》全本，这是中国原典教学发展的希望。然而对于大多数学生来讲，学习古代原典仍存在不小的障碍。我在博士生入学面试时要求背诵经典段落，大部分学生稍加思索之后都会背诵出"床前明月光"，而对于《文心雕龙》《楚辞》《离骚》等基本不知一字。如此现状，实在令人担忧。要改变这样的状况，最主要的是培养青年教师和学生原典学习的浓厚兴趣，这需要教育在观念上、机制上、方法上都配合改进。

　　长期以来，一些学者认为携带封建理念的中国传统经典是有毒的，而柏拉图、亚里士多德，包括基督教经典却有着很高的价值，所以我们说起长袍马褂还会觉得好笑，而穿西装就认为很正常，这是可笑的结论。在这种理念的指引下，当代教育在课程设置上对原典的重视不够，或者尽管开设了一些原典教学课程，却均使用白话译本和当代校注本，这是很害人的。选材上我建议使用古人善本，并要求学生熟读繁体字，强调背诵的重要性。其实背诵是学习原典非常好的方法。开始时我也认为，中国几千年文化史中遗留下来的东西，生疏、深奥，不易理解、不易背诵。我曾就这个问题请教过杨明照先生，先生自幼读过私塾，记背过很多经典名篇，但他能完整背诵的也大抵只有《文心雕龙》；而他也提起幼时背诵《关雎》时，根本不能理解诗中描述的关于爱情的感觉。那背诵的意义何在呢？先生告诉我，没有背诵就没有他今天的成就，背诵过的东西会在潜意识中留下印象，没有陌生感，很容易记起。或许正如电脑文档一样，保存过的东西可以在需要时搜索出来，而未保存过的东西却如无米之炊。因此，学习原典不能延续白话教学方式，应强调背诵典籍原文，有条件的要抄写用繁体字书写的典籍，才可以完全熟悉原典的写作方式和理解方式。所以我常说："学习中国原典要全面复古，学习西方原典要全面西化。"

　　杨淳伟：和您谈话使我深受启发，在了解学习原典重要性的同时也掌握了原典学习的根本方法。但所谓教育，是教书育人的简称，好的学生还需要好的老师的培养。您刚才也提到，教育改革除了理念和机制外，还要重视教学方法的改进。您认为教师、导师在准备和进行原典课程的教授时应该采取怎样的措施才能取得良好的效果？

曹顺庆：谈到教师的教授方法，这是一个非常重要的问题，刚才我们也说了一些。要培养出杰出的人才，就要有一流的大学和学术大师，这是不可否认的。"所谓大学者，非谓有大楼之谓也，有大师之谓也。"优秀人才的培养既取决于学生的素质，也依赖于教师的方法。正如精美的玉雕，既要找到材质细密的玉石，还要有技艺精湛的雕刻家。

我主张原典教学的全面"复古"，所以当今的青年教师也要全面"复古"，穿着西装站在讲台上不要紧，这是形式问题，但思维方式必须是与原典的学术规则相匹配的，这不是恢复封建，而是继承传统。首先，教师在选择读本的时候，应选择古人的善本，放弃今人注本，因为即使如周振甫这样功力深厚的学者，在校注《文心雕龙》时还是会有注音和释义等不准确的地方。教材编写也应选取一些能够引人入胜的篇目，根据学生的适应性而慢慢调整，不要翻开书的第一页就艰深难懂，将学生的兴趣挡在门外。其次，教师是学生的榜样，是学生获取知识和能力的重要源泉，只有我们把自己缸里的水不断装满，才能把学生的桶装满，干涸的器皿是无法浇灌任何花朵的。我们要求学生背诵原典，教师首先要能烂熟于口、烂熟于心，并在熟读善本的基础上全面理解原典写作、校勘、训诂、目录等基本常识和学术规则。如今很多教师懂得"一经"已很难得，如何能开设"十三经"课程？再次，不要将原典教学课程讲解成"文化概论"，原典教学忌讳空论式的学习，这样不能真正起到熟悉原典的作用，不能了解原典的写作方式和思维方式，这是一个误区。应采取引导式的经典教学，引导学生在背诵的基础上自己动脑释义和思考，老师只起到引导和点拨的作用，要帮助学生读进去，将原典教学变成真正的实践课。

现在的原典教学已经得到了众多部门的重视，教育部及很多高校都在努力进行这方面的改革。中国人民大学已经先行成立了国学院，国家教育部也筹划设置国学一级学科和国学的专门学科。以上这些都为培养原典教学的先头部队做好了基本准备。

杨浮伟： 通过您的讲述，我们了解到当前原典教学中还有很多工作需要改进，但您也提到，培养不出一流的学术大师，是众多原因共同作用的结果，不仅是忽略原典教学和教学失当的后果。那么，针对当前我国学术研究原创能力不足的情况，除了以上谈到的原典教学问题，您认为我们的教育还有哪些问题是亟待解决的？

曹顺庆： 反思以前的教学体制，致使教学内容空洞、学生基础不扎实，质量下降，缺失学术大师，这和对古代原典的抛弃有关系，但也不尽然。为什么这样说呢？譬如现在文学院的学生都要学习《文学概论》，20世纪以来的《文学概论》主要引自西方，而用于教学的课本却是中文翻译后的二手资料而非西方原文。我们都知道，翻译只能力求"信、达、雅"，却不能呈现某些词语的全部含义，尤其在跨文明、跨学科语境中，很多学术术语要实现完整意义的再现是有很大难度的。我们可能很容易地翻译出"cat"（猫），却不能清楚地翻译出"close reading"（细读），我们可能在不同版本中看到很多关于这个词的译义，读者阅读时或者对"close reading"本意了解不尽然，或者在多个释义中产生迷惑。因此，我在主张恢复原典教学的同时，还强调要尽量用西方原文教授西方文化。不仅要通中，而且通西，中西贯通，这是一个很重要的问题。

另外，我们强调原典教学，但不是要培养书虫，仅将原典学习好、背诵好并不是拔尖人才。钱学森先生曾说:"现在的学生对知识没有兴趣,老师教到什么程度,学生学到什么程度,这样的教育是不行的。"我们今天看到的学术论文,有些重复率很高,甚至达到了百分之二十几。所以现在要反抄袭,反抄袭是为了在前人的基础上创新,怎么能达到创新呢? 就是要鼓励学生敢于挑战权威,提出与众不同的创见,创造浓厚的学术氛围与竞争气氛。尤其关键的是要求教师首先要站到学术前沿,然后带领学生尽快走入学术前沿,这是非常迫切的问题。事实证明,学生的成功与导师能否将学生迅速带入学术前沿的关系是非常密切的。美国三千多所大学,但诺贝尔奖得主只集中在几所大学的某些院系中,有些大学年年能培养出获得诺贝尔奖的人才,这不是偶然和奇迹,而是一个规律,这些学生强是因为那里有名师、强师,学生站在巨人的肩膀上,他们的学术研究是代代相传的。如果学生入学后还要从基础慢慢摸索起,那么他的进步注定是缓慢的,达到顶点的过程注定是漫长的,不是重复前人的路线就是误入歧路,取得优异成绩的可能性也是渺茫的。一般情况下,我主张一个问题提出后,不要导师规定课题,而要学生发挥自身的探索能力,导师只能在学生思路不畅的情况下,进行引导和帮助。学生一定要自己学着走,而不是老师扶着走。

就学生而言,首先要端正态度,不要把追求学历作为第一目的,进入大学是来学习知识的,学习知识是一件非常枯燥的事情,要坐得住冷板凳,不要太浮躁、太急功近利。再者,研究过程中如何注重方法创新? 首先要弄清楚某一个问题、某一个学科发展的来龙去脉,你才能创新。好像打仗一样,不能一上战场就开火进攻,要屏住呼吸、认真进行火力侦察、细致摸清阵地，整体部署、严密规划，才能打一场漂亮的战役。也就是说，只有清楚学术背景，才能寻找到学科缺陷，方能攻坚。

杨淳伟：您讲得太精彩了，非常感谢您。您让我们深入了解了有关原典教学和教育发展的方法和目标。我们可不可以这样理解，正因为您选择了素质好的学生，采用了正确的教学方法，才培养出如叶舒宪、蒋承勇、何云波、罗婷这些知名学者？如果我的理解是对的，能否谈谈您在硕士生、博士生选拔方面有什么独门秘籍？

曹顺庆：你所提到的这些成功学者都是我的博士生，但是他们不是最具有代表性的。他们本身就很优秀，在跟随我攻读博士学位之前已经取得了一些成就，是成熟的学者了。我今天要和你们说的是一开始很不知名，后来成长为优秀人才的一些学生。如现河南大学文学院院长李伟昉，他入学前基本上没发表过论文，而在川大刻苦学习三年后，不但发表了几篇重量级的论文，毕业论文也被评为"全国百篇优秀博士论文"，是比较文学专业第一篇优博论文，因此被破格提升为教授、院长。另外一个叫胡志红的学生，原本在外文系毕业，入学之前也没发表过任何论文，入学后写的第一篇论文文句不通。但是他外文很好，我建议他将西方生态研究方面的文章引进来，与中国的古代典籍相结合进行比较研究，他做得非常成功，在校三年期间在 CSSCI 来源期刊上发表了七篇文章。还有一个叫吴结评的学生，来自一个小学校，自身潜质也不高，但是非常坚持、刻苦，在写作毕业论文《英语世界里的〈诗经〉研究》时写出一章就拿去发表，待写完毕业论文后也在 CSSCI 来源刊物上发表了四五篇文章，成了宜宾学院外文系重量级教师。

我之所以谈及这几个学生，要说明的是，有很多学生自身潜质挖掘得比较早，悟性比较高，一开始就能显示出适合学术研究的天赋，而更多的学生一开始对学术并没有太多的爱好和兴趣，看上去也并不机敏，但并不能证明这些学生就不适合进行学术研究，只要有恰当的引导方法和不断努力的精神，成功的几率是平等的。我希望看到越来越多的学生在学习原典的过程中获益，希望我们的教育能培养多一些具有创新性的优秀人才，如果能迸发出几个学术大师，更是教育的成功、国家的幸运。

杨洔伟：非常荣幸能成为您的学生，非常感谢您接受我的采访。

附录四 原典阅读与返回故土——博士生读经课程意义之体验与认知^①

刘朝谦

2001 年，我有幸得入曹门，跟随曹顺庆教授，研习文艺学之中国文化与文论方向博士生。入门之后，曹师给我们开设了一门课，课的名称是"《十三经注疏》阅读"。刚听说这门课程是读经，我心里马上想到的是中学时读过的鲁迅先生反对读经的文章。我心中泛起的第二个文化记忆则从政治上直接反对着第一种关于读经的价值态度：20 世纪 80 年代初，改革开放时代到来，党的工作中心从以阶级斗争为纲转向发展经济建设，以实现四个现代化为中心，人们在这一时期对中国传统文化开始重新审视，有了新的认知和新的价值评判，以熊十力、牟宗三、唐君毅、方东美、徐复观等人为代表的中国港台地区新儒家及其学术观点渐次进入内地学者的视野，这些新儒家人物认为儒家义理对于人类思想文化世界而言，具有普适性，其

① 原载于《中外文化与文论》2022 年第 3 期，此处略有删节。

中有些人甚至撰文论证儒家义理同黑格尔、海德格尔思想的共通性。那时内地很多中青年学者成了新儒学大师的景仰者和追随者，他们纷纷投入到儒学的认知和研究之中。20世纪末的这一股小小的国学思潮在接下来的几十年里，演变成了席卷国内思想理论界的国学大潮。受这波国学热的影响，内地的部分学者开始重读儒家经典，大众受此影响，亦开始接受读经的行为。上述围绕读经而泛起的两种文化记忆在对冲之下，由后一种记忆承载的读经态度瞬刻得到我自己的认可。毕竟对自己民族的思想、理论遗产我们没有理由保持历史虚无主义态度，民族过往的思想理论遗产对于民族自身而言，其最大的价值就是它对这个民族之思想文化建设的超越时空的形上品质。

曹师顺庆为四川大学博士研究生开设"《十三经注疏》阅读"这门原典阅读课程，在当时中国内地的大学是具有开创性的举动，其开创性不仅表现于在此之前，中国内地的大学已有很久没有这类课程的开设，而且更表现在曹师对读经课程的设计和开班并不是对中国20世纪80年代以来新儒学的简单跟风，他的工作基于他自己在学术上的重大关切和所发现的重大的问题意识，从中国当代文论话语如何世界化这一问题入手，其读经的动机和目的都是别开生面的。

我们年级有十多位同学，有读比较文学专业的，也有读文艺学专业的，另外还有一些其他专业同学来旁听。在上这门课时，曹师顺庆要求的教材是中华书局出版的清人阮元校刻影印本，这个本子是竖排、繁体、正文同注释文字联结在一起的，这是原汁原味的原典。这样的文本对我们年级所有的同学来说，要在课堂上顺利地、正确地把经文的正文和注释文字读出来，都有着一定的困难，哪怕硕士阶段就读的是中国古代文学或中国文学批评史专业的同学，也不能保证自己的阅读不会遇上一点困难。因为，在硕士阶段，导师通常不会要求学生在公开的课堂上阅读这种原汁原味的经学原典文本。

记得当时我们读经遇到的困难，大致有以下几个。第一，是识字的困难。《十三经》是中国经学主要的原典，阮元校刻的本子文字全是繁体字，这对从小生活在现代简体字语境中的我们而言，某个字的简体我们是认识的，但这个字在经文中以繁体的面貌出现，我们就有可能不认识。第二，经学经典作为古代中国思想的文本，其所使用的很多文字、词语，用胡适的话讲，在现代都是已经不再使用的字词，对现代人而言，这些字词十分生僻，形同死亡，要把经文正确地读出来，这就需要每一个同学在课前预习时，查阅字典、词典，把这些生僻的字词读音和意义搞清楚。第三，文句篇章意义理解上的困难。儒家经典意义的正确理解，要求阅读者不仅应有相当的小学修养，而且对儒家思想体系也应有其本身的同情和认知，要做到这一点，在阅读时至少需要将经典正文和经典的阐释文字对应着读，这样就增加了原典阅读的难度，毕竟对经典注释文字的阅读和认知必然涉及经典之外的整个中国古代经学，从宏观的角度来加深对微观层面意义的把握，从来都是一个宏大而艰巨的工作。第四，我们很多同学在上曹师顺庆的读经课之前，并不是每一个人都先在地习惯于从上往下、从右往左的古代阅读方式，更不要说习惯于读一段经典正文，再读一段注释文字这样的阅读方式。同学们必须在很短的时间内熟悉并掌握这样的阅读方式，这的确是一件颇有难度的事情。好在，我们几乎每一个人通过自觉的努力，最终都成功地度过了原典阅读这一难关。

原典阅读会面临着许多的困难，曹师顺庆却依然坚持让我们在课堂上轮读经学原典，当然不是老师故意为难学生。就我自己而言，当时认为老师开设这门课程，本质上是基于他所提出的中国古代文化与文论研究"失语症"现象，试图在"行"的层面，来改变文论失语这个当代学术现象。改变之工作在当时之所以显得急迫，是因为经济和政治上开始强大起来的中国，需要同时有文化的自信，需要在全球化语境中，在世界文学理论领域里有中国文论自己的声音。当代中国文学理论的建设和研究要做到这一点，就有必要找回自身业已失落的中国古代文论话语体系。因为，中国向西学到的文论虽然应对的文学问题是属于中国现代文学的，但中国文学理论真正可以拿到世界文学理论领域与别国的文学理论一争高下的，不太可能是中国现代文学理论，而只能是中国古代的文论话语。中国文学理论从大的框架上讲，无非是古代文论和现代文论两大类型，中国现代文论在范畴和命题的所指层面，在理论的知识框架方面，在理论话语的学理逻辑方面，都是对西方文论的取法、模仿或跟进，由于中国现代文学理论离西方太近，以至于我们在中国现代文学理论那里看不到明显的、风格特异的源自民族历史的民族性，在其中，词语能指的中国指向被所指的西化色彩所遮蔽。从文论词语层面看，所指和能指都鲜明地指向中国民族历史特性的是中国古代文论。这意味着要改变现当代中国文学理论失语症问题，我们只有返回中国古代文论原初的话语体系，以期为中国现当代文论之建设寻回民族的话语逻辑。原典阅读，即是返回中华文化家园和文论话语的一条最佳路径。

众所周知，中国古代文论话语的初生和再生产，是以儒家的经典为母壤之一的，今天的博士生只有基于对这一母壤深入的了解，才能对中国古代文学理论话语之民族文化质性有准确的认知，才能对当代文论建设、研究之失语有所戒惧，知所改变。我个人对此的理解，曹师顺庆正是基于此种考虑，欲通过读经课程的开设，曲折地表达一个意图：他认为通过疗治和改变失语的当代症候，让中国当代文学理论真正成为中国的文论话语，从而在世界文论场域中真正能发出自己独到的声音，拥有话语权，乃是我们这个时代的学者和学术后备力量必须去做的一个宏大的学术工程，乃是这一代学术人的历史使命。这个工程的完成，必须要有一支强大的学术后备力量，他们必须从中国古代思想和理论生产与再生产的原初之地入手，从而最终把中国古代文论话语历史的真实面貌建构起来，为文论在当代中国化之路的筑造寻求一种历史的可能性。也就是说，中国当代文学理论的民族化建设必须要做的一件工作，就是建设者必须先行回到中国古代文论话语之历史现场。曹师顺庆在这里，正如海德格尔所说的是那诗人中的诗人，这诗人为了守护人类的平安，自愿冒着风险，先行抵达存在之深渊。

曹师顺庆设计原典阅读课程所依据的一个思理依据是文论生产的原生话语逻辑。按这一逻辑，中国古代的文论在世界文论场域中本身乃是独特的，因而是真正具有世界意义的文论话语。作为对中国古代文学活动的理论思考，中国古代文论话语产生的历史地基涉及中国古代哲学、伦理学、心理学、美学和诗学等诸多学科，涉及中国古代政治制度的设计与运作，涉及中华民族古代理论思维的特殊方式和路径。这一地基在经学时代创起之后，其主要的话语形态是儒家经学。之所以这样说，一方面是因为经学从国家和社会顶层意识形态话语的宏观层面，根本地规定了当代被称为社会科学和人文学科两个领域所涉及的几乎一切方面，自经学于汉代创起之后，它在中国古代的思想世界中的地位就几乎没有变动过，这意味着中国古代文论的话语框架和基本价值观在根本上历史地，因而是必然地得从经学这块土地里生长出来。另一方面，经学最初的五经是先秦文献，先秦中国文论多记载于这五经之中，这说明中国古代文论在客观上本来就是五经的一个重要内容。就前一方面而言，今天的学者如果就文学而谈文论，虽然谈及的问题和现象会非常具体，具有文学自身的专门性，但是，只就文学谈出的文论终究是有局限性的，其最大的局限性就在于这样的文论话语主动抹去了文论与社会、人生和政治的总体联系，削弱了文论应有的丰富性和深广程度。就后一方面而言，中国古代文论始于先秦，由于中国先秦文论见载于五经之中，因此，读经在历史时间这个维度上意味着对中国文论早期话语的直接阅读。今人从上述两个方面读经，等于是从文化的总体性话语和文论话语两个层面介入到古代文论话语之中，既从经学这个古代思想的总体框架中寻找中国古代文论话语产生和运作的总根子，又在经学框架内认识中国古代文论生产和再生产的内在的独有特征。我认为这应当是曹师顺庆关于原典阅读课程设计思想非常深刻、非常中肯、非常具有创新性的地方。

生活在 21 世纪的中国学生，欲回到中国古代文论话语，必须先回到中国古代经学语境。中国古代文论话语属于儒家的这一块，其意义生产的主要方式乃是"依经立义"决定了这一点。曹师顺庆设计并开设读经这门博士生课程，等于是向现代学者发出了返回古代的吁请。我们这个年级的同学在当时即应曹师顺庆的这一吁请上路。在课堂，即在路上。这里的在路上，不是无家可归的存在情状，而是居于返家之路。因此，这一在路上对于路上的行者而言，其行走既随路之行走而得陌生之感，又在生命的最深处时时感到有最温馨之风的吹拂。因为，这里的返回家园，把儒家经典酿造成了现代人心里的文化、思想和理论的乡愁，而且是现代人自己信认和深切体验到的乡愁。

返回故乡，本质上是把古代话语作为鲜活的历史上的当下来返回。曹师顺庆自 20 世纪 80 年代以来的学术文章和著述喜欢使用话语一词，记得有一次开学术会议，中国香港学者黄维樑在发言时还就此开过曹顺庆教授的玩笑，说内地学术界近来多用话语一词，皆因受曹顺庆教授影响所致。话语一词，来源于法国存在主义哲学大师福柯的知识考古学的应用，强调语言之言说的当下性，认为在言说的当下，总是有说话人、受话人的共在，说话依托于一个文本展开，并在说话人和受话人皆在当下处身其中的共同语境中实现说与听的有效沟通。话语的这种当下性，决定了它不是书本文章上被锁闭的语言文字，被锁闭的语言文字只有字面意义上的所指，那所指只是文字脱离了历史和现实规约的永远一成不变的一般意义，它与话语中说话人和受话人皆作为个体当下在场，因而所说所听的话语的涌突是不一样的，在话语中，文本词语之意义总是血肉丰美的、生气四射的、把存在者之此在与存在从宏观到微观都充实丰满地涌流出来的。也就是说，单纯从语言的层面进入古代文论文献，所进入的不过是冰冷的、单调而苍白的文献，从话语层面进入的古代文论文献，则是回到现场的、鲜活而有生命的文献。记得当时听黄先生笑说曹师顺庆对话语一词的使用，对曹师顺庆的语用尚未有今时的理解，不过一笑了之。但现在想来，曹师顺庆讲失语症而多用文论之"话语"一词，言说之

际，其意已然深远。曹师顺庆的用心，当在借此强调中国当代
文论之建设欲借助中国古代文论的力量，只在固化的、冰冷的
文献层面返回古人文论是不够的，生活在现代汉语语境中，由
现代汉语言说出来的人，只有通过话语之路，让古代文献灵
动、鲜活起来，才能在切己的生命感知中，真正深切地返回古
代文论原初的语感中去，而只有中国古代文论原初的语感进入
当代人生命的时候，中国古代文论才会真正穿越时空，进入到
现代学者的身体里，成为其生命在当下的有机内容。在这一意
义上，曹师顺庆为博士生开设的原典阅读课，本质上是引导博
士生在人之内在生命的维度，踏上返回中国古代文论之充满灵
动鲜活气息历史现场的道路。

　　自从五四新文化运动时期现代白话文成功替换了文言文之
后，现代学者越往后，其返回中国古代文学和文论的现场的努
力就会越困难。因为，按我个人的看法，我始终认为，现代白
话文之取代文言文，本质上不是中国更换了一次语言工具，而
是在破除文言文这个旧时代的中国人存在家园的同时，中国人
建构起了现代汉语这一新的存在家园。对于中国古代文论而
言，文言文不仅是让文论得以生产和存在的工具，在本质上，
文言文更是中国古代文论成其所是、如其所是的家园性规定。
在这方面，文言文首先是作为中国古代文论赖以成其所是的古
代文学之语言家园，借用德国著名语言学家洪堡特的话说，则
是古人内心最纤细的、最微妙的精神和生命感知都是从文言文
学的实词、虚词中生长出来的，古人对天人之间、人神之间和
自我、他者之间生命的全部主观感知都在文言文学里以文言文
之语感这一形式显现出来，中国古代文论以文言文所书写的文
学作为自己理论之思与说的主要对象，并且其理论之思与说也

以文言文为介质，理论对感性的、审美的世界的认知也由文言文来实现，理论的文言文与文学感性的文言文在文论话语场域共构为中国古代文论特有的复调式话语，所构筑起来的居所，既感性，又理性。此居所在理性的层面达成古人对文学的理性认知；在感性的层面让文论自身现身为一种特别的文言审美语言形式，让刚性的理论话语总是被感性的文学性所柔化，让冰冷的理论话语总是被其中的文学性加温加热，让理性的客观的理论话语被古代文论话语中的文学性赋予主观的诗性。总之，中国古代文论话语这一居所由文言文给予命名，并在文言文的命名中让居于其中的古人得到文言文本质地化育出来的存在之诗意。这样的属于诗之文言文当然不仅仅是人之上手工具，而且更是让古人成其为古人，让文论成其为中国古代文论的本质力量。

在是工具还是家园的定性上，现代汉语与文言文共囿于一理。对于现代中国人和现代文学而言，现代汉语同样不仅是实现人的现代社会交往的一种工具，而且更是现代中国人成其为现代人的家园性规定。在现代汉语筑就的现代文学居所这里，现代汉语对于现代人而言，其所具有的存在家园本性表现在：一方面现代文学把现代人存在之现代诗性言说出来，此言说即是创化，即是生产；另一方面，现代文学使用现代汉语作为文学语言介质，赋予现代人生活于其中的世界以诗意的现代性。中国现代文学理论以现代汉语书写的现代文学活动为对象，其思与说的语言亦以现代汉语为介质，在理论思维上则效仿西方科学思维，以社会科学之法则为话语生产的尺度，自觉让现代中国文学理论作为社会科学之一种理论现身。现代文学理论因此在语言和思维两个方面都同中国古代文论话语区别开来，且使得中国古代文论话语对于现当代那些怀有古代情结的学者而言，成了远逝的、想要回归却充满困难的真正的理论故乡。

显然，在中国文论之古代话语和现代话语两种形态这里，存在历史的断裂。对现代汉语取代文言文造成中国文论具有两个世界、两个家园的历史景观的合适的学理解释，如果用福柯关于历史总是服从于偶然律，在前后时间的撕裂中向前发展的观点来解释，反倒更为合理一些。

断裂的这头与那头都是中国的文学和文论，这决定了即使断裂之处是难以逾越的深渊，但返回却又是必须的。因为，只有返回，哪怕只是试图返回，现代人才能真正摆脱文学、文论的历史虚无主义，才能对自己民族的文学、文论有坚强的自信。曹师顺庆在中国的大学里设计并开设十三经原典阅读课，因而既是返回中国文论故土的有益的尝试，也是一次历险，没有中国当代文论总体上的一种使命担当，没有对中国文论话语历史与现实的深切洞察，没有战士般的思想的勇气，是做不到这一切的。曹师顺庆这么多年来，在教学方面所做出的重大的贡献由此可见一斑。我们欣喜地看到，原典阅读课程具有历史性的开启意义正在曹师自己的工作中，以及在曹师学生的学术工作中显现，结出理论的花与果，未来的天地正在被一步步拓展开来，道路和方向充满光明和希望。

后　记

　　本书为 2021 年教育部首批新文科研究与改革实践项目"文史哲拔尖创新人才培养创新与实践"（项目编号：2021080029）成果之一。该项目从钱学森之问出发，提出当今"没有学术大师"的根本症结之一在于现存人才培养模式难以培养博古通今、学贯中西、文理皆通、富有创新力的拔尖优秀人才，拟围绕文史哲拔尖创新人才培养问题，完善文史哲学科人才培养机制、创新人才培养模式、探索人才培养经验，进一步培养兼具人文情怀与科学素养的文史哲学科复合型拔尖创新人才，推进文史哲领域新文科建设实践。其中一个目标就是，加强拔尖创新人才培养实践经验与典型案例的总结和全国推广。意欲总结实践经验、研究典型案例，一个思路即为探究一代学人的治学之路，厘清其与学科发展规律、人才培养之间的内在关系，总结其普遍性路径，提炼其普遍性规律。这不仅是经验的总结，更是有关学科发展规律的学术研究。

　　叶嘉莹先生曾在《王国维及其文学批评》一书中评静安先生，认为静安先生在文学批评方面真正值得重视的成就，并不仅在于其任何一篇作品的个别价值，而是融西方"新学语"入中国旧传统，为中国传统文学批评开拓了一条前无古人的新批评路径。古往今来，可称得上学术大师的人物均是如此。前有刘勰以印度佛理思辨方式系统阐释中国古代文学现象，终成一部前无古人、后无来者的"体大虑周"之作《文心雕龙》，后有王国维、钱锺书、朱光潜等先辈学人立足本土诗学进行中西对话，开拓中西比较研究新路径，并建立起自己的一套理论体系，为我辈学子治学与理论创新指明方向。当代比较文学学者亦跟随先辈，积极创立自己的理论体系，为推动中国文论话语建设做出贡献。

然而，一代学人的治学之路呈现出多样性，恐无法——讲述，只能择一显著，以介于"外在"与"内里"之间的视角，融客观外在观察与内里切身体认于一体，探究以曹顺庆教授为代表的比较文学大家的治学规律。尽管，曹顺庆教授的治学之路始于比较诗学，通过"返回"原典历史现场和"走向"全球话语这一循环往复的中西比较研究路径，着眼于创造具有世界性的国际理论话语，但他始终没有脱离过本土文论，反而一再强调需从本土文论中不断挖掘理论范畴，重新阐释中国古代文论，从而创新文论话语。其中，曹顺庆教授一贯坚持的"原典阅读"模式，俨然已成为国内比较文学界研究与育人的一大范式。

本书的落脚点即是研究"原典阅读"与中国比较文学学科发展之间的关系，主要讲明以下几个问题：何为原典？为何比较文学学者甚至是整个人文学科均要进行原典阅读？原典阅读与比较文学研究之间的内在关系为何？如何从原典中找寻学术创新点？原典阅读与人才成长之间的关系？简言之，本书将"原典阅读"放在一个学术开放性的场域，着眼于规律性、客观性研究。本书想要说明的是，这种"原典阅读"对于中国比较文学学科发展规律与人才成长的积极作用究竟为何。

为了充分阐明这一问题，本书在章节设计上亦有所考虑。前言可作为综论，从不同角度阐述原典阅读的意义、以曹顺庆教授为代表的中国比较文学大家治学之路与中国学者推动中国文论话语建设的普遍规律。第一章"原典阅读的源与流"、第二章"原典阅读的中西传统"主要对本书讨论的核心概念"原典"和"原典阅读"之内涵、历史、案例及发展问题进行解读。第三章"原典阅读与中国比较文学"、第四章"比较文学原典性方法论的三重意义"、第五章"比较文学原典阅读的独特性"、第六章"原典阅读教学改革的总体思路和具体措施"和第七章"原典阅读与比较文学拔尖人才培养成效"，则试图构建起适用于比较文学学科的原典阅读方法论，并考察"原典阅读"之于比较文学学科发展、建设、研究、教学和人才培养方面的价值和作用。第八章"原典阅读的现代价值"论述"原典阅读"作为一种研究和教学理念之于当下的意义，论证其对今天人文社科领域研究和人才培养所面临艰难险阻的启发性意义。

本书得以最终完成，首先要感谢曹顺庆教授对本书的大力支持，亦要感谢四川大学文学与新闻学院曹怡凡、翟鹿、刘诗诗、王熙靓、周姝、李甡、杨溢雅、曹敏、明钰、刘怡诤、刘奕汐、郭霄旸等硕博士生的积极协助，还要感谢商务印书馆编辑团队对书稿结构与内容所提出的宝贵修订建议。

需要特别说明的是，本书部分内容已以论文的形式发表：第三章第二节由发表在《现代中国文化与文学》2021 年第 39辑上的《王国维的"新学语"观与文学横向发展论》一文延伸而来，第四章"比较文学原典性方法论的三重意义"发表在

《东疆学刊》2024年第3期。在本书策划之初，原本还有"原典阅读与拔尖创新人才丛谈录"，主要收录了海内外著名学者有关本书话题的访谈、回忆录等。此部分内容多采用叙事文体，对过程培养的描绘栩栩如生，在一定程度上为本书论述的主题给予了案例支撑。然而，遗憾的是，正是因为体例原因，这部分内容最终无法原汁原味地以附录的形式出版，与世人见面。然笔者不忍完全删除，摘取了支宇教授《"跨文明比较研究"学术共同体的构建——曹顺庆教授教学改革与人才培养之体会与我见》中与本书正文论述内容相契合的部分，汇入正文论述之中，并附上欧洲科学院院士、比利时鲁汶大学教授德汉（Theo D'haen）、原香港中文大学教授黄维樑、"全国高等学校教学名师"曹顺庆教授的访谈，以及曹顺庆教授的弟子刘朝谦教授所撰《原典阅读与返回故土——博士生读经课程意义之体验与认知》，以飨学界。在此一并感谢！

本书算是一次实验性的尝试，多有不足之处，请各位专家学者读者批评指正。希望能够借此机会抛砖引玉，引发学界对拔尖创新人才培养实践经验与典型案例进行总结与推广，以优秀传统文化培养人才，做好学术传承，加强文明互鉴，促进学术创新，探索新时代中国文科专业发展与科研创新的自主之路，建构中国话语体系。

杨清

二〇二三年元旦

图书在版编目（CIP）数据

原典阅读与学术传承：比较文学学科的实践与探索 /
杨清等著 . — 北京：商务印书馆，2024
ISBN 978-7-100-23402-3

Ⅰ．①原… Ⅱ．①杨… Ⅲ．①比较文学－研究 Ⅳ．
① I0-03

中国国家版本馆 CIP 数据核字（2024）第 041588 号

原典阅读与学术传承：
比较文学学科的实践与探索
杨清 等 著

商 务 印 书 馆 出 版
（北京王府井大街 36 号 邮政编码 100710）
商 务 印 书 馆 发 行
艺堂印刷（天津）有限公司印刷
ISBN 978-7-100-23402-3

2024 年 12 月第 1 版 开本 880×1230 1/32
2024 年 12 月第 1 次印刷 印张 9⅝
定价：78.00 元